KB055786

마탄의

사수

마탄의 사수 54

ⓒ 이수백, 2017

발행일 2021년 11월 5일 초판 1쇄 2021년 11월 12일 | 발행인 김명국 | 책임 편집 황수민 | 제작 최은선 | 발행처 주식회사 인타임 출판 등록 107-88-06434(2013년 11월 11일) **주소** 서울시 구로구 디지털로 1길 38-21 이앤씨벤처드림타워 3차 405호 전화 070-7732-6293 **팩스** 02-855-4572 이메일 in-time@nate.com | ISBN 979-11-03-31947-2 (04810) 979-11-03-31704-1 (세트) | 이 책은 주식회사 인타임이 저작권자와의 계약에 따라 발행한 것이므로 내용의 전부 또는 일부를 사용하려면 반드시 양측의 동의를 받으셔야 합니다. 잘못된 책은 구매처에서 바꿔 드립니다.

차 례

Geschoss 1.   7

Geschoss 2.   49

Geschoss 3.   89

Geschoss 4.   139

Geschoss 5.   177

Geschoss 6.   225

Geschoss 7.   267

Geschoss 8.   313

Geschoss 9.   357

Geschoss 1.

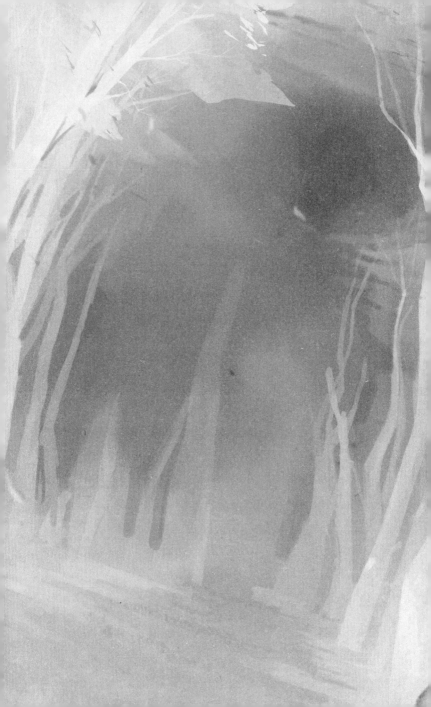

　로페 대륙의 이동식 지휘 본부에는 세 사람밖에 없었다. 루거와 키드 그리고 람화연.

　세 사람을 제외한 나머지 인원은 모두 〈제2차 인마대전〉 당시의 중간 지휘관급 몬스터를 상대하러 흩어졌기 때문이다.

　"음?"

　"이런—."

　"아……!"

　그리고 지금, 세 사람은 동시에 탄성을 흘렸다.

　당장 손 하나가 급한 이 시기에 그들이 굳이 이곳에 남아 있었던 이유는 당연히 하나뿐이었다.

　"하, 하이하의 위치가—."

　"꺼졌어? 오프라인?"

키드와 루거의 인상이 일그러졌다. 람화연도 마찬가지였으나 그녀는 아직 한 가지 믿는 구석이 있었다.

"……귓속말도 안 들어가요. 아! 스킬! 〈녹아드는 숨결〉! 그걸 쓰면 외부와의 소통이 일체 단절되니까— 아마 그래서 그런 것 아닐까요?"

이하에게 들었던 스킬이 있기 때문이다.

평소의 람화연이라면 결코 이런 말도 하지 않았을 것이다.

람화연 자신이 알 정도의 스킬이라면 키드와 루거가 모를 리가 없지 않은가.

"그건…… 삼총사의 텔레포트 창에서는 위치가 뜨긴 떴다."

"귓속말이 안 되는 건 맞습니다. 하지만 하이하가 보유한 은신 스킬은— 적어도 우리는 볼 수 있었습니다."

키드는 침통한 목소리로 말했다.

루거는 깔끔하게 단정된 머리에 손가락을 푹 쑤셔 박고는 마구 헝클어뜨리고 있었다.

람화연은 두 사람의 반응을 보며 도저히 믿을 수 없다는 목소리로 말했다.

"그래서? 지금은 안 보인다는 거예요? 하이하가 죽었다는 말이에요?"

"젠장! 나도 몰라! 당신이 더 잘 알지 않나!? 하이하가 귓속말 안 해? 분명 살아 있을 거다, 놈이 이 정도로 죽을 리가 없잖아!"

람화연의 닦달에 루거가 자리에서 벌떡 일어나며 소리쳤

다. 답답한 것은 람화연만이 아니었다.

〈코발트블루 파이톤〉을 꽉 쥔 채, 다른 손으로 가방을 마구 헤집는 그의 태도가 무엇을 의미하는가.

당장이라도 에리카 대륙으로 가고자 하는 그의 절박함은 충분히 알 수 있었지만, 그런다고 갑작스레 새로운 방법이 생기는 건 아니었다.

"……적어도 우리가 알고 있는 하이하의 스킬 셋을 기반으로 보자면— 그리고 미들 어스의 시스템으로 보자면……. 이것은 사망 판정이라고밖에 볼 수 없습니다."

"여유롭기도 하군! 미친놈, 그게 지금 할 말이야?"

"그렇습니다."

"무, 뭐?"

루거는 당장이라도 키드에게 주먹을 날리려 했으나, 키드의 얼굴을 보는 순간 그럴 수 없었다.

조금 전까지 모자까지 벗고 있던 키드는 어느새 〈크림슨 게코즈〉의 장전까지 모두 마친 상태였기 때문이다.

"그나마—."

슉—! 키드의 말을 끊으며 연보랏빛이 번쩍였다. 새하얀 풀 플레이트 중갑을 전신에 두른 기정이 다짜고짜 소리쳤다.

"어떻게 된 거예요!? 이하 형은! 죽은 건 아니죠? 삼총사 여러분들은 뭘 알고 있죠?"

그의 방패에서는 피가 뚝, 뚝 떨어지고 있었다. 아직 굳지도 않은 몬스터의 피가 의미하는 게 무엇인가.

몇 초 전까지 하던 일을 다 팽개치고 온 기정은, 키드와 루거를 향해 거침없이 다가갔다.

람화연은 지금까지 패닉에 빠져 할 말조차 잃고 있었다. 그러나 그녀는 기정을 보는 순간 정신을 되찾았다.

"마스터케이 씨…… 전장으로, 전장으로 돌아가세요. 세이크리드 기사단의 보고로도 들었지만 남은 60기의 지휘관급 몬스터는 결코 약하지 않은一."

"에잇! 람화연 씨! 그게 뭐가 중요합니까! 지금 그게 중요해요!?"

기정은 테이블까지 내리치며 람화연에게 말했다.

평소라면 절대 하지 않을 거친 언행이었지만 람화연은 특별히 화를 내지 않았다.

그 누구보다도 소리치고 싶은 건 람화연 자신이었으니까.

"중요해요."

"……네? 이하 형이一 이하 형이 지금 마탄의 사수랑 싸우다가! 연락이 두절一 아니, 그냥 두절된 것도 아냐. 아마도 죽었을…… 죽기만 하면 다행이지! 마탄에 맞았을 가능성이 있는데! 내가 돌아가서 싸우는 게 중요하다고요?"

기정은 울분을 토해 냈다. 루거는 기정을 말리지 않았다. 그 누구보다도 저런 식으로 소리치고 싶은 건 루거였으니까.

이 상황에서도 평정심을 되찾은 건 키드와 람화연뿐이다.

당연히 그들이라고 그러고 싶었던 건 아니다.

"지금 우리가 이런 무의미한 논의를 하는 것보다…… 각자의 자리에서 〈제3차 인마대전〉에 대한 방비를 갖추는 것. 하이하는……."

람화연은 아랫입술을 깨물며 잠시 호흡을 가다듬고, 말을 이었다.

"오빠는 그걸 더 원할 테니까. 키드 씨, 루거 씨, 당신들도 마찬가지예요. 〈제2차 인마대전〉의 중간 지휘관들이 있는 전장 곳곳으로 여러분들을 파견하겠습니다."

산 자는 산 자의 의무를 다해야 한다.

임무 도중 사망한 것은 어쩔 수 없는 일이 아닌가.

그게 아무리 특별한 사람이었다고 해도, 한 사람이 전체에 영향을 주어선 안 된다.

기정은 람화연의 얼굴을 마주 보았다. 그도 더 이상 람화연에게 따질 수 없었다.

루거도 마찬가지였다.

"인간 방패, 네 녀석 어디서 싸우고 있었지? 더럽고 짜증 나서 몬스터라도 다 찢어 죽여야 마음이 풀리겠군."

이 분노를 올바른 방향으로 승화시켜야 한다. 자신들이 할 수 있는 일은 그것뿐이다.

수정구를 드는 루거를 바라보며, 키드는 모자를 푹 눌러썼다.

"아직……."

"음? 뭐야, 키드."
"아직 모릅니다."
람화연과 기정 그리고 루거는 모두 키드를 바라보았다.
"어쩌면……."
의자에 앉은 채 고개까지 숙이고 있는 키드가 말했다.

치요는 아직 환호성을 내지 않았다. 하이하의 특기를 잘 알고 있기 때문이었다.

갑자기 사라져 놓고 어디선가 툭, 뛰어나와 스킬을 사용하며 반전을 꾀하는 것, 한두 번 당해 본 게 아니다.

'바하무트 때와는 달라! 사체까지 없어지는 건가?'

그녀는 마탄의 사용을 본 적이 있다.

비교적 정신이 온전했던 카일이 엘리자베스의 총기를 날린 적이 있으며, 잠식이 시작되었을 즈음 전대의 바하무트를 소멸시킨 적이 있다.

총기의 경우는 즉시 소멸. 바하무트의 경우는 사체가 잿빛으로 변한 후 소멸.

그리고 브로우리스는?

그녀가 직접 보진 않았으나, 브로우리스 또한 마탄에 맞은 직후 몇 초간은 의식을 잡은 채 대화를 나눴다고 들었다.

'NPC의 경우는 죽음과 소멸이 시스템 적으로 차이가 나지 않으므로 그렇게 인식을 해 주고…… 아이템과 유저의 경우는 즉시 소멸시켜 버리는 건가.'

마탄에 적중했다고 생각하면서도 그녀는 결코 긴장을 늦추지 않았다.

하이하가 어디로 사라진 것은 아닐까.

공간 결계는 치지 않았다. 그러나 연보랏빛도 번쩍이지 않았다.

로페 대륙의 시노비구미 첩보를 통해 프레아는 '무지갯빛 텔레포트'와 '무색의 텔레포트' 기능이 있다는 것까지도 들었지만 어쨌든 지금은 그러한 반응도 없었다.

그녀뿐만이 아니었다. 시노비구미의 유저들도 빠르게 좌우를 살피거나 심지어 바닥에 납작 엎드려 어딘가에서 달리고 있는 게 아닐까, 확인까지 하고 있었다.

"오…… 오카상……."

"마탄이라는 게 설마 이런— 후와아아……."

그리고 마침내 치요를 줄곧 따랐던 그들의 표정이 밝아지기 시작했다.

그들은 '현실'에서 치요와 연관된 자들이다. 치요가 시키는 일이라면 무엇이든 따를 것이며, 향후 치요의 성공은 곧 자신들의 성공으로 직결되는 위치에 있는 사람들이다.

그럼에도 치요의 말을 믿지 못했던 게 몇 번이나 있었다.

마탄의 강력함이나 그 무서움에 대한 이야기를 들어도, 쉬이 믿음이 가지 않을 때도 있었다.

미들 어스 내에서 세력을 잃고 더 이상 치요가 계획한 대로 흘러가지 않는다고 느꼈을 때, 이탈하고 싶은 마음을 몇 번이나 다잡았다.

"드디어…… 드디어 끝났습니다, 오카상!"

"이제— 우하핫! 오카상이 원하시는 대로! 축하드립니다!"

"축하드립니다!"

그들에게 있어 마침내 그 보상을 받게 될 때가 도래한 것이다.

치요는 부하들의 축하를 받으며 떨고 있었다.

그 어떤 때에도 자신의 감정을 감춰 오던 여성의 얼굴이 일그러지고 있었다. 그것은 환희였다.

현실이었다면 눈물이 뚝뚝 떨어졌을 정도의 환희.

"끝났어……. 이제…… 마지막 한 계단을 넘은 거야."

하이하가 소멸되었다. 죽은 정도가 아니다.

48시간 페널티 이후 재접속할 수 있는 게 아니다.

[하이하]라는 캐릭터는 적어도 미들 어스 내에서 두 번 다시 볼 일이 없을 것이다.

〈신성 연합〉에 무수히 많은 유저들이 있다지만 그들은 신경 쓸 게 아니다.

왜냐? 자미엘이 있으니까.

곧 있으면 자미엘은 무한대의 마탄을 사용할 수 있게 될 것이다.

거기에 블랙 베스까지 손에 쥔다면…….

'흡수……. 아마도 블랙 베스의 힘과 자미엘 자신의 힘을 어떻게 활용해서 마왕과 협상을 하려는 거겠지?'

자미엘의 향후 행보도 충분히 예측할 수 있다.

자미엘 또한 모든 세계가 멸망하여 사라지는 걸 원치는 않을 것이다.

오히려 카일이 그것을 원했었고, 자미엘은 자신의 발아래에 세계를 두고 군림하려 하겠지.

'좋아, 얼마든. 얼마든지 주마. 나야 어차피…… 미들 어스의 개발 데이터만 빼내면 되니까!'

미들 어스에서 뽑아내는 돈? 알 바 아니다.

이제 그것을 빌미로 구플 개발진에게 '블랙 메일'을 보내고, 그것을 기반 삼아 〈제2의 미들 어스〉를 만들면 된다.

그때쯤이라면 오히려 자미엘이 게임을 망쳐 주는 게 더 고마운 일이다.

미들 어스의 모든 유저들, 누적 가입자 1억 명을 가뿐하게 넘는 그 모든 유저들이 치요 자신의 지분이 들어간 게임으로 옮겨 올 테니까.

"감축드립니다, 자미엘 님. 정말이지 자미엘 님의 놀라운 힘에는 수백 번 감탄해도 여전히 감탄을 금할 수 없습니다."

치요는 자미엘의 곁으로 살랑살랑 다가가 허리를 숙였다.

그러나 자미엘은 곧장 반응하지 않았다.

"자미엘 님?"

"……이상하군."

"네?"

자미엘의 표정은 굳어 있었다. 그는 이하가 사라진 그 자리를 보고 있었다.

치요의 시선도 자연스레 그곳을 향했다.

"무엇이― 이상하다는 말씀이십니까?"

"없어……."

"사체야 물론 없는 게 아니겠습니까. 자미엘 님의 '힘'에 직격된 녀석이 살아남을 리가 없겠지요."

"그게 아니다, 치요."

"그게 아니―…… 아?"

치요는 자미엘이 가리킨 부분을 보고 있었다. 자미엘은 분명 마탄을 쏘았다. 이하에게.

이하는 사라지는 게 옳다. 그러나 브로우리스 때를 기준으로 삼아도, 엘리자베스의 총기를 기준으로 삼아도 분명한 차이가 있다.

"다른…… 아이템들이……."

하이하의 육신이 아이템처럼 순식간에 소멸되었다고 치자. 그렇다면 [나머지]는?

나머지 아이템이라고 말할 필요도 없었다.

"블랙 베스가!? 브, 블랙 베스! 블랙 베스를 찾아!"

"하이하의 총기 말씀이십니까? 보이는 게 없는─."

"어떻게 이럴 수가─ 반경 800m의 생명 반응은 없는데, 어떻게 이런?"

뱀파이어의 모든 스킬을 사용하여 탐지해도 주변에 유저는 없다. 자신이 뱀파이어로 만든 몬스터들이 있을 뿐이다.

그렇다면 하이하는 어디 갔는가.

자미엘은 인상을 찌푸리고 있었다. 그는 처음부터 이하가 사라진 자리 외의 다른 장소는 바라보지도 않았다.

"후우우우우……."

주변을 두리번거리던 치요의 귀에 낯익은 숨소리가 들려왔다.

치요는 황급히 고개를 돌렸다. 그녀는 자미엘과 같은 위치를 바라보고 있었다.

"어, 어떻게─ 어떻게!? 마탄─ 마탄인데? 마탄을 어떻게─."

카즈토르를 통해 이미 모든 정보를 습득한 상태였으므로 치요는 더욱 놀랄 수밖에 없었다.

마탄의 힘에 대한 예시는 물론, 실제 사용 경력까지도 있다.

천하의 바하무트도 피하지 못한 것이다.

그런데 어떻게…….

"하이하 네가……?"

하이하는 살아 있는 것인가.

"역시 통하는군. 후아아, 큰일 나는 줄 알았네."

이하는 웃었다.

그를 보면서도 치요는 화를 내거나 또는 그를 공격해야 한다는 생각조차 하지 못했다.

천하의 치요조차도 완전한 패닉에 빠뜨릴 정도의 충격이었으니까.

자미엘에게서도 공격적인 반응은 나오지 않았다.

"너, 그 힘은 어디서 난 거지."

"글쎄. 난 처음부터 이상했거든. 어째서 〈어비스 디아볼로〉나 〈블루 피닉스〉보다……. 〈영령 늑대 군왕〉이 더 강한가. 단순히 스킬 구성이나 공격 패턴에 대한 차이는 있겠지만 말이야. 내가 아무리 생각해도 그것 때문에 나뉘는 게 아닌 것 같더라고."

이하는 여전히 양팔을 높이 치켜든 상태였다.

자미엘과 치요 앞에서 항복을 했던 자세와 변한 건 하나도 없었다.

그러나 지금의 여유는 항복하는 자에게서 나오는 게 아니었다.

그것은 긴 잠에서 깨어나는 기지개와도 같은 행동이었다.

이하가 키드나 루거와 함께 신대륙으로 오지 않았던 이유, 그것은 에얼쾨니히의 이목을 집중시킬 염려가 있기 때문이기도 했으나, 가장 근본적으로는 바로 이러한 이유 때문이었다.

"이제 확신할 수 있어. 나한테 마탄은 먹히지 않아, 자미엘."

타아아앙——————……!

"이런 젠장, 맞질 않아! 어떻게 된 거야?!"

"맞지만 않으면 다행이죠! 투명과 투명 해제의 딜레이가 1초도 안 될 정도라 보이지도 않으니—."

"껄껄, 영령 늑대 군왕을 이 눈으로 직접 보게 될 줄이야!"

"웃지만 말고, 수 좀 내 보쇼, 대장! 이하 이 세끼는 어떻게 저런 괴물이랑 싸운 거야?"

타아아앙——————……!

"흐음……."

이하는 블라우그룬과 함께 자신의 레어Lair 상공에 있었다.

김 반장과 찰스를 포함한 총사대가 로보와 함께 훈련하는 것을 유심히 바라보며 이하가 말했다.

"분명 흡수된 특성은 두 개인데 말이죠."

"네?"

"아니, 로보 말예요. 블랙 베스로 맞춘 이후에— 두 개의 특성이 흡수됐거든요. 근데 첫 번째 특성이 영 이해가 안 되서 말이지."

〈방출: 영령 늑대 군왕 ⑵〉 스킬은 충분히 이해할 수 있는 스킬이었다.

영계와 현실계를 자유롭게 드나드는 '영령 늑대 무리'를 소환하여 다루는 것이었으니까.

그러나 ⑴ 스킬은 도대체 무슨 의미를 지니고 있는가.

스킬을 몇 번 사용해 보았으나 이하는 〈녹아드는 숨결〉과 별다른 차이점도 찾을 수 없었다.

이하가 로보와 함께 저격 훈련을 했던 게 언제인가.

〈카모플라쥬〉, 〈녹아드는 숨결〉 그리고 그 다음에 있는 게 바로 〈방출: 영령 늑대 군왕 ⑴〉이라는 추상적인 추측에서 그쳐 있기를 장장 몇 개월이었다.

그러나 김 반장과 총사대가 허둥지둥 로보를 상대하는 것을 바라보며, 이하는 의문을 가졌던 것이다.

도대체 로보란 무엇일까. 로보의 정체는 무엇일까.

무엇보다 영계는 무엇일까.

처음으로 이하의 생각이 닿은 건 레어를 지키는 가디언 상호 간의 비교였다.

"블라우그룬 씨, 어비스 디아볼로나 블루 피닉스는 심연에 사는 거라고 했잖아요? 예전에 내 가디언 고를 때."

"그렇습니다, 하이하 님."

"으음, 근데 로보는— 아, 영령 늑대 군왕은 영계란 말이지. 아마도 그 차이 때문에 로보가 가장 강한 게 아닐까? 뭔가 어떤…… 스테이지의 레벨 차이?"

미들 어스의 현실계가 있고, 그 현실계를 기준으로 좌우 또는 상하의 개념으로 정령계와 심연이 있다면?

정령계와 심연에서 '한 단계'를 더 뛰어넘은 게 바로 영계가 아닐까?

이하는 그것을 스테이지의 구성으로 파악했었다.

블라우그룬은 침음을 내며 고개를 끄덕여 주긴 했으나 옳다고 생각한 반응은 아니었다.

"그렇게 생각해 본 적은 없습니다만…… 일리는 있군요. 무엇보다 이곳, 현실계에서 정령계와 심연은 갈 수 있지만— 영계로의 침입은 불가능하니까요."

"영계에서 이쪽으로 오는 건—."

"물론 불가능합니다. 로보 님 외에도 그런 일이 가능했다면, 글쎄요. 이미 영계로 가셨던…… 무수한 '바하무트' 님들께서 가만히 계시지 않았을 겁니다."

"아. 그렇네."

현실계에서 정령계와 심연은 갈 수 있다.

반대로 정령계와 심연에서도 현실계에 올 수 있다.

하지만 영계는? 로보와 로보가 다스리는 영령 늑대들을 제외한다면, 그 어떤 생명체도 오거나 또는 갈 수 없다!?

"그렇—…… 아니, 잠깐."

상호 침입이 불가능하다면 상호 간섭은?

이하는 총사대와 로보의 싸움을 보았다. 자신이 직접 로보와 싸워 보기도 했으나, 완전히 다른 시점에서 그들의 전투를 보는 것은 또 다른 경험이었다.

영령 늑대들이 영계로 사라지는 순간 그들은 피격되지 않는다. 그들이 총사대를 제압했다는 표시를 하기 위해선, 다시금 현실계에 모습을 드러내야 한다.

서로가 서로에게 간섭할 수 없다는 것. 층위.

그 층위를 자유롭게 오갈 수 있는 것은 오직 영령 늑대 군왕, 로보뿐이다?

"블라우그룬 씨, 잠깐! 잠깐만요. 한, 하루? 이틀쯤 있다 다시 올게요!"

"네? 무슨—."

이하는 당시 곧장 로그아웃했다. 영원히 이해할 수 없을 것 같았던 아이디어가 번뜩였다.

인터넷 검색에는 그리 오랜 시간이 걸리지 않았다.

심지어 '테스트'하는 데에도 큰 노력이 필요하지 않았다.

미들 어스 시간으로 약 4시간여가 흘렀을 때 이하는 다시금 접속하여 블라우그룬에게 말했다.

"알았어요. 층위."

"하, 하이하 님의 열의는 알겠습니다만, 기왕이면 영령 늑대 군왕님께 직접 물어보는 게 낫지 않겠습니까?"

"맨날 뜬구름 잡는 소리만 하니 알아들을 수가 있어야 말이지. 하여튼! 내가 알아낸 거 안 궁금해요?"

"궁금합니다! 그럼 하이하 님께서 찾아보신 층위에 대한 이해는 어떻게 되는 겁니까?"

블라우그룬의 핀잔을 들으면서도 이하의 눈빛은 죽지 않았다.

만약 자신이 생각한 게 맞는다면, 이 스킬 하나만으로도 미들 어스의 모든 전황을 뒤집을 수 있기 때문이었다.

"그림이나 사진을 다루는 프로그램에서…… 자주 쓰이더라고. [층위Layer]"

"네?"

"이곳, 현실계라고 하는 건 기본 레이어예요. 우리 모두는 기본 레이어에 있기 때문에 명령어에 영향을 받지. 하지만…… 그위에 '새로운 레이어'를 덮으면? 영계라는 새로운 레이어에 제가 위치하게 되는 순간, 기본 레이어에서 입력하는 각종 명령어는 새로운 레이어 위에선 아무런 소용도 없다고요. 새로운 레이어에 그림을 그리고! 그 그림을 기본 레이어에서 아무리 [삭제Delete]해도, 새로운 레이어의 그림은 그대로 남아 있다는 뜻이죠!"

"무슨 말씀이신지 잘……."

블라우그룬이 쉽게 이해할 리 없었다. 이하 자신도 컴퓨터를 통해 프로그램을 다뤄 보고 나서야 명확하게 이해할 수 있었으니까.

하물며 '명령어'라는 시스템을 쉽게 이해하는 건 더욱 힘든 일이다.

'그러고 보니, 키드 녀석이…… 언젠가 그런 말을 한 적이 있었는데.'

이하가 마탄의 본질에 대해 이야기를 나눴던 것은 키드뿐이었다.

가장 게임에 몰입하면서도 동시에 가장 게임을 객관화하여 볼 수 있는 유저.

마탄이라는 절대적 기능을 프로그래머의 시스템적 명령어, [삭제Delete]와 동치시켜 생각했던 유저.

'하여튼 그 인간도 대단해.'

마탄에 대해서 가장 잘 아는 것은 어쩌면 치요나 이하 자신이 아니라 키드일지도 모른다는 생각이 들 정도였다.

키드의 그러한 발상이 있었기에 이하 또한 레이어와 섞어서 가설을 만들어 볼 수 있었던 게 아니던가.

"흐흐흐……. 만약 키드의 추론과 나의 가설이 먹힌다면 말이죠."

이하는 웃었다.

마탄이라는 것은 본질적으로 삭제다. 모든 것을 지워 버린다. 그러나 새로운 레이어를 깔고 그 위에 있을 수만 있다면?

"영계에 들어가면…… 마탄에도 피격되지 않을 거예요."

마탄을 피할 수 있다.

정령계와 심연은 어디까지나 '위 페이지'와 '아래 페이지'의 개념이지만, 영계는 '새로운 레이어'의 개념이니까.

그렇다면 기본 레이어의 명령어는 새로운 레이어에 있는 이하 자신에게 영향을 끼칠 수 없게 되니까.

이 믿음이 이하가 홀로 신대륙으로 발을 내디딜 수 있게 하는 원천이었다.

물론 믿음과 자신감이 있다 해도 그것을 실행하는 용기는 전혀 다른 종류의 것이다.

이하가 어떻게든 자미엘 속의 카일을 깨워 보려 한 것도, 이 스킬을 사용하기 전에 자미엘을 죽일 수 있으면 죽이려 한 것 또한 당연한 행동이었다.

불행히 앞선 행동들은 모두 실패했고 이하는 사실상 최후의 도박을 펼쳐야만 했다.

〈방출: 영령 늑대 군왕 (1)〉

설명: 이곳은 영계靈界, 미들 어스의 세계이자 동시에 미들 어스의 세계가 아닌 곳. 미들 어스의 세계에서 죽은 자를 인도해 가기 위한 새로운 층위.

효과: 유체화幽體化

    (미들 어스 내 모든 장해물의 영향을 받지 않으며, 유체화 상태에서 미들 어스 내의 모든 대상에게 영향을 줄 수 없습니다.)

마나: 2,000

지속 시간: 5분 또는 해제 시까지
쿨타임: ―

그리고 지금, 이하의 도박은 성공한 셈이었다.

이하는 여전히 블랙 베스를 쥐고 있지도 않았다.

그저 등에 맨 상태 그대로였다. 그럼에도 그를 공격하고자 하는 자는 아무도 없었다.

"어떻게 할 거지? 나는 앞으로 몇 번이고 더 영계에 들어갈 수 있어. 너의 마탄은 분명 제한이 있을 테고…… 일반적인 전투를 치러 볼 건가? 참고로, 내가 로보랑 몇 번 싸워 봤는데 말이야. 아마…… 으음, 자미엘 당신이라도 날 상대하기가 쉽진 않을걸?"

레이어와 명령어에 관한 개념을 이해한 이상, 이하에게 더이상 자미엘은 두려운 존재가 아니었다.

자미엘은 시공간을 넘나드는 악마다.

그러나 그것은 어디까지나 미들 어스 세계에서의 이야기일 뿐이다.

말하자면 3차원에서 자유로운 악령일 뿐, 새로운 '차원'으로 인식되는 영계에는 올 수 없다는 의미다.

이하는 양팔을 그대로 쭈욱 뻗어 기지개를 켰다.

그 단순한 동작만으로도 치요와 시노비구미의 전원이 움찔거리며 뒤로 물러섰다.

그들에게 이 현상은 '받아들일 수 없는 무언가' 정도로 인식되었기 때문이다.

유일하게 차분함을 유지하고 있는 것은 역시 자미엘이었다.

태초의 마에게서 만들어진 힘, 마탄의 악령의 인상은 오히려 퍼지기 시작했다.

"그래서……? 네가 뭘 할 수 있지? 나를 쏠 수 있나?"

"내가 아무리 빠르게 움직인다 한들 네가 쏘는 게 빠르겠지."

"아니, 내가 느리게 움직여도 상관없어. 지금 이 거리에서 네가 나를 쏴도, 나는 반응할 수 있으니까."

이번엔 이하가 움찔했다.

영계에 진입하여 마탄을 피할 수 있음에도 자미엘에게 가까이 다가왔던 이유 중 하나는, 그가 반응할 수 없는 탄속을 유지하기 위해서였다.

'제기랄, 이럴 줄 알았으면 〈의지의 탄환〉을 미리 쓴 보람이 없는데.'

필살 스킬을 사용했다는 걸 인지시킨 후 방심한 그에게 접근.

마탄을 회피할 수 있음을 보여 주어 패닉에 빠졌을 때 그를 공격한다.

이미 5m 거리까지 좁혀 든 이상, 그는 절대로 자신의 탄환을 피하거나 막아 낼 수 없을 것이다.

이하가 계획했던 '플랜 A'는 이것이었다.

굳이 대화할 필요도 없다. 자미엘을 죽이고 나면 모든 걸 자연스레 알게 될 테니까.

그러나 자미엘은 전혀 패닉에 빠지지 않았고, 허세인지, 진실인지 판단하기 어려운 힘을 내비쳤다.

만약 지금 총격전을 벌였다간 다시금 가망 없는 전투를 치러야 하리라.

'무엇보다…… 영계에 몇 번이고 들어갈 MP가 없어. 끽해야 두 번이 끝이다.'

자미엘에게 남은 마탄은 몇 발인가.

이하의 생각은 길었다. 그리고 대치 상황에서의 침묵은 곧 불리함의 표출이나 마찬가지다.

"나의 힘이 얼마나 남았는지 생각할 필요도 없을 거다. 네 손이 움직이는 그 순간, 그저 일반 탄환으로 상대해도 널 죽이는 데 별문제는 없을 테니까."

자미엘이 마탄으로만 공격할 수 있는 게 아니다. 일반 공격으로도 얼마든지 이하를 죽일 수 있다.

자미엘은 여유를 부렸다.

그것은 이하도 마찬가지였다.

"그렇게 죽이는 것 정도로는 블랙 베스를 쓸 수 없는 거 알지? 그리고…… 블랙 베스에게도 '마탄'은 쓸 수 없을 거고."

이하는 자미엘을 공격하기 쉽지 않다.

그러나 자미엘의 입장에서도 그것은 마찬가지가 아닌가.

자미엘의 면전까지 와서 연기를 하는 도박을 펼친 이유가 무엇이었나.

그가 어떤 이유로 일련의 행동을 해 왔는지 전부 들었다. 즉, 적의 의중을 완벽하게 파악했다는 의미다.

"일반적인 공격으로 내가 죽는다면— 으음, 글쎄. 아마 에얼쾨니히가 로페 대륙을 싹 다 짓뭉개고…… 다시 이곳으로 와서 자미엘, 널 흡수해 버리겠지. 블랙 베스 없이 에얼쾨니히에 대항할 수가 없는 거잖아? 아니, 블랙 베스만 있다고 에얼쾨니히를 잡을 수는 없을 거고…… 뭐, 〈코발트블루 파이톤〉에 〈크림슨 게코즈〉까지 싹 다 흡수한 다음에 빵! 이런 건가?"

그렇다면 겁먹을 필요가 없다.

오히려 지금이야말로 이하가 가장 원하는 상황이나 마찬가지였다.

자미엘은 알고 있다. 에얼쾨니히를 죽일 수 있는 방법을.

그렇다면 대치 상태인 지금이야말로 추상적으로 알고 있던 지금의 정보를 상세하고 현실적인 지식으로 바꿔 놓을 기회.

"그니까. 우리 대화로 풀어 나가는 게 어떨까 싶은데. 나는 뭐, 이 자세 그대로 있을 테니까."

당장이라도 깨질 것 같은 살얼음판 위에서, 이하가 말했다.

자미엘의 굳은 얼굴을 보며 이하는 웃었다.

여기까지는 계획한 대로였다.

"흐으음……. 우리 하이하가 나를 오랜만에 보더니 완~전
히 잊고 있었나 보네."

그러나 이곳에는 두 사람만 있는 게 아니었다.

치요가 웃는 얼굴로 자미엘의 곁에 섰다.

"치요……. 다음은 당신 차례니까, 목 닦고 기다리고 있어."

이하는 치요에 대한 분노를 참지 않았다. 어차피 친한 척하
며 연기한다 한들 통할 상대도 아니며, 무엇보다 이하 자신이
그렇게 행동하고 싶지 않았다.

그것은 치요도 잘 알고 있는 사실이었다.

"어머나, 어머나아~? 이 상황에서도 그런 배짱이라니……
역시 하이하가 요즘 들어오는 우리 애들보다도 더 낫다니까.
어때? 손잡고 일할 생각 없어? 블랙 베스만 넘겨준다면, 우리
깔―끔하게 같이 일할 수 있을 것 같은데."

따라서 그녀는 감정적인 표현 따위는 쓰지 않았다. 그럼에
도 그녀는 이하에게 손을 내밀었다.

오로지 이익만을 생각하고 손을 잡고자 하는 비즈니스 관계.

이하가 오직 자신만을 생각했다면 지금 치요가 내미는 제
안은 매우 합리적이고 효율적인 것이었으리라.

"꺼져."

"으음, 하지만 꺼질 수가 없는걸. 나는 자미엘 님의 편이니까."

"그래서 꺼지라는 거야. 자미엘을 쓰기 전에 네 머리부터 날릴 수 있어."

"과연 그럴 수 있을까?"

치요는 웃었다. 바로 이런 판단력 때문에 이하는 치요를 싫어할 수밖에 없는 것이다.

블랙 베스를 사용하든, 다른 무기를 사용하든, 치요를 향해 적대적 행위를 하는 순간 자미엘은 이하 자신을 날려 버리려 할 것이다.

번개처럼 반응해서 영계로 진입할 수 있을지 모르지만 마나의 제한이 있는 이상, 마탄이 아닌 일반 공격에 사용하기는 아깝지 않은가.

치요는 이하의 딜레마를 아주 잘 알고 있었다.

그리고 그녀는 허세로만 세상을 살아가지 않는다.

"내가 아직 뱀파이어 퀸이라는 걸…… 잊었나 보네. 내가 너의 목덜미를 앙~ 하고 물면 어떻게 될까?"

자신이 쥐고 있는 카드를 극대화하여 남에게 보여 주는 법을 잘 알고 있을 뿐이다.

파이로에게 들어서 이미 이하도 알고 있다. 유저가 뱀파이어가 되었을 때는 자신의 의지로 뱀파이어를 포기할 수 있다.

뱀파이어일 때는 치요의 절대 명령을 따라야 하지만 동시에 자유 의지로 〈종족: 뱀파이어〉 자체를 포기할 수 있는 것이다.

'포기하면 그만이지만— 그 한순간이라도…….'

심지어 목을 물지 않아도 될 것이다. 일부러 '목덜미'를 강조한 것 또한 치요의 눈속임이라는 걸 이하는 간파하고 있었다.

어느 부위가 됐든 뱀파이어화가 진행되는 그 순간, 0.5초 이상 '상태 이상' 유사 상황이 된다면?

'난 죽는다.'

자미엘의 힘이 곧장 자신의 몸을 관통하리라.

치요는 천천히 이하를 향해 걷고 있었다. 자미엘은 치요를 그대로 두면서도 이하를 향한 시선을 떼지 않았다.

과거의 어리바리한 카일이었다면 달랐을 것이다. 사격은 잘했을지언정, '전투'라는 측면에서 경험치가 부족했다면 그라면 치요에게 아주 잠시라도 한눈을 팔았을 것이다.

그러나 역대 마탄의 사수들이 지녔던 모든 전투 경력이 삽입된 지금의 자미엘이 그럴 리는 없었다.

그것은 이하도 마찬가지였다. 이하에게는 '곁눈질'도 허락되지 않았다.

자미엘을 바라보고 있는 시야 안에서 치요를 확인할 수밖에 없다. 자미엘에게서 조금이라도 눈을 돌리는 순간 그가 어떻게 반응할지 예측할 수 없었으니까.

그리고 치요는 느릿느릿, 이하의 시야 밖으로 나가려고 했다.

뒤에서부터 공격하여 뱀파이어화를 시키려 한다는 건 뻔한 일이다. 그리고 그렇게 두어서는 안 된다.

결국 이하로서는 또 다른 카드를 꺼내야만 했다.

치요가 느리게 걷는 이유. 그것은 단순히 여유 때문만이 아닐 테니까.

"프레아가 있다는 걸 잘 알고 있을 텐데."

치요의 걸음이 멈췄다.

이하의 표정은 하나도 변하지 않았다.

"올 수 있다고 생각해? 우리 애들도 가만히 있지 않을 텐데?"

"프레아가 지금 어떤 수준이라고 생각해? 당신과 당신의 '애들'을 전부 정리하는 데 1초나 걸릴 거라고 생각해?"

이하는 빠르게 답하며 입꼬리를 올렸다.

자못 당당한 척하지만 예기치 못한 변수가 있다는 걸 치요도 알고 있다.

치요의 걸음은 멈춘 상태 그대로였다.

이하를 죽일 듯 노려보고 있었으나, 이하는 그녀의 눈동자를 바라보지 않았다.

중요한 것은 '움직이지 않는 발'이었다.

'너는 끝났어, 치요. 결국 내가 언제 폭발할지 알 수 없으므로……'

다시는 한 발자국도 뗄 수 없다.

치요는 그런 도박을 하는 사람이 아니니까.

"그러니까…… 잔챙이들은 다 찌그러져 있어. 오케이?"

이하는 자미엘에게 시선을 고정한 와중에 한쪽 눈을 찡긋거렸다. 울컥하면서도 말도, 행동도 할 수 없는 치요를 대신하여 마침내 자미엘이 나섰다.

"크크크…… 역시 재미있단 말이지. 셀 수 없을 정도로 많은 사수들을 마주쳐 왔지만…… 프랜시스, 그 녀석 이후로 내 흥미를 이토록 끄는 건 네가 처음이다."

이하는 그 이름을 단박에 떠올렸다.

적어도 이하에게는 잊을 수 없는 마탄의 사수였기 때문이다.

"그래, 나도 그게 궁금했어. 너에게 흥미를 줄 정도의 마탄의 사수에게는…… 관대한 건가?"

"음? 그게 무슨 뜻이지?"

"프랜시스. 프랜시스 페가마나보. 판린드 민족에게 최초로 〈하얀 죽음〉을 알려 준 자. 그게 마탄의 힘 중 일부라는 것도 이미 알고 있어."

전대의 〈하얀 사신〉 시모가 전수받았고, 시모에게서부터 다시금 전수받았던 스킬, 〈하얀 죽음〉.

이하는 판린드 민족의 기억을 더듬어 그것이 어디서부터 유래되었는지 알고 있었다.

따라서 궁금해할 수밖에 없었다.

"왜 그런 걸 알려 줬지? 너의 힘은 개별적인 기술로 분리할 수 있는 거였나?"

〈하얀 죽음〉은 마탄의 힘을 일부 활용한 스킬이다. 프랜시스가 스스로 언급했을 정도이니 그 부분에 대해서는 이견이 없다.

해당 스킬을 배울 당시에는 이하에게 별다른 의문이 들지 않았다. 당장 그것을 습득하고 숙달시켜 활용하기에 급급했기 때문이다.

그러나 지금은?

자미엘의 본성에 대해 충분히 알게 된 이후부터는 의문이 남을 수밖에 없는 일이었다.

"어째서 굳이……. 마탄의 힘을 다른 기술로 바꾸는 데 협력한 거지?"

그 일은 프랜시스 혼자서 할 수 있는 게 아니다.

프랜시스가 아주 대단한 저격수였다 하더라도, 이하가 상상조차 할 수 없는 기술을 지닌 사수였다 하더라도 불가능한 일일 것이다.

"그것을 막지도 않았을뿐더러…… 마탄이라는 힘 그 자체인 자미엘, 네가 돕지 않았다면 결코 〈하얀 죽음〉은 만들어질 수 없었을 텐데."

단순히 미들 어스의 마나라는 개념이 아니라, 마탄의 힘을 참고하거나 활용해야 하는 스킬이니까.

자미엘은 이하를 바라보고 있었다. 이하는 그의 표정을 읽을 수 있었다.

가소롭다, 라고 말하는 것 같은 표정이었다.

"너는 아마도…… 내가 아는 한, 카즈토르를 제외하고—아. 어쩌면 카즈토르보다도 더 많은 마탄의 사수들을 알고 있을 거야."

"뭐?"

"그래서…… 몇 명이나 알고 있지?"

이하는 굳이 답하지 않았으나, 그가 무슨 말을 하려는지는 대강 이해할 수 있었다.

현재 미들 어스에서 이하보다 '역대 마탄의 사수'에 대해 많이 아는 자는 없다. 사라진 NPC 카즈토르가 겨우 비견될 정도라면, 유저 중에서는 그냥 없다고 봐도 좋을 것이다.

'그럼에도…… 막스, 카를로스, 프랜시스 그리고 카일 정도인가?'

이름까지 아는 건 고작 네 명이 전부다.

마탄의 힘이 발현되기 시작한 이후부터 지금까지의 시간으로 따지자면, 그 무구한 시간의 흐름 속에서 손 바뀜이 이루어진 마탄의 사수를 '고작' 네 명밖에 기억하지 못하고 있는 것이다.

그 존재마저 잊히고 사라진다면 어떻게 마탄의 사수가 될 수 있을까.

누가 '다음 세대의' 마탄의 사수가 될 수 있을까.

"마탄의 사수라는 것을 알리기 위해— 〈하얀 죽음〉을 만드는 데 협조했다는 건가?"

"내가 먼저 제안하는 일은 그들이 하지 않고, 그들이 먼저 제안하는 일은 없었지. 프랜시스…… 녀석이 없었다면 카즈토르라는 훌륭한 제물을 만들기도 쉽지 않았을 거야."

자미엘은 웃고 있었다.

이하는 이를 갈았다.

프랜시스는 판린드 민족을 돕기 위한 선의로 〈하얀 죽음〉을 만들었건만, 그것은 더 큰 악행을 위한 미끼로밖에 취급되지 않았던 것인가.

'게다가 카즈토르를 꾀어내다니— 제기랄.'

다크 엘프 부락에서부터 수많은 데이터를 수집하고 활용했던 카즈토르에게, 마탄의 사수에 관한 비밀을 풀기 위한 증거 또는 단서로 〈하얀 죽음〉은 제격이었을 것이다.

이하는 그들의 본격적인 접점을 은연중에 알아낸 셈이었다.

"그리고 이젠, 그럴 필요도 없지. 프랜시스도 무엇도 다 필요 없어."

애초부터 자미엘이 할 수 없었던 이유라면 역시 육체의 부재. 그는 마탄에 깃든 악령일 뿐이다.

육체가 없는 자아로서는 새로운 스킬을 만들어 내는 게 불가능했을 터.

그러나 지금은 어떠한가.

"정말로…… 카일은 끝난 건가?"

이하는 물었다. 현재 카일의 상태는? 그 정신은 남아 있는 것인가.

자미엘은 씨익 웃었다.

"죽은 것과 마찬가지지. 정신 잠식에서 육체 잠식까지 끝나간다는 게 어떤 의미인지 모르는 건가."

"다시 분리될 수 없는 지경이 되었다……는 거지?"

"그 수준이 아니지. 큭큭, 하이하…… 이 기나긴 여정에 너의 활약 또한 필요한 재료였겠지. 치요 또한 그렇고. 너희들에게는 특별한 고마움을 전할 수 있겠어."

자미엘은 자신만만하게 말했다.

치요와의 대화를 엿들었던 것을 포함하여, 그가 무슨 말을 하고자 하는지 이하는 충분히 이해했다.

그는 곧 무제한의 마탄을 사용하게 될 것이다.

더 이상 제약이 없는 마탄까지 활용하게 된다면, 그때는 정말 막을 자가 없게 될 수 있다.

"후우우우…… 그렇군. 말하자면, 너는 카일과 분리될 수 없다. 즉, 그 육신은 자미엘 너의 육신과 마찬가지."

"음?"

자미엘은 고개를 갸웃거렸다. 이하는 턱을 덜덜 떨고 있었다.

절반쯤은 분노였고 절반쯤은 아쉬움이었다.

"엘리자베스 선배를 생각해서라도 어떻게든 구해 보고 싶었는데…….”

그와 함께한 기억이나 추억이 그리 많은 건 아니다. 특별히 애착이 가는 것도 아니다.

아쉽다는 생각은 들지만 어쨌든 NPC다. 엘리자베스와 브라운 시절부터 따져 봤을 때 제일 큰 피해자라 할 수 있겠으나, 어느 순간부터는 카일 본인의 의지도 포함된 만행들이 있었다.

굳이 용서할 NPC는 아니다. 그럼에도 가슴 한편이 짠했던 것 또한 사실이다.

“네가? 큭큭. 나를 죽여야만 가능한 일이다, 하이하. 네가 〈하얀 죽음〉을 쓴다 해도— 아니, 저 〈코발트블루 파이톤〉과 〈크림슨 게코즈〉의 특성을 활용한다 해도…… 나를 죽일 수 없어. 그것들이 모두 나의 뱃속에서 나온 힘이라는 걸 잊어선 안 되지.”

“과, 과연. 에얼쾨니히가 〈코발트블루 파이톤〉의 힘을 상쇄시켰다 들었습니다만— 자미엘 님께서도 역시 그런 일을—.”

“물론.”

자미엘은 그런 이하를 비웃었다. 치요는 이때다 싶어 재빨리 나서며 그의 곁에서 아부를 떨었다.

이하는 여전히 자미엘에게 시선을 고정한 상태였다.

“할 수 있어.”

“……뭐?”

궁금한 것도 사실이었다.

프랜시스와 〈하얀 죽음〉에 관하여, 자미엘이 앞으로 계획한 일에 관하여, 그가 지닌 힘의 궁극적인 능력에 관하여…….

그러나 그런 이야기를 굳이 지금 해야만 했을까?

이하가 자미엘과 주절주절 이야기를 떠든 것은 당연히 다른 이유가 있기 때문이었다.

"난 널 죽일 수 있다고, 자미엘."

지금이 아니면 할 수 없을 테니까.

이하 자신이, 자미엘을 죽이고 난다면 들을 수 없게 될 테니까.

이하의 목소리가 변하기 무섭게 치요와 시노비구미는 움찔거리며 물러섰다.

하지만 자미엘은 그러지 않았다.

"할 수 없어, 하이하. 〈하얀 죽음〉을 쓴다 해도 난 그것을 없앨 수 있다. 네 녀석이 사용하는 〈의지의 탄환〉을 비롯하여 그 어떤 탄환도 소용없어. 지금 이 거리에서 네가 나를 쏘더라도, 나는 반응할 수 있다."

그는 오히려 이하를 향해 한 걸음 다가섰다.

거리는 고작 3.5m 남짓. 총구 속도 기준, 초속 약 870m의 탄환이 총구를 떠나 그의 이마를 분쇄하기까지 필요한 시간은 단순 계산으로 0.004초.

자미엘은 이것에도 반응할 수 있다는 뜻이다.

이하는 여전히 호흡만 가다듬고 있었다.

자미엘은 그 이상으로 걸어오지 않았다. 그럼에도 그가 더 유리한 것이 사실이었다.

이하는 블랙 베스를 등에 멘 상태이지 않은가. 제아무리 빠르게 반응해도 그것을 앞으로 돌려 쥐고 방아쇠를 당기기까지의 시간도 필요하다.

이미 탄알집이 꽂혀 장전까지 완료된 상태에서, 견착도 하지 않고 눈대중으로 그의 몸통 부위만 맞춘다는 각오로 움직여도 그 정도의 추가 시간이 필요하다는 뜻이다.

만약 노리쇠를 당겨야 한다던가, 견착까지 해야 한다면?

0.004초의 반응 속도를 구현할 수 있는 마탄의 악령에게 있어서 그것은 영원과도 같은 여유가 될 것이다.

"블랙 베스…… 코발트블루 파이톤, 크림슨 게코즈……. 너희는 모두 나의 힘이 만들어지다 나온 부산물에 불과하다. 너희의 힘으로는 셋 모두가 모여도 나를 이기기가 불가능하거늘, 감히 하이하 네 녀석 혼자 나를 이길 수 있을 거라 생각하나."

자미엘은 말했다.

그가 확신에 차 말할수록 이하의 호흡도 안정되고 있었다.

"맞아. 혼자선 당신을 상대할 수 없지. 무엇에든 반응해 버리는 당신의 힘에 대해— 아마 그 사람은 어느 정도 알아냈었던 모양이야."

"무슨 소리지?"

"카일 이전의 마탄의 사수. 그 사람이 남긴 메모가 있었거든? 천하의 자미엘이라도 아마 놓칠 수밖에 없는 방식으로 남겨진 게 있었단 말이지."

"……류드밀라? 분명 모든 게 삭제되었을 텐데."

자미엘이 고개를 갸웃거렸다. 이하는 어깨도 으쓱이지 않았다. 매우 조심스럽게 카일 이전의 마탄의 사수 이름을 머릿속에 기억시킬 뿐이었다.

"뭐, 어떻게 된 건지는 나도 모르고. 중요한 건…… 두 가지의 확인이었어. 첫 번째, 마탄의 사수를 혼자서 상대할 수 없다는 게 어떤 것을 의미하는가. 그건 얼추 해석이 됐지."

한 사람의 공격은 100%에 한하여 반응할 수 있을 테니까.

삼총사의 총기에 깃든 자아를 '부산물' 취급해 버리는 자미엘이다. 당연히 하나만의 힘으로는 될 게 아니다.

따라서 둘 이상의 공격이 동시에 가해지는 상황을 만들어야만 자미엘을 죽일 수 있다는 메시지를 남긴 것이리라.

"하지만 방법을 안다 해도 사용할 수 있을 것인가. 그것 때문에 고민이 컸거든. 따라서 두 번째 고민이었던 게 바로 자미엘, 너에 관한 거야."

이하가 궁극적으로 묻고 싶었던 것은 결국 하나뿐이었다.

자미엘의 얼굴이 일그러졌다. 그의 표정이 사나워짐과 동시에, 밤바람이 불었다.

이파리가 나부꼈다.

스산한 숲속을 더욱 공포스럽게 만드는 소음이 일었다.

"그래서…… 나에 관하여 궁금한 건 다 알아냈나? 내가 블랙 베스를 제압하여 향후 이르고자 하는 경지를 알아내려고—."

"아니. 그런 게 아니야. 어차피 이루어지지 않을 허망한 꿈에 관한 이야기를 하는 게 아니야, 자미엘. 내가 궁금했던 건—."

이하는 호흡을 가다듬었다.

몇 번이나 할 수 있는 게 아니다.

단 한 번의 기회. 놓칠 수는 없다.

"—내가 죽일 사람이 카일이냐, 자미엘이냐 하는 거였지. 나 그리고 블랙 베스가 원하는 건 카일이 아니라 자미엘이었으니까."

따라서 이하는 반드시 확인해야 했다.

저 육체를 죽이면 자미엘이 죽는 것인가, 카일이 죽는 것인가.

블랙 베스는 이하에게 분명하게 말했다.

단순히 자미엘이 깃든 총기 따위를 없애는 게 자미엘을 죽이는 게 아니라고.

그러나 자미엘을 죽인다는 건 어떤 원리가 되어야 하는가.

그의 자아를 특정 형태로 뽑아내는 것? 그것은 불가능하다.

'아니, 유일하게 가능했던 스킬이 있었지만 쓸 수 없지.'

자미엘을 직접 마주하기 전까지만 해도 이하가 고려했던

전투 방식이 바로 그것이었다.

〈생명의 형태〉 스킬을 사용하여 마탄의 사수의 총기에서 자미엘의 자아를 형상화한 후, 그를 쏜다.

그러나 자미엘과 몇 발의 탄환을 나누자마자 알 수 있었다. 전투가 일어나는 와중에는 절대 할 수 있는 일이 아니다.

자미엘은 '혼자서' 죽일 수 없는 존재이기도 하니까. 그렇다면 이하로서는 다른 방법을 찾아야만 했다.

"꼬, 꼼짝 마! 하이하! 조금이라도 움직이면— 그 손가락 하나라도 꿈틀거리면 당장 죽여 버리겠어!"

치요는 소매를 걷으며 양팔을 들어 올렸다.

손톱 끝에서부터 길게 튀어나온 검붉은 기운들은 당장이라도 이하를 긁어 버릴 것처럼 벼려져 있었다.

이하는 그녀를 바라보지 않았다.

자미엘은 사나운 얼굴을 하고 있었다. 여전히 당황한 기색은 아니었다.

그가 당황할 이유는 아직까지도 없었기 때문이다.

"그래서……? 그래, 나는 자미엘이다. 그게 무슨 상관이지? 네가 날 죽일 수 있나?"

그것은 당연한 일이었다.

설령 마탄의 악령이어도 상상조차 할 수 없는 일이었으니까.

"저격수는 빈틈을 쏘는 거지."

이하의 입꼬리가 서서히 올라가기 시작했다.

"육신의 틈이 아니라, 생각의 틈을."

"무슨 헛소리를—."

이하는 여전히 두 팔을 번쩍 치켜든 상태였다.

블랙 베스를 쥐지 않는다면, 그를 경계해야 할 이유도 없다.

그러나 이번엔 치요와 시노비구미만 경계하는 게 아니었다. 이하와 한껏 붙어 있던 자미엘도 한 걸음 물러섰다.

"카일, 아마 들리지 않겠지. 이건 네 어머니가 나에게 알려 준 거야. 아니, 보여 주고자 했던 거지. 적어도 이 스킬로…… 널 안식에 들게 할 수 있어서 다행이라고 생각한다."

이하의 미소에는 그런 힘이 있었다.

"엘리자베스? 그 인간 계집이 뭘 할 수 있다고—."

"500m 거리에서 다섯 번을 성공시켰어. 그리고 마침내 가능하게 됐지."

이하는 자미엘의 말을 끊었다. 그러곤 조용히 읊조렸다.

"싸, 블랙 베스."

자미엘이 움찔거렸다.

그의 턱이 조금 올라갔다. 그는 더 이상 이하를 바라보고 있지 않았다.

그의 시선이 자신의 시선과 빗겨 났을 때.

이하는 다시 한 번 입을 열었다.

"〈시간을 꿰뚫는 명중〉."

이하는 자미엘이 어디를, 무엇을 보고 있는지 알고 있었다.

자신에게서 3.6km 떨어진 거리의 숲속, 그 나무 위에 있는 인물을 바라보고 있었을 것이다.

치요와 시노비구미 유저들은 무슨 일이 벌어진 건지, 감조차 잡을 수 없었다.

하이하가 무엇을 한 것인가.

"어, 어떻게—."

어째서 하이하의 몸에서 빛이 나고 있는가.

치요는 자신이 어떤 행동을 해야 하는지 갈피를 잡지 못하고 있었다.

완전히 패닉에 빠져 버린 시노비구미의 유저들도 마찬가지였다.

이게 대체 무슨 일이지?

투콰아아아————————…….

"핫……!"

치요는 멀리서부터 들려오는 총성에 정신을 차렸다. 소리는 이하의 뒤편에서부터 들려오고 있었다.

그리고 치요는 깨달았다. 총성이 도달하기까지 걸린 시간은 약 10.6초가 된다는 사실.

그것은 동시에, 이하의 몸에서 빛이 나기 시작한 시간이기도 했다.

Geschoss 2.

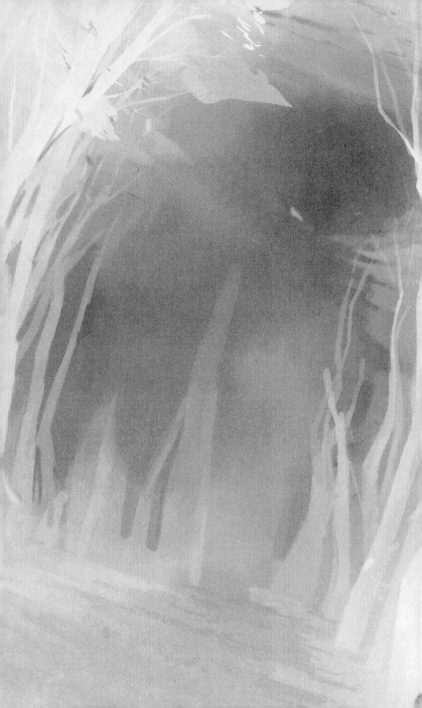

〈다탄두탄〉이 자미엘에 의해 완벽하게 차단되고 얼마 되지 않은 시점에서, 이하는 생각을 바꿔야만 했다.

'결국…… 걸어 봐야 하나.'

이하는 스킬 창을 보며 생각했다.

지금까지 고려하지 않았던 방법이기도 했다.

〈생명의 형태(1회 한정)〉

설명: "나는 정령에게 많은 걸 받았다. 몸이 있는 내가 정령들에게 줄 수 있는 건, 나의 몸을 주는 것밖에 없었다. 그들의 자아에 육신을 부여할 수 있게 되었을 때, 나는 내가 정령계에서 할 일이 무엇인지 깨달았다." 생명의 정령왕의 힘을 빌려 특정 자아에게 육신의 형태를 제공할 수 있다.

효과: 정령 또는 자아를 지닌 존재에게 인간형 육신 부여

마나: 1

지속 시간: 즉시

'젠장, 생명의 형태는 원래 자미엘에게 쓰려고 했던 건데—.'

자미엘을 죽여야 한다. 카일을 죽이는 게 아니다.

둘을 분리시킬 수 있는 유일한 방법은 이것밖에 없다고 생각했다.

그러나 이제는 그럴 때가 아니다.

자미엘과 카일을 따지기 이전, 육체를 스스로 통제하는 자미엘을 상대할 방법부터 찾아야 하지 않겠는가.

'어쩔 수 없어. 카일의 신체 능력에 자미엘의 모든 지식과 정보 그리고 통제권까지…… 나 혼자선 불가능해.'

무슨 스킬을 써도 먹히지 않을 거라는 걸 알고 있다.

마탄의 사수를 상대하기 위해서는 한 명이 더 있어야 한다는 말이 옳다.

따라서 이하는 해당 조언을 지키려 하는 것이었다.

"블랙, 할 수 있어?"

—큭큭…… 재미있는 생각이로군. 그러나 일이 그대로 흘러갈 거라 생각하는가, 각인자여.—

"되게끔 만들어야지. 문제는 그게 아냐. 너와 나의 완벽한 타이밍— 그리고…….."

블랙 베스가 자아를 갖고 만들어졌을 때의 형태와 지속력에 관한 문제일 뿐이다.

다행히 이하는 이 문제에 대한 도우미가 있었다.

투콰아아아—————……!

자미엘을 향해 또 한 발의 탄환을 쏘아 보지만 그것은 얼마 날아가지 못한다.

역시나 새롭게 떠올린 이 방법밖에 없다는 것을 인지하며, 이하는 프레아에게 귓속말을 보냈다.

—프레아 씨!

—잘하고 있어요? 전투가 발생했다는 이야기까지는 들었는데. 하이하 씨가 정 급하면 내가 가서—.

—아뇨, 아뇨. 지금 오시면 오히려 저쪽에서 의심할 거예요. 그것보다— 알렌 스르나에 관한 것 말인데요.

—네?

이하가 이런 방법을 떠올릴 수 있었던 근본적인 이유도 있었다.

스킬 〈생명의 형태〉를 블랙 베스에게 사용하기 위한 근거가 되어 주었던 사건!

—알렌 스르나가 나왔을 때, 키드의 〈크림슨 게코즈〉가 전

부 브로우리스 소장으로 됐다고 했죠?

　—아, 네네. 크기가 좀 작긴 했지만—.

　—바로 그거예요. 내가 블랙 베스에게 스킬을 사용하면…….
아마 '그런 식'으로 되겠죠?

〈크림슨 게코즈〉는 네 명의 브로우리스가 되었다. 그것도
제대로 된 형태가 아니라 '변형된 인간'의 모습이었다.

　즉, 알렌 스르나의 힘으로 실체를 갖게 되는 자아는 반드시
'완전한 인간'의 형태가 아니어도 된다는 의미가 아닌가.

　—으음, 아마도 그럴 것 같긴 한데…….

　—그럼 알렌 스르나한테 말 좀 해 줄래요? 아, 뭐 따로 부
탁할 건 아닌데! 이따가 스킬 쓰면 호들갑 떨지 말고 바로 외
형만 부여해 달라고요. 그 인간— 아니, 그 정령 워낙 말이 많
다 보니까.

　—네, 그 정도라면야. 알겠어요.

그렇다면 걸어 볼 만하다. 타이밍을 잡기 위해 상당한 수준
의 눈속임과 덫이 있어야만 하겠지만 불가능하지 않다는 게
이하의 판단이었다.

　—큭큭……재미있겠군. 그렇다면 자미엘은 내가 직접 죽
이는 건가. —

"응. 블랙, 네가 쏘게 될 거야."

— 하지만 각인자여, 그대에게 나의 본체가 없다면 오해를 살 수도 있다. —

"그 정도도 생각해 놨지. 근데 프레아는 생명의 정령의 힘을 중급? 상급? 정도밖에 못 쓰기 때문에 그런 거였고. 지금 내 스킬은 정령계에 있을 때와 똑같다고 했잖아. 기억 안 나?"

이하가 프레아와 함께 〈정령계의 열쇠〉를 사용하여 무지개의 정령계로 갔을 때.

이하의 손에는 블랙 베스 총기가 있었다.

그리고 이하의 곁에는 형상화된 자아, 블랙 베스 또한 존재했다.

브로우리스로 변했다고 〈크림슨 게코즈〉의 원형을 잃어 버렸던 '중급 생명의 정령'의 힘과는 차원이 다르다는 걸 이하는 인지하고 있었다.

'그러니…… 걸어 볼 수 있어.'

[묘오오오옹—!]

젤라퐁은 자미엘의 탄환이 날아오는 것을 가까스로 피해 냈다.

스치기만 해도 젤라퐁이 몇 초간 잿빛으로 변할 정도로 강력한 공격이다. 직격된다면 절대로 살아날 수 없을 것이다.

"어차피 우리는 대화할 수 있잖아? 블랙, 넌 잠시 후부터 자리를 잡고 내 신호를 기다려."

—나의 실수와 각인자 그대의 실수를 통틀어 단 한 번이라도 어긋난다면 그대는 살아날 수 없다.—

블랙 베스의 말을 들으며 이하는 잠시 우울한 표정을 지었다.

알고 있는 일이다. 지금 이하 자신이 생각한 대로 흘러가지 않을 확률이 더 높다.

하지만 어쩔 수 없다.

"지금은…… 믿어야지. 카일과 자미엘의 관계를 확인하기 위해서는 반드시 접근해야 해. 어차피 〈영계〉로 갈 수 있는 특성이 있으니 괜찮아. 물론— 블랙 네가 타이밍을 잘 맞춰야 하겠지만—."

〈방출〉과 관련된 스킬은 블랙 베스의 힘이다.

블랙 베스가 '총기'에서 떨어져 나간 후라면, 이하가 블랙 베스를 쥐고 쏜다 하더라도 해당 스킬은 발동되지 않을 것이다.

이하가 자미엘과 치요 앞에서 양팔을 번쩍 들고 있었던 이유이기도 했다.

그들을 안심시킴과 동시에, 굳이 블랙 베스를 쥐지 않아도 〈방출〉 계열 스킬은 형체를 갖게 된 블랙 베스가 대신 사용해 줄 수 있으니까.

"우리는 할 수 있어."

그렇게 이하는 MP를 모으고 또 모았다.

외줄 타기와 같은 자미엘과의 총격전에서 가까스로 살아남았을 때.

자신이 사용해야 할 스킬의 총 MP량과 현재 보유 MP를 계산하여 수치를 맞췄을 때.

이하는 승리를 직감했다.

"간다, 블랙."

―큭큭, 좋다.―

후우우우우…….

앞으로의 전투는 이하 자신조차 상상해 본 적 없는 전투가 될 것이다.

원거리 저격전을, 근거리에서 이루어 내는, 대리―저격전.

얼토당토않은 발상만으로도 부족해, 그것을 직접 실천하려고 하는 자신.

'재미있겠는데.'

이하는 불현듯 웃음이 났다. 하기로 마음먹었다면 더 이상의 고민은 사치다.

하아아아아…….

이하는 호흡을 가다듬었다.

마침내 그 첫 번째 탄환이 쏘아져 나갔다.

"〈할루시네이션: 바하무트〉."

빛이 번쩍함과 동시에 이하는 다음 스킬을 사용했다.

"〈생명의 형태〉. 알렌 스르나, 블랙 베스에게!"

이하는 블랙 베스를 상상했다.

정령계에서 봤던 외형, 우선은 그 정도면 된다. 진정으로 중요한 부분은 외형 전체가 아니니까.

──────────……!!!!

람화연의 얼굴이다. 프레아의 피부다.

또한 엘리자베스의 머리카락과 머리색을 지니고 있는 여성이 이하의 눈앞에 나타났다.

정령계에 있을 때와의 차이점이라면 단 하나, 팔이었다.

블랙 베스는 자신의 팔을 보며 람화연의 얼굴로 미소 지었다.

"……과연. 언젠가 싸웠던 언데드인가."

블랙 베스의 양팔은 하나의 거대한 총기로 합쳐져 있었다.

언데드 엘리자베스가 사용했던, 바로 그러한 형태의 [생체 총기]였다.

"휘유, 오케이. 일단 기능까지 될지는 알아봐야 할 텐데— 블랙! 테스트 한번 해 보고, 성능이랑 파악해서 나한테 이야기해 줘야—앗!?"

알렌 스르나가 이하의 앞에 나오고, 프레아를 통해 각종 지시를 들어 두었던 생명의 정령이 블랙 베스에게 신체를 부여하는 것은 1초 남짓도 되지 않았다.

바하무트의 환영이 시간을 끄는 사이, 마지막 작전 논의라도 하고 싶었던 이하였지만 더 이상은 그럴 시간도 없었다.

이미 바하무트의 환영은 자미엘의 탄환에 의해 갈라졌기 때문이다.

"블랙, 믿는다! 〈마음의 눈〉!

이하는 블랙 베스에게 외치다 말고 곧장 스킬을 사용했다.

"〈의지의 탄환〉!"

투콰아아아————————……!

일반적인 탄환도 막아 내는 자미엘이 〈의지의 탄환〉이라고 막지 못할 이유는 없다.

날아가던 탄두가 힘없이 떨어져 나갈 때 이하는 아랫입술을 지그시 깨물었다.

인상을 찡그리는 것도 잊지 않았다.

"빌어먹을…… 이것까지 막을 수 있는 건가."

멀리 보이는 작은 주황색 점, 이하는 그것을 확대하여 자미엘의 얼굴을 보았다.

그는 어떤 표정을 하고 있는가.

그는 어디를 바라보고 있는가.

[큭큭……. 하이하. 고작 이것인가. 네 〈의지의 탄환〉은 이제 무력화되었다.]

자신감에 찬 표정과 웃음.

흔들리지 않은 자세로 오른팔을 뻗고 있는 자미엘을 보며 이하는 더욱 인상을 찡그렸다.

'됐어. 못 봤다.'

그래야만 자신의 기쁨을 감출 수 있을 테니까.

치요와 자미엘은 확실히 이하를 많이 상대해 본 실력자들이었다.

그들은 이하를 상대했던 경험과 패턴으로 〈할루시네이션: 바하무트〉가 눈속임이라는 걸 진작 파악해 냈다.

그러나 [무엇]을 가리기 위한 눈속임이었을까.

이하가 마지막 순간까지 고민했던 점도 이것이었다.

뜬금없이 바하무트의 환영을 소환해 낸다면 자미엘은 몰라도 치요는 끝까지 의심할 것이다.

왜 지금 이 순간 그런 일을 저질렀을지, 왜 굳이 눈속임용 스킬을 활용했을지.

그렇다면 보여 주어야 한다.

최대한 거리를 좁혀 사용하면 치명적으로 활용할 수 있을

지도 모르는 스킬.

치요에게도 이하의 '필살 스킬'로 인식된 것을 보여 주면 되지 않는가.

그것이 바로 〈의지의 탄환〉이었다.

그리고 또 하나라면? 자미엘의 눈을 가려야 한다는 점.

자미엘의 눈이 얼마나 좋은지 알 수 없다. 날아오는 탄환에 반응할 정도라면 분명 이하 자신의 주변도 넓게 포착하고 있을 가능성이 있다.

최악의 상황이 바로 그것이었다.

'블랙 베스가 신체를 가졌다는 걸 자미엘이 본다면, 모든 게 끝이지.'

이미 자미엘이라는 대상을 인지하고 있으므로 〈의지의 탄환〉만 써도 되는 상황에서 이하가 굳이 〈마음의 눈〉을 쓴 게 바로 이러한 이유였다.

"카일! 카일!"

[이미 카일은 반응하지 않아.]

〈마음의 눈〉은 오직 대상에게만 집중하게 해 준다. 주변은 완전히 암전되어 보이지 않게 된다.

일반 유저들이라면 자신이 〈마음의 눈〉에 걸린지도 알 수 없으므로, 이러한 상황이 발생하지 않을 것이다.

그러나 자미엘은?

'카일일 당시부터 싸워 봤지. 저놈은 〈마음의 눈〉을 역침입

할 수 있어. 이 '암전된 공간'에…… 들어올 수 있다는 말이지.'

이하 자신에게 집중하기 위해서라도 반드시 〈마음의 눈〉 상태가 될 것이다.

즉, 이하가 암전된 상태에서 오직 주황색으로 칠한 자미엘의 실루엣을 보고 있듯, 자미엘도 주황색 실루엣으로 형성된 이하 자신을 보고 있어야 한다는 의미다.

'이 정도면 됐어…… 적어도 다른 곳으로 눈알을 굴리는 것 같진 않아.'

이하는 주변의 소리가 전혀 들리지 않았지만 알 수 있었다.

〈생명의 형태〉로 이하의 곁에 나타났던 알렌 스르나는 돌아갔을 것이고, 신체를 갖게 된 블랙 베스 또한 자신의 곁을 벗어났을 것이다.

최대한 좌우 거리를 멀리 띄운 후 엄폐할 장소를 찾아 저격을 준비하라는 이하의 말을 기억하며, 움직였을 것이다.

그렇다면 남은 것은? 자미엘에게서 정보를 알아내는 것뿐이다.

"닥쳐, 카일은 그렇게 약한 놈이 아니야. 마음에 들진 않지만 정신력은 분명히 강한 놈이라고. 카일! 일어나! 자미엘에게 그렇게 먹히면 안 돼! 내 목소리 들리나!?"

이하는 마구 소리쳤다. 이것이 100% 연기였다면 자미엘은 수상한 낌새를 눈치챘을지도 모른다.

그러나 실제로 자미엘과 카일은 어떤 상태로 결합되어 있는 것인가.

그것을 확인하는 건 중요한 일이었으므로 이하의 진심이 담긴 외침을 자미엘은 거짓으로 인식하지 못한 것이었다.

[그렇게 불러 보고 싶나? 그렇다면 이곳으로 와라.]

"빌어먹을……."

[블랙 베스는 등에 걸고 와라. 두 손을 높게 들고…… 가슴에 붙은 그것도 떼어 내. 조금이라도 공격 행위를 하려는 게 보인다면, 나는 즉시 '나의 힘'……. 너희들이 말하는 '마탄'을 쏘겠다.]

"마탄은 몇 발이나 쏠 수 있지? 분명 몇 발 남지 않았을 텐데? 많아 봐야 4발 아니면 3발 아닌가? 만약 이미 다 쓰고 마지막 한 발만 남은 상태라면…… 자미엘, 너는 나한테 죽게 될 거야."

[글쎄. 내가 몇 발이나 남았는지 확인하기 전에 네가 먼저 이 세상에서 사라질 것 같은데.]

이하는 자미엘을 향해 걸었다. 이 정도가 좋다.

"젤라퐁, 나한테서 떨어져."

[묘옹?]

"괜찮아. 떨어져 있어."

그렇게 젤라퐁까지 완전히 떼어 내고 나서, 이하는 블랙 베스를 등에 메었다.

자아가 빠져나간 블랙 베스는 일반적인 총기나 마찬가지

다. 격발은 당연히 가능하겠지만 더 이상은 블랙 베스의 특성을 활용한 스킬도 쓸 수 없다.

'그러니까…… 타이밍을 잘 맞춰야 해.'

'진짜 블랙 베스'가 이제부터 그 모든 일을 해내어 주리라.

이하는 양팔을 높게 들고 그대로 카일을 향해 걸었다.

살얼음판을 걷는 것과 같은 기분이었다.

그들에게 걸어가면서도 이하는 스킬 창을 살폈다. 〈블랙 베스〉의 힘이 있어야만 사용할 수 있는 스킬들이 있다.

그러나 지금, 이하에게 있는 것은 총기 블랙 베스뿐이다.

자아 블랙 베스의 힘이 없다면 〈다탄두탄〉이나 〈카모플라쥬〉, 〈마나 증발탄〉 등은 물론, 모든 종류의 〈방출〉을 사용할 수 없다는 의미였다.

—역시. 〈방출〉은 너만 쓸 수 있어. 나한테 연동은 되는 걸까?

—큭큭…… 각인자여, 자미엘과 같은 세월을 견뎌 왔던 나조차도 겪어 본 적 없는 상황이라는 걸 모르는가.

—젠장…… 결국 지금부터 해야 할 모든 일들이 다 도박이라는 뜻이군.

현재까지는 자신이 계획했던 수가 통했다. 그러나 이다음도 괜찮은 것일까.

안타까운 일이라면 마음 놓고 고민해 볼 여유가 없다는 점이었다.

"정말…… 카일은 없는 건가? 자미엘, 네가 카일을 먹어 버린 거야?"

"……블랙 베스를 왜 필요로 하는 거지? 어차피 그 팔…… 탄창 삽입도 없는 것 같고, 말 그대로 무제한적으로— 지금의 블랙 베스와 비교해도 결코 낮은 수준이 아닐 텐데. 겉모습을 바꾸려고 그러는 건가?"

"그럼 어째서?! 날 죽인다 한들 너는 블랙 베스의 각인자가 될 수 없어."

이하는 자미엘과 치요를 앞에 두고 모든 것을 물었다.

평소라면 그들이 대답하지 않을 것이라 예상되므로, 당연히 하지 않을 질문도 있었다. 굳이 그런 것들까지 물어본 이유는 자미엘과 치요의 상태를 파악하기 위함이었다.

'방심하고 있어. 역시…… 아직 전혀 눈치채지 못했다.'

─하지만 치요는 수색 능력이 뛰어나. 지금까지 마왕군에게 잡히지 않았던 것도 주변을 감지하는 능력들이 있어서니까. 뱀파이어화된 몬스터가 주변을 찾을 수도 있어.

─알고 있다, 각인자여. 지금 각인자 그대가 말한 조건에

걸맞은 장소를 찾고 있다.

　—서둘러 줘야 해. 〈영령 늑대 군왕〉 방출 타이밍이 조금만 늦어도 나는 끝이야.

　—큭큭…… 그 점이라면 다행이라고 할 수 있군. 소리는 전부 들려오니까.

　—소리— 아?! 총기가 여기 있어서 그게 가능한가?

영혼이라고 볼 수 있는 것은 빠져나갔지만 '신체'인 총기가 이하 자신과 함께 있으므로?

그러나 이하가 이런 말을 해 본다 한들 블랙 베스라고 곧장 답할 수 있는 것은 아니었다.

애당초 〈생명의 정령〉을 통해 이렇게까지 원대한 움직임을 보인 적은 미들 어스 역사상 전무했기 때문이다.

"영구히 소멸되어라."

　—블랙!
　—〈방출: 영령 늑대 군왕 (1)〉

"《마탄》."

이하는 눈을 질끈 감았다. 실패한다면 끝이다.

앞으로 미들 어스에서 활약할 일은 없다고 봐야 할 것이다.

"……응?"

다시 눈을 떴을 때, 이하의 눈에 보이는 장면 중 바뀐 것은 딱 하나뿐이었다.

'색깔…… 색깔이 사라진 건가?'

전반적으로 회색이 되어 버린 세상이었다. 자미엘은 자신에게 오른팔의 총구를 겨눈 그대로였고, 치요도 어리둥절하여 주변을 바라보는 모습이 모두 보였다.

그러나 그들의 초점은 자신에게 맞춰져 있지 않았다.

"보이지 않으니까?"

이하는 일부러 소리를 내 보았다. 역시나 그들에게서는 아무런 반응이 없었다.

—블랙?

"블랙!"

말을 하든 귓속말을 보내든 마찬가지다. 설령 블랙 베스의 '신체'가 이곳에 있다 한들 목소리는 닿지 않을 것이다.

같은 세상이지만 동시에 완벽하게 차단된 새로운 레이어.

"좋아…… 좋았어."

영계의 효과를 확인했다. 이제 마탄은 통하지 않는다.

마탄이 통하지 않는다는 확신만 있다면, 남은 것은 정보를 빼내는 일이다.

"자미엘, 만약 네 녀석이 카일을 완전히 잡아먹은 상태라면……."

이하는 스킬 창을 열어 보았다.

이곳에 오기 직전에 성공한 기술이 있다. 홀로 신대륙을 가야 한다고 생각했을 때부터 이하는 이것에만 몰두했다.

이 정도 스킬도 성공하지 못한다면 마탄의 사수와 싸우는 건 불가능하다는 판단하에, 로그아웃까지 아껴 가며 피나는 노력을 했다.

〈무지개 다리〉
설명: 생명체는 건널 수 없는 무지개 다리 너머로, 물체를 보낼 수 있다.

효과: 500m 내 대상 물체의 위치 변경

마나: 3,000

지속 시간: 즉시

쿨타임: 2분

〈무지개 다리〉는 이하의 상상을 그대로 실현해 줄 수 있는 스킬이었다.

방아쇠를 당기는 순간 스킬을 사용하여 그 위치를 완벽하게 맞출 수 있다면, 그것은 문자 그대로 동시同時에 이루어진다.

격발과 적중이 시간상으로 완벽하게 같은 위치에 존재할 수 있는 일.

500m 범위 내에서라면 탄두가 목적물까지 도달하는 시간을 [0]으로 만들어 주는 일.

네 번 중 한 번. 세 번 중 한 번. 두 번 중 한 번. 그리고 연속으로 두 번.

이하는 다섯 번을 성공시켰다.

그 일이 성사되는 순간, 이하에게도 변화가 나타났다.

"너는 반드시 죽는다."

블랙 베스의 힘이 아니다.

이것은 온전히 이하 자신의 힘으로 이루어 냈고, 삼총사의 이름하에 얻어 내었으며, 직전의 [명중]조차 도달하지 못한 경지에 다다른 기술이다.

〈시간을 꿰뚫는 명중〉

"내 모든 탄환을 쳐 낼 수 있다 하더라도…… 이것만큼은 막아 낼 수 없을 테니까."

다만 이하의 표정이 하염없이 밝은 것만은 아니었다.

이미 〈무지개 다리〉로 단련이 된 이하에게 있어, 필요조건을 갖추는 건 어려운 게 아니다.

필요 마나가 많은 것도 아니다.

효과는 현재 이하가 원하는 바로 그것이다.

쿨타임: 240시간

그러나 지금 스킬을 사용하고 나면, 미들 어스 시간으로 열흘간은 스킬을 사용할 수 없다는 게 문제일 뿐이었다.

이하는 주변의 색상이 다시금 돌아오는 것을 느꼈다.

〈방출: 영령 늑대 군왕 ⑴〉스킬이 해제되고 있다는 뜻이다.

이제 이런 고민은 사치다.

이번 스킬 사용 이후 열흘간 못 쓴다고?

푸른 수염을 죽이거나, 에얼쾨니히를 상대할 때는 사실상 봉인된 상태라고?

'하핫…… 우습군. 내가 여기서 죽어 버리면—.'

어차피 그런 상황을 맞닥뜨리지도 못한다. 지금 중요한 것은 자미엘을 완전히 죽여 버리는 것.

"후우우우우……."

긴 숨을 토해 내며, 이하는 다시금 현실계로 돌아왔다.

영계에서 돌아온 이후 이하가 한 일은 역시나 정보의 추출이었다.

완전한 패자의 입장에서 질문을 하던 것과 달리, 〈영계〉의 힘을 보여 주었으므로 자미엘과 치요의 태도가 바뀌긴 했으나 그렇다고 그들이 답변을 거부하는 것은 아니었다.

회피의 수단만 있을 뿐, 반격의 수단이 없다고 인지하던 자미엘로서는 당연한 일이었을 것이다.

이하는 일견 대등한 입장에서 그들과 상대하듯 버티고 있었으나, 실제로는 제3자인 치요가 봐도 이하 측이 불리한 입장이었으니까.

이하는 치열하게 질문했다. 무엇보다 중요한 정보는 '자미엘과 카일의 현재 상태'이자, '현재 카일의 육신을 죽였을 때 자미엘이 죽는가'에 대한 것이었다.

당연히 그것을 직접적으로 물어서 답변해 줄 리는 없었고, 처음부터 그런 질문을 파고들어 갔다간 자미엘은 결코 대답하지 않을 테니 우회적으로 접근할 수밖에 없었다.

"프랜시스. 프랜시스 페가마나보. 판린드 민족에게 최초로 〈하얀 죽음〉을 알려 준 자. 그게 마탄의 힘 중 일부라는 것도 이미 알고 있어. 왜 그런 걸 알려 줬지? 너의 힘은 개별적인 기술로 분리할 수 있는 거였나?"

그 접근 방법이 바로 〈하얀 죽음〉을 활용한 것이었다.

자미엘이 어째서 친절을 베풀었는가. 어째서 그런 일을 했는지 궁금했다는 식으로 접근하지만 이 모든 질문은 그저 겉보기식일 뿐이었다.

"정말로…… 카일은 끝난 건가? 다시 분리될 수 없는 지경이 되었다……는 거지?"

이하가 진정으로 알고자 했던 단 하나의 정보.

이 질문까지 오기 위해 얼마나 많은 공을 들였던가. 이하는 두근거리며 그의 답변을 기다렸다.

그리고 숱한 단계를 거쳐 올라온 질문의 진의眞意를, 자미엘은 깨닫지 못했다.

그 시점에서 이하는 안도의 한숨을 내쉴 수 있었다.

더 이상은 분리될 수 없다. 카일의 육신이 죽는다면 자미엘이 죽게 된다.

아직 〈무제한의 마탄〉을 사용할 정도로 합치되진 않았으나, 더 이상인 분리 불가능할 정도인 상태.

'과연…… 그래서 100일 어쩌고를 한 건가.'

치요와 자미엘의 대화를 엿들을 때 분명히 나온 적이 있는 키워드다.

치요조차도 명확한 답변을 알 수 없는 것 같았으나, 이하는 이제 알 수 있었다.

육신을 잠식하기 시작하고 100일 째가 되는 날, 말 그대로 완전히 융합되었을 것이다. 즉, 〈무제한의 마탄〉을 사용하는 자미엘이 되었을 가능성이 높다는 뜻이다.

'혼자 오길…… 혼자 상대하길 잘했군.'

키드와 루거를 기다렸다거나, 로페 대륙에서 에얼쾨니히를 막아 내고 이곳으로 온다는 허튼 계획을 세웠다면 모든 게 수포로 돌아갈 뻔했다.

—블랙, 자리는 잡았어?

—그렇다. 큭큭…… 약 3.6km 거리. 나의 신체가 느껴진다.

—보이기도 하고?

—물론.

이제 확인해야 할 모든 사항은 확인했다. 남은 것은 자미엘의 심장을 꿰뚫는 것이다.

그러기 위한 필수 조건을 만족시키기 위해 이하는 블랙 베스에게 물었다.

〈시간을 꿰뚫는 명중〉

설명: '[명중]의 엘리자베스'라 불렸던 명사수가 평생을 두고 도전했던 경지. 격발부터 적중까지의 시차를 완전히 제거하여 두 순간을 동시同時로 만들 수만 있다면, 그것은 완벽한 명중이 될 것이다. 그러나 [명중]의 엘리자베스조차 단 한 번도 성공한 적이 없다고 전해진다.

"으음, 그런데 말이야. 이런 일이 가능하려면 말 그대로 시간을 조정해야 하는 수준이잖아? 텔레포트조차도 발동하고 효과가 발현되기까지 찰나의 시간은 필요한데 이건 그 시간마저도 없는 거니까. 그 정도로 시간을 조정하는 능력이 있다면…… 혹시 그 역逆도 가능하지 않을까? 말하자면— 적중을 먼저 시켜 놓고 격발을 하는 거야! 어때!? 브라운! 리스! 가능할 것 같지 않아?"

그녀가 성공하지 못했던 이유 중 하나로 대다수의 사람들은 그녀의 풍부한 상상력을 꼽았다고 한다.

필요조건: 1. 대상이 시야 내에 확보되어 있어야 함.

2. 사용하는 총기의 기능만으로 대상에게 탄두가 도달할 수 있어야 함.

3. 사용자의 능력으로 대상을 적중시킬 수 있어야 함.

효과: 격발과 적중의 효력 동시 발생

마나: ―

지속 시간: 즉시

쿨타임: 240시간

적어도 이하에게는 크게 어렵거나 특수한 조건이 아니다. 일반적으로 저격할 때, 당연히 갖춰야 하는 사항이 아닌가.

즉, 이번 스킬의 효력 자체는 문자 그대로 '시차'를 없애 주는 것뿐이라는 뜻이다. 그 외의 모든 것은 스킬 사용자 스스로가 만들어 놔야 한다.

그러나 지금 그 조건을 갖춰야 하는 '스스로'가 누구인가.

이번에 총을 쏘는 사람은 이하 자신이 아니다.

현재 자미엘을 겨누고 있는 〈블랙 베스〉가 이 모든 조건을 만족시켜야 한다.

'블랙 베스가 3.6km의 저격을 성공시킨다는 시스템의 판단이 필요해. 그리고 그 조건을 만족시키는 건 결코 쉽지 않을

거야. 한밤중인 데다가— 달이 밝다지만······.'

시야 확보가 되는 것은 다행이다. 블랙 베스는 현재 이하 자신의 뒷모습과 자미엘을 보고 있을 것이다.

그러나 문제는 그 다음이다. 블랙 베스가 그 자리에서 자신의 양팔의 생체 총기를 사용하여 자미엘을 맞출 수 있을까.

—쏘는 건 어때? 젠장, 내 상상력이 부족해서— 가능했다면 유도탄 같은 기능까지 막 상상을 해 봤을 텐데······.

알렌 스르나는 이하가 상상하는 블랙 베스의 외형을 기반으로 육신을 부여해 주었다.

그러나 어디까지나 양팔이 생체 총기의 형태와 기능을 갖게 되었을 뿐이다.

〈커브 샷〉을 〈의지의 탄환〉 수준으로 쏘아 댔던 엘리자베스에 비한다면 터무니없이 단순한 총기라는 의미다.

'3.6km 거리라면 바람에 대한 고려를 제법 해야 할 거다. 그러자면······.'

—방위각은 파악돼? 그 방위각 기준으로 풍향을 따져야 해. 풍속은 으음, 3.6km라면 가운데 지점쯤에서 블랙, 네가 한 번 더 계산을 해야 할 거야. 내 위치 인근에서는 초속 약 5m로 그리 강하지 않지만— 일단 네가 완전히 계산을 끝내서

맞출 수 있어야 스킬도 효력이 발생하는 거니까―.

―각인자여.

블랙 베스는 이하의 말을 끊었다.

이하는 자미엘의 얼굴을 보며 블랙 베스의 목소리를 들었다.

카일의 육신을 잠식해 간 자미엘의 얼굴과.

이하의 상상을 통해 육신을 부여받은 블랙 베스의 얼굴.

그들은 완벽하게 다르다. 그러나 한 가지는 같다.

통제 가능한 '육신'을 지닌, 태고부터 존재해 왔던 '총기' 형
태의 '힘'을 지니고 있다는 것.

―으, 응?

―나는 이미 그대와 오랜 시간을 함께했다.

―그……렇지.

그리고 이하의 상상 이상으로 그들의 능력이 뛰어나다는 것.

자미엘은 카일의 몸을 장악한 후 믿을 수 없을 정도의 솜씨
를 보여 주었다.

카일의 육체 능력과 자미엘의 정신―지식이 합쳐진 결과물
이라고 봐야 했다.

그렇다면 블랙 베스는?

―각인자 그대가 나의 힘을 사용한 만큼……. 나 또한 각인 자의 힘을 보고 배웠다는 뜻이다.

이하는 아무런 대답도 하지 못했다. 블랙 베스에게도, 눈앞 에 있는 자미엘과 치요에게도.

블랙 베스의 자신감 넘치는 목소리를 들으며…… 이하는 미소 지었다.

자미엘은 이하의 미소를 보며 한 걸음 물러섰다.

이하의 미소에는 그런 힘이 있었다.

"카일, 아마 들리지 않겠지. 이건 네 어머니가 나에게 알려 준 거야. 아니, 보여 주고자 했던 거지. 적어도 이 스킬로…… 널 안식에 들게 할 수 있어서 다행이라고 생각한다."

이하에게 블랙 베스의 모습이 보일 리가 없었다.

블랙 베스는 이하의 등 뒤에 자리하고 있는 데다, 거리는 3.6km가량이 떨어져 있다.

하물며 등 뒤 어딘가라는 것만 알 뿐이지, 정확히 어느 방 위에 있다는 건 알지도 못한다.

그럼에도…….

"엘리자베스? 그 인간 계집이 뭘 할 수 있다고 생각하지."

그럼에도 이하는 보이는 것만 같았다.

양팔을 고이 모아 사격을 준비하는 자세.

미들 어스를 시작한 이래 줄곧 쫓아왔던 전대의 [명중], 엘리자베스가 마지막으로 보여 주었던 바로 그 사격 자세.

후우우우우…….
—각인자여.

하아아아아…….
—이것은 그대의 솜씨다.

그제야 이하는 진정으로 알 수 있었다.

믿는다는 것. 그것은 단지 자신만을 의미하는 게 아니었다.

자신과 줄곧 함께했던 자가 있다.

그리고 그가 말했다. 믿어 달라고.

"쏴, 블랙 베스."

자신의 저격조차 의심하고 또 의심하여 적중률을 높이려
하던 저격수는 그곳에 없었다.

자미엘을 마주 보고 있는 자.

그 기세만으로도 치요와 시노비구미 전원의 발을 묶어 놓
은 자.

그곳에 있는 것은 삼총사 중 한 사람이자 [명중]의 뒤를 이
은 차세대 [명중].

"〈시간을 꿰뚫는 명중〉."

투콰아아아─────────…….

　[모두 축하해 주세요! 미들 어스 최초로 R+급 업적 획득자가 나타났습니다.]
　[모두 축하해 주세요! 미들 어스 최초로 U-급 업적 획득자가 나타났습니다.]
　[모두 축하해 주세요! 미들 어스 최초로 U급 업적 획득자가 나타났습니다.]
　[모두 축하해 주세요! 미들 어스 최초로 3차 전직자가 나타났습니다.]
　[하이하, 마탄의 사수, Lv. 302, 퓌비엘 국가 소속]
　[다른 유저 분들도 지지 않게 더욱 분발해 주세요!]

그곳에 서 있는 것은《마탄의 사수》.
하이하였다.

[시간을 꿰뚫은 자 업적을 획득하였습니다.]

[레벨이 올랐습니다.]
[레벨이 올랐습니다.]

[레벨이 올랐습니다.]

[과거의 벽은 부수고 나갈 분 업적을 획득하였습니다.]

[레벨이 올랐습니다.]
[레벨이 올랐습니다.]

[고맙습니다, 선배님 업적을 획득하였습니다.]

[억겁의 시간을 넘어선 복수 퀘스트를 완료하였습니다.]

[《마탄의 사수》의 총기에 각인하시겠습니까?]
[마탄의 악령: 자미엘을 흡수하였습니다.]
[《마탄의 사수》의 총기에 자동 각인됩니다.]
[《마탄의 사수》로 전직되었습니다.]
(해제 조건부 전직으로, 조건 만족 시 3차 전직 직업의 자격을 상실, 이전 직업으로 원복합니다.)

[태초의 마魔가 만들어 낸 힘 업적을 획득하였습니다.]
[사라져 버린 마탄의 악령 업적을 획득하였습니다.]
[마탄의 사수, 그 이름의 무거움 업적을 획득하였습니다.]

그동안 수없이 많은 퀘스트를 해 왔고, 수없이 많은 업적을 획득했던 이하에게도 낯설 정도의 시스템 창이었다.

　레벨 업 알림은 물론이고, 온갖 종류의 업적 획득에 더해 퀘스트 완료 그리고 마탄의 사수로의 전직까지.

　그 와중에도 이하가 선택할 수 있는 것은 하나도 없었다.

　일련의 시스템 알림 창들이 자동으로 획획 지나갔다는 게 첫 번째 이유였고, 눈앞이 흐릿하다는 게 두 번째 이유였다.

　"끄읏―."

　―각인자여…… 마침내…….

　"―블랙!?"

　―자미엘을…… 흡수했다……. 놈의 원혼마저도 나의 가장 깊은 배 속에서…….

　그것이 블랙 베스에 대한 반응이라는 걸 깨달은 것은 얼마 되지 않아서였다.

　초월적 존재를 처음 마주했을 때의 어지럼증과 유사할 정도의 증상은 곧장 이하를 무력하게 만들었다.

　"크악! 블랙! 잠깐만! 뭐야, 왜 갑자기!?"

　이하는 결국 블랙 베스를 지팡이 삼아 짚어야만 했다.

　그것으로도 부족해 휘청이던 이하는 결국 바닥에 주저앉고 말았다.

　그 모든 장면을 치요와 시노비구미는 놀란 눈으로 보고 있었다.

총성이 들려왔을 때부터 정신을 차렸던 치요의 머릿속이 타오를 것처럼 작동했다.

하이하는 마탄의 사수가 되었다.

자미엘은 '사라졌다.'

죽었거나 또는⋯⋯.

'카일의 경우처럼!?'

하이하의 정신을 지배하기 위해 움직이고 있다면?

그녀는 블랙 베스와 자미엘의 특징은 알고 있지만 그 관계까지는 파악하지 못하고 있었으므로, 이런 식으로 생각하는 게 당연했다.

그 짧은 사이 그녀에게 주어진 선택지는 두 개였다.

1. 도망간다.

그녀는 곧 생각을 접었다. 하이하가 마탄의 사수가 되었다면, 마탄을 쓸 수 있다면.

'어차피 도망쳐도 소용이 없어, 나는 끝이야! 그렇다면 차라리—.'

2. 하이하와 싸운다.

지금 싸워야 한다. 아직 정신을 차리지 못하고 있는 바로 지금!

"모두 공격해! 〈뱀파이어—〉."

그녀는 시노비구미 전원에게 명령을 내리며 이하에게 달려들었다.

바닥에 주저앉아서도 상체를 흔들거리고 있던 이하에게서 반격의 의지는 느껴지지 않았다.

그녀는 승리를 확신했다.

[묘오오오오옹—!]

크툴루의 스폰Spawn과도 맞상대를 할 수 있는, 젤라퐁이 튀어나오기 전까지.

"이익— 너는 하이하의—."

[뭉뭉, 묘오오오! 퐁!]

—————————————!

[전투 모드: 민첩].

이하의 명령이 없어도 스스로 사고하고 판단하는 '아이템'이 활약하기 시작했다.

뱀파이어화된 몬스터와 시노비구미 전원 그리고 치요가 온 힘을 다해 달려들어도 결코 쉽지 않은 상대이리라.

포성이 울리기 무섭게 밤하늘이 밝아졌다. 달빛과는 비교도 안 될 정도의 성능을 내는 조명탄이었다.

"젠장, 키드! 하이하 자식한테 연락은 없나!?"

"없습니다. 그리고 지금은 그에게 신경 쓸 때가 아닙니다."

루거가 소리치듯 물었다. 키드는 어느새 루거의 뒤로 돌아가며 한마디를 내뱉었다. 그러곤 곧장 사라졌다.

"아니기는 왜! 망할, 마탄의 사수라니— 도대체 뭐가 어떻게 된—."

"캬아아아아악—!"

"카르르륵!"

"빌어먹을 놈들, 빠르기도 하군!"

〈코발트블루 파이톤〉의 포신을 황급히 돌려보지만 루거는 자신의 반응이 늦었다는 걸 깨닫고 있었다.

그럼에도 그는 긴장하지 않았다.

——, ——, ——!

연이은 총성과 함께 몬스터들의 피가 루거에게 튀었다. 사라졌던 키드가 어느새 돌아와 몬스터들을 처리해 둔 상태였다.

"교황을 놓쳐 화가 난 푸른 수염이 모든 몬스터를 날뛰게 만들고 있는 걸 모르는 겁니까."

"알지, 왜 몰라! 그래서 너랑 나랑 여기 나온 거 아니냐고!"

"그럼 하이하에게 신경 쓰지 말고 눈앞의 일부터 집중해야 할 겁니다."

키드는 루거의 눈을 똑바로 바라보며 말했다.

매우 건조한 어투로 말하는 키드가 마음에 들지 않은 루거는, 결국 〈코발트블루 파이톤〉의 포신을 키드에게로 돌렸다.

콰아아아아————————ㅇ!

포성이 다시 한 번 울렸다. 포탄은 키드의 곁을 스쳐 지나갔다. 키드는 펄럭거리는 코트의 매무새를 단정히 정리하며 뒤를 돌아보았다.

머리가 사라진 싸이클롭스의 거체가 그의 앞으로 쓰러지고 있었다.

루거는 키드를 보며 코웃음을 쳤다.

"헷, 네놈도 집중을 못 하고 있으면서. 하여튼 쿨한 척하면서 지가 제일 잘난 줄만 알지."

"……하여튼 집중합시다."

키드는 괜스레 머쓱하여 모자를 눌러썼다. 루거는 그 모습을 보며 더욱 환한 미소를 지었다.

자신이 이하의 상태에 대해 궁금해하는 것 이상으로 키드가 궁금해한다는 걸 알고 있었기 때문이다.

"하여튼 한 가지는 확실하지. 망할 놈이 돌아오면—"

"《마탄의 사수》에 대한 경쟁을 다시 한 번 해야 할 겁니다."

"당연하지!"

도대체 뭐가 어떻게 된 것일까. 월드 메시지로 뜬 알림 창을 보자마자 로페 대륙의 유저들은 전부 뒤집어지기 일보 직전이었다.

그러나 루거와 키드의 귓속말은 물론이고, 람화연과 기정 등이 보내는 귓속말에도 답변은 없었다.

"방어선 한번 정비하고 갑니다! 기사단 여러분들 제 뒤로!"

"아, 알겠습니다, 마스터케이 님!"

"〈성스러운 요새〉!"

쿠우우우웅⋯⋯!

기정이 커다란 방패를 내리찍을 쯤, 몬스터들을 상대하던 기사단 NPC들은 모두 기정의 뒤로 돌아와 있었다.

"우워어어어어어!"

"죽—여라− 인—간들—. 〈익스플로전〉."

"오우거 메이지Mage라는 몬스터명 자체가 이상한 거라고! 지능 지수 20도 안 되는 것들이 말은 어떻게 배워 가지고는!"

기정의 방패 위에서 숱한 폭발이 일어났으나, 기사단과 기정의 앞에 드리운 반투명의 푸른 벽은 멀쩡했다.

그럼에도 기정의 표정은 그리 좋지 않았다.

'너무 많아.'

〈제2차 인마대전〉의 중간 지휘관급 몬스터들은 전날과 달리 더욱 맹렬히 날뛰는 중이었다.

도시와 요새의 인원들을 대피시키며 방어선을 대폭 축소한 것은, 바꿔 말하면 소수의 방어선이 더욱 강력해진다는 것을 의미한다.

그러나 문제는 방어만 강해진다는 게 아니라는 점!

한곳으로 모여든 몬스터의 수는 많을 수밖에 없었고, 〈신성 연합〉이 내는 시너지 이상으로 몬스터들의 시너지도 상당히 강했다.

"대장은 제가 잡을 터이니, 마스터케이 소협께선 기사단원들을 보호해 주십시오."

"부탁드려요, 페이우 님!"

가까스로 기사단 NPC들을 지켜 낸 기정의 머리 위로 페이우가 달려 나갔다.

"아, 그리고…… 부탁드리고자 하는 게 있는데."

마법사 직업군의 〈플라이〉와 다르게, 공기를 밟으며 뛰던 페이우가 갑자기 뒤를 돌아본 것은 그때였다.

기정은 그의 표정만 봐도 무슨 이야기가 나올지 알고 있었다.

"네. 이하 형한테 연락 오면 꼭 말씀드릴게요."

"음. 부탁하오!"

기정 자신에게 하이하의 상태에 대하여, 현재 에리카 대륙에서 일어난 일에 대하여 묻는 귓속말도 차고 넘칠 정도로 많았으니까.

Geschoss 3.

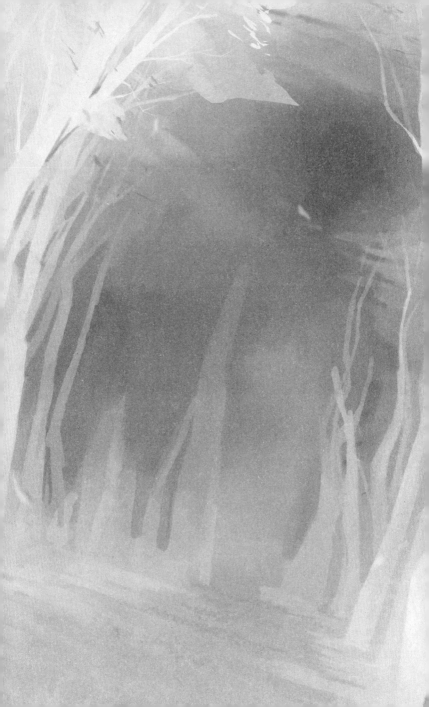

　—대체 어떻게 된 거야, 형!? 로그아웃도 아니고……. 살아는 있는 거지?

　기정의 귓속말과 비슷하게 람화연의 귓속말도 이하에게 전달되었다.

　—대답해, 하이하! 지금 당장 프레아를 보내도 되는 상태인 거야?

　그녀의 표정을 본 프레아는 당장이라도 떠날 준비를 하려 했으나 그것은 라르크에 의해 제지된 상태였다.
　"아직 모릅니다. 함부로 행동하는 게 더 위험해요."

"하지만…… 더 이상 들리지가 않는단 말예요."

프레아가 조급하게 구는 것도 이유는 있었다.

그녀는 중간 지휘관급 몬스터 무리들을 막기 위해 곳곳으로 지원 파견을 나가는 와중에도 듣고 있었다.

람화연이 언젠가 알려 주었던 '시노비구미 유저들'의 그림자를 통해서.

간헐적인 도청이긴 했으나 그림자를 활용한 그녀의 첩보는 분명히 도움이 되었다. 그러나 지금은?

"알고 있어요. 그래서 더 가면 안 된다는 겁니다. 지금 하이하 씨가— 목숨을 걸고 싸우고 있는 중일 테니까."

그 사람들의 목소리가 들리지 않게 되었다.

그들이 로그아웃되었다는 게 무슨 의미인가. 이하가 마탄의 사수가 되었다는 게 어떤 의미인가.

라르크는 전투가 아직도 현재 진행형이라는 사실을 바로 잡아냈기에, 프레아를 함부로 보낼 수가 없었다.

만약 프레아의 등장이 이하의 은신을 밝혀내거나 하는 행위로 이어진다면 그것은 매우 위험할 테니까.

'그리고…… 마탄의 사수에게 붙는 악령이 있었지. 만약 그쪽에게 당하고 있거나, 그것과 또 싸우는 중이라거나 한다면……'

자미엘은 어떻게 되었는가.

키드나 루거조차도 이하의 블랙 베스가 자미엘을 집어삼킨 상황이라는 걸 눈치채지 못했으므로, 라르크가 최대한 조심하는 건 어쩔 수 없는 일이었다.

그가 할 수 있는 일은 하나뿐.

"뭐, 그리고 하이하 그 사람 성격에…… 급했으면 프레아 씨를 불러도 벌써 불렀겠지. 안 그래요? 또 능글능글한 웃음으로 와 가지고는 '별로 어려운 건 없던데?' 이럴 사람이니까…… 너무 걱정하지 맙시다."

긴장과 초조로 인하여 정신이 흔들리고 있는 두 여성을 붙잡아 주는 것.

당장 미니스에서 방어 병력의 지휘관으로 투입되어야 하는 퀘스트가 있음에도 그는 이동식 지휘 본부를 떠나지 않고 있었다.

미니스의 도시 한두 개를 내주는 한이 있더라도 하이하의 상태를 파악하는 것과, 람화연이 흔들리지 않도록 잡아 주는 게 그에겐 더 중요한 일이었기 때문이다.

—그쪽은 제가 가면 되니까요. 람화연 씨가 '머리'로 의지할 수 있는 사람이 곁에 있어 줘야죠.

—이거야 원, 미안해서……. 그럼 부탁 좀 할게요, 나라 씨.

—괜찮아요. 라르크 씨와 다른 여러분들이 모두 싸울 때— 저는 계속 교황청에만 있었잖아요? 이제 나도 밥값 해야지.

—낄낄, 하여튼 한국 사람들은 '밥값' 이런 거 엄청 좋아하나 봐. 그럼 염치없이 부탁 좀 합니다!?

그런 라르크의 빈자리를 전방에서부터 메우는 건 역시나 신나라였다.

서로가 서로에게 힘이 되어 주고, 서로가 서로를 의지하는 로페 대륙의 전황.

미니스의 외곽을 방어하던 신나라는 문득 이하가 걱정되었다.

'하이하 씨는 이런 상황에서도 홀로⋯⋯.'

치요와 시노비구미 그리고 마탄의 사수를 상대했던 것일까.

로페 대륙에 있는 대부분의 유저들은 알지 못했다.

이하는 혼자다. 그러나 결코 혼자가 아니다.

[묘오오오옹—!]

"끄읏— 오카상! 이, 이거— 너무 강합니다!"

[뭉뭉, 뭉뭉뭉!]

"게다가 죽지를 않아요, 도대체 어떻게 이런!? 이게 뭐야, 도대체!"

'하이하 사단'의 오랜 친구 중 하나, 젤라퐁은 이하의 반경 10m 이내로 그 어떤 생명체의 접근도 허락하지 않고 있었다.

치요의 얼굴은 어느 때보다도 일그러져 있었다.

"죽여! 어떻게든 죽이라고!"

이제 시노비구미 중 살아남은 유저는 두 명밖에 없었다. 주변의 뱀파이어화 몬스터가 다수 남았다지만 아직 젤라퐁에게 접근을 하지 못하여 살아남은 것이다.

일반적인 몬스터로는 젤라퐁을 죽일 수 없다는 걸 치요는 어렴풋이 느끼고 있었다.

"죽지 않는 몬스터를— 아니, 몬스터도 아니고 저런— 뭔지도 모를 걸 어떻게 죽입니까!"

"닥쳐! 너 지금 반항하는 거야? 밖에서도 나한테 그렇게 말할 수 있어?"

따라서 그녀는 더욱 조바심을 낼 수밖에 없었다. 남은 병력은 없다.

하이하가 제정신을 차리게 되면 모든 게 끝이다. 빨리 처리해야만 한다.

그러나 상황은?

이미 기울어질 대로 기울어졌다.

깨진 유리컵은 다시 붙일 수 없다.

"젠장! 밖!? 오카상— 아니, 치요 당신이야말로 지금 머리가 제대로 안 돌아가는 것 같은데! 우리가 무슨 상황에 처했는지 알기나 알아!?"

"뭐, 뭐?"

시노비구미의 유저 중 한 명이 치요를 밀었다. 치요보다 레벨도, 스탯도 낮지만 치요는 힘없이 밀려 버렸다.

그가 보여 준 당돌한 태도는 치요에게 있어 상상조차 할 수 없는 범위에 있었기 때문이다.

그들은 단순히 게임 내에서 만난 유저가 아니다. 단순한 친목용 길드가 아니다.

"한마디로 좆 됐다고 이 병신 같은 년아! 씨발, 왜 하필 이쪽으로 붙어 가지고- 아…… 진짜 개 같이 꼬였네, 내 인생."

"너, 너- 넌…… 넌 나가면 즉시 파문이야. 도쿄도 내에서 다시는 발도 못 붙이고 살도록 만들어 주마."

일순 당황했으나 치요는 금세 정신을 차렸다.

'그들'이 있는 세계에서 하극상은 있을 수 없는 일이다.

절대적으로 수직적인 체계에서 나오는 상명하복이야말로 그들의 근간이지 않은가.

그럼에도 치요의 협박은 통하지 않았다. 당연한 일이었다.

"풰, 엿이나 까 드세요. 마탄의 사수 확보에도 실패했고, 이번 계획에 조직 자금이 엄청나게 투입된 걸로 알고 있는데…… 모조리 실패한 당신이 나한테 처분을 내리겠다고?"

그들도 이미 자신들이 탄 배가 침몰하고 있다는 걸 깨달았기 때문이다.

"……너—."

"나한테 파문장이 날아오기 전에 당신이 먼저 파문될걸? 아니, 파문이 아니지. 파문만 되면 다행이야. 그 옛날 당신처럼 어디 골목에서 웃음이나 흘리면서 근근이 입에 풀칠은 할테니. 하지만 큰 형님께서 '그 정도 수준'으로 끝내시지 않을 것 같은데."

마탄의 사수

체격 좋은 남성의 말에 치요는 더 이상 답변할 수 없었다.

그 누구보다도 치요가 가장 잘 알고 있는 일이었다.

'단순히 자금만 걸린 게 아냐. 잃은 돈이라면 어떻게든……
내가 무슨 수를 써서라도 다시 벌 수 있어. 하지만—.'

이번 계획에는 조직의 체면과 위신이 달려 있다.

자국의 게임 회사와 거래를 한 건 자신들이지만, 얽혀 있는
사람은 그뿐만이 아니다.

〈제2의 미들 어스〉가 가져올 막대한 경제적 이익은 내부 정
보를 통해 곳곳으로 흘러갔을 것이고, 정재계의 인사들 상당
수가 벌써 자신들의 지분 확보를 위해 움직이지 않았겠는가.

그런데 그 작전을 수립하고 직접 실행까지 했던 자신이 실
패한다면?

'나, 나는…….'

[본보기]가 되어 주어야 한다. 누군가 한 명은 반드시 책임
을 져야만 하니까.

체격 좋은 남성 옆의 비쩍 마른 남성도 이 정도 예상은 충
분히 할 수 있는 일이었다.

"으우우……. 차, 차라리. 지금— 빨리 나가서 째는 게 낫
지 않을까? 필리핀이나 어디 다른 곳으로 튀어 버리면 못 잡
을 테니까—."

"그랬다가 잡히면 이년이랑 한통속인 줄 알걸? 단지斷指 정
도로 끝나지 않을 거야."

체격 좋은 남성은 곧장 고개를 저었다.

도망가는 건 가장 최악의 수단이다. 어쨌든 자신들은 책임을 지는 계급이 아니다.

이 상황에서 도망가는 것은 윗선을 자극할 뿐.

비쩍 마른 남성은 바닥에 주저앉아 버렸다. 젤라퐁은 지금이 순간에도 뱀파이어화 몬스터들을 도륙하는 중이었다.

저것을 뚫을 길은 없다. 설령 뚫어도 하이하를 제압할 자신이 없다.

"우리는 그냥…… 시발, 파문장 받고 조용히 잠적하는 수밖에 없지. 아~ 인생 꼬였네. 나도 신주쿠에서 깃발 한번 멋지게 날려 보고 싶었는데……."

처분을 받아들여도 살 길이 있는 그들은 그래도 여유가 있었다.

치요는?

"아, 아직……. 아직 한 가지 방법은 있어."

그녀는 포기할 수 없었다. 지금 포기하는 건 현실에서의 삶을 포기하는 것과 마찬가지였으므로.

"뭐— 뭡니까?"

방법이라는 말에 시노비구미의 남성이 슬쩍 관심을 보였다.

치요는 웃고 있었다.

"하이하를…… 하이하를 포섭하면 돼."

더 이상은 자존심도 무엇도 필요 없다. 치요의 말을 들으며 그 누구보다도 당황한 것은 시노비구미의 남성들이었다.

"그게 말이나 된다고 생각합니까? 미치지 않고서야 하이하가 왜?"

"그, 그렇습니다. 오카상께서 아무리 말씀하신다 해도— 하이하는 아마……."

그가 그동안 보여 주었던 적개심을 생각한다면 어림도 없는 일이다.

무엇보다 시노비구미 자신들이 가장 잘 알고 있지 않은가.

미들 어스에서 몬스터와 유저, NPC를 통틀어도 하이하의 일을 가장 많이 방해한 것은 바로 자신들이다.

양극단에 위치하고 있다고 봐도 좋은 두 그룹이 이제 와서 화해하고 관계를 회복한다? 그런 일은 있을 수 없다.

"아니, 아냐. 할 수 있어. 하이하도 원하는 건 분명히 있을 테니까."

"예?"

"비즈니스로 접근하면 돼. 미들 어스는 감정적으로 하는 게임이 아니잖아? 금광이나 마찬가지라고. 그리고 난…… 하이하가 무엇을 원할지 알고 있어."

치요는 차분하게 말했다. 젤라퐁이 반격하지 않는 거리까지 물러서 조용히 정좌하는 그녀를 보며 남성들은 감탄할 수밖에 없었다.

지금은 결코 여유를 가질 수 있는 상황이 아니다. 하물며 조금 전까지 있었던 하극상에 대하여 한마디의 거론조차 하지 않는다고?

'괜히 부두목 자리까지 올라간 건 아니군.'

'수완은 분명히 인정하지만⋯⋯.'

정말 이번 일도 성공시킬 수 있을까? 의심을 가지면서도 남성들은 치요의 말에 반박할 수 없었다.

어쨌든 치요의 말을 믿는 것 외에는 상황을 나아지게 만들 수 있는 방안을 떠올리지 못했기 때문이다.

[묘오오옹!]

"그래, 그래. 우리는 더 이상 공격하지 않겠어."

남성들과 몬스터를 모두 젤라퐁의 사정거리 밖으로 물러나게 만든 후, 치요는 바닥에 엎드린 하이하를 살폈다.

'어서 깨어나, 어서⋯⋯ 제발⋯⋯.'

깨어나지 않는 이하를 보며 오히려 조바심이 들 정도로 치요는 간절했다. 이하가 직접 보았다면 통쾌한 웃음이라도 날려 주었을 장면이겠지만 이하는 이러한 상황을 전혀 알지 못했다.

그것은 이하 자신이 잘 알고 있었다.

미들 어스에서 정신을 잃은 게 아니다.

이하는 지금도 생생하게 깨어 있었다. 다만 그 시간대가 다를 뿐이었다.

"블랙! 블랙!"

이하는 블랙 베스를 부르며 주변을 살폈다. 조금 전까지 자신이 있었던 신대륙의 숲이 아니었다.

무엇보다도 시간대가 낮이라니? 자정을 넘긴 시간에 전투를 벌였던 것을 생각한다면 결코 있을 수 없는 시간이지 않은가.

[큭큭큭…….]

"브, 블랙!"

갑작스레 들린 목소리에 이하는 뒤를 돌아보았다. 그리고 화들짝 놀랐다.

"자미엘!"

절대로 잊을 수 없는 형체. 마탄의 악령.

이하는 블랙 베스를 쥐려다 말고 움직임을 멈췄다. 그곳에 있는 건 분명히 자미엘이었다.

그러나 자미엘의 곁에 또 다른 사람이 서 있었다.

어디선가 본 것만 같은 그의 얼굴에 이하는 잠시 미간을 찌푸렸다.

무엇보다 놀라운 점은 그들의 시선은 이하를 향하고 있지 않다는 점이었다.

"후우…… 이쪽도 없는 것 같군. 다크 엘프 부락을 이렇게 찾기가 힘들다니."

[말하지 않았나, 그들은 쉽게 찾을 수 있는 상대가 아니야.]

분명 마주 보고 있는 데다, 그들은 이하 자신 쪽을 바라보고 있었음에도, 그 시선은 자신에게서 머무는 게 아니었다.

점점 다가오며 대화를 나누는 인간과 자미엘?

이하는 마침내 깨달았다.

언젠가 보았다는 생각이 들 수밖에 없었다. 특수한 방법으로 자신의 존재에 대한 기록을 남겼던 마탄의 사수, 이하는 그의 기억을 되짚어 본 적이 있다.

[그럼에도 찾으려 움직일 건가, 막스.]

"……마탄의 사수, 막스?"

이하는 잠시 그들을 바라보았다.

막스는 자미엘과 함께 움직이고 있었다. 그는 마탄의 사수의 자격이나 마찬가지인 총기를 사용하며 대륙 곳곳을 오갔다.

'내가 막스의 기억에 들어온 건가? 기억이 저장된 책을 만졌을 때처럼?'

키드, 루거와 함께 기억을 탐방했던 것처럼 비슷한 일이 벌어지고 있는 걸까?

영화 요약본처럼 주요 장면들만 편집되어 나오는 모습을 보며, 이게 어떻게 된 상황인지 파악하려 할 때.

─────────────!

"윽?!"

갑작스러운 암전과 점멸이 일어나며 주변의 풍경이 전부 변했다.

"어, 어어!?"

두리번거리며 다른 흔적을 찾으려던 이하는 또 다른 인물을 발견했다.

역시나 이번에도 자미엘은 있었다. 그러나 남성은 조금 전의 막스가 아니었다.

[어떻게 할 거지, 카를로스.]

이하가 이름을 알고 있는 또 다른 마탄의 사수, 카를로스가 그곳에 있었다.

자신의 죽음을 담담하게 받아들이려 했던 마탄의 사수, 카를로스. 이하는 곧 그의 행보도 지켜보게 되었다.

시간의 흐름이 쭉 이어지는 게 아니라 중간 중간 건너뛰기가 되어 있어 정확히 알 수는 없었으나, 그 또한 마탄의 사수로서 자미엘과 어떻게 지내 왔는지를 알아보기에는 충분했다.

그리고 암전은 또 다시 발생했다.

빛이 번쩍거렸다는 느낌을 받았을 때, 다시 한 번 이하의 주변은 바뀌어 있었다.

"그럼 역시 내가 만드는 기술에 협조해 줄 거지?"

[큭큭…… 좋다. 나 또한 궁금하군.]

"좋았어. 그럼— 어차피 제한을 두어야 할 테고— 눈이 많이 내리는 지역이니까, 눈이나 얼음에 반사되게끔 만들까? 빛의 형태로 바꿀 수 있겠어?"

[나의 힘을 얕보는가, 프랜시스.]

새하얗게 눈이 쌓인 언덕에서 마탄의 사수 프랜시스와 마탄의 악령 자미엘이 대화를 나누고 있었다.

그 지점까지 갔을 때 이하는 깨달았다. 지금 자신이 보고 있는 게 무엇인지.

"역대 마탄의 사수들……인가? 아니, 적어도— 내가 알고 있는 마탄의 사수들이야."

역대 모든 마탄의 사수는 아니다. 당장 막스와 카를로스 사이에, 카를로스와 프랜시스 사이에도 수없이 많은 마탄의 사수가 있었을지 모른다.

이하는 곧장 공통점을 찾아냈다.

어떤 방식으로든 그 흔적을 세상에 남겨 났던 마탄의 사수들에 관한 기억.

이하는 그것을 보고 있었다. '왜 이런 게 나오는가'라는 물음에는 두 번 생각할 필요도 없었다.

'내가…….'

《마탄의 사수》가 되었으니까.

자미엘이 카일에게 알려주었다는 역대 마탄의 사수의 '전투 경험'이나 '기록'이라는 게 이런 걸 의미하는 것이었을까.

이하는 프랜시스와 자미엘의 대화를 듣다 말고 다시금 주변을 두리번거렸다.

지금 이 상태는 별로 좋지 않다.

"블랙! 블랙 베스!"

블랙 베스는 어디서 무엇을 하고 있는가. 이 환상에 언제까지 붙들려 있어야 하는가.

블랙 베스는 부름에 답하지 않았다.

결국 이하는 프랜시스와 자미엘의 행보도 봐야만 했다.

이 환상에서 나갈 수 없다면 차라리 하나의 정보라도 얻어 내야만 했다.

'하지만……. 마탄을 쏘는 장면이 몇 번 나올 뿐, '마지막'은 나오지 않았다.'

당연히 이하에게 중요한 건 일곱 번째 마탄이었다.

앞선 막스와 카를로스도 마찬가지였다.

프랜시스 또한 〈하얀 죽음〉을 만들어 내느라 노력하는 장면부터, 이하에게는 너무나 반가운 어린 날의 '시모'까지도 보였으나, 역시나 마지막은 없었다.

"으음…… 뭔가 [출발, 영화 여행!] 이런 느낌이라 재미는 있긴 한데— 과자가 있었으면 더 좋았겠지만."

이하는 바닥에 주저앉아 그 모든 것을 보았다. 처음에 느꼈던 조바심은 이미 사라진 상태였다.

아무리 편집되었다고 하지만 벌써 세 번째 마탄의 사수의 삶이다. 당황을 제어하기에는 충분히 많은 시간이 흘렀다는 뜻이다.

"일곱 번째 장면이 싹 빠져 있으니까 뭔가 결말 없는 영화 본 기분이라— 읍! 이제 다음 차례인가?"

ㅡㅡㅡㅡㅡㅡㅡㅡㅡㅡㅡㅡㅡ!

다시 한 번 빛이 꺼지고 돌아왔다. 이하는 자신이 아는 마탄의 사수들을 세어 보았다.

막스와 카를로스 그리고 프랜시스까지 끝났다면 그다음은?

'카일……?'

혹시 카일과 관련한 기억일까 싶어 이하는 눈을 부릅떴지만 지금 이하의 눈앞에 보이는 건 카일이 아니었다.

나체로 등을 돌리고 있는 남성과 그 남성의 곁에서 무언가를 꾸물거리는 여성.

한 침대에 있는 두 명의 성인 남녀를 보며 이하는 화들짝 놀랐다.

"뭐, 뭐야!? 엥? 잠깐— 설마, 브라운과 엘리자베스……는 아니네. 누구지?"

카일과 관련된 장면이라 하여 설마 카일이 잉태되는 순간부터 보이는 걸까, 라는 생각을 했던 민망함을 참고, 이하는 그들의 곁으로 다가가 보았다.

'그러고 보니 자미엘도 보이지 않는다. 마탄의 사수 총기는 분명히 저기 있는데—.'

침대에서 제법 떨어진 벽면에 기대어 있는 총기.

이하는 그것을 보며 살금살금 NPC들을 살폈다.

등을 돌리고 누워 있는 남성과 그런 남성에게 붙어 있는 여성, 그들이 무엇을 하고 있는가.

"이런…… 그렇구나!?"

이하는 그 장면을 보는 것만으로도 번개에 맞은 것처럼 깨달을 수 있었다.

여성은 깨어나지 않는 남성의 등에 문신을 새겨 넣는 중이었다. 이하가 읽을 수 없는 문신을.

"미안…… 미안해요, 찰스."

찰스의 등에 어째서 문신이 있었을까.

누가 다른 남자의 등에 함부로 문신을 새기게 할 것이며 또한 문신이 새겨진 사람이 그것을 깨닫지 못했을까.

'연인……이었어! 그래서— 그래서 다 놓고 쫓아갔던 거야!'

찰스가 마탄의 사수를 쫓아갔다는 이야기는 키드와 루거에게 들었던 정보다.

그러나 왜 쫓아갔고, 마탄의 사수가 누구인지는 그들조차 듣지 못하지 않았던가.

이하는 당사자인 찰스마저 잊은 NPC를 보고 있는 셈이었다.

"이 사람이…… 류드밀라로군."

카일의 전대 마탄의 사수이자, 혼자서는 자미엘을 상대할 수 없다는 정보를 남겨 준 사람.

이하는 류드밀라와 찰스 그리고 자미엘이 함께하는 여정을 지켜보았다.

샤즈라시안으로 숨어 들어가기까지의 여정과, 끝끝내 찰스에게서 홀로 떠나가는 류드밀라의 모습은 액션 영화이자 동시에 멜로 영화처럼 느껴질 정도였다.

"큥, 하여튼…… 이 마탄의 사수라는 게 꼭 좋은 것만은 아니라는 거지."

코끝이 찡하다는 느낌을 받을 때쯤, 마침내 다시 한 번 암전과 점멸이 반복되었다.

마지막 차례, 이하는 더 이상 보지 않아도 알 수 있었다.

"카일……."

엘리자베스 그리고 브라운과 함께 어린 카일이 그곳에 있었다.

그들의 삶이 다시금 편집된 요약본처럼 지나갈 줄 알았던 이하는 조금 당황했다.

이하는 카일을 보고 있다. 그리고 카일은?

"감사합니다, 선배님."

"어, 엥? 뭐, 뭐야!? 카일!"

카일 또한 이하를 보고 있었다.

지금까지 지나왔던 다른 마탄의 사수들과 카일은 완전히 다른 반응을 보였다.

이하는 곧 그 이유도 알 수 있었다.

"덕분에…… 저는 마탄의 저주에서 해방되었어요."

"뭐라고?"

"선배님 덕분에, 저는 마지막 마탄을 쏘지 않았으니까요."

"아⋯⋯!"

소멸된 그들과 다르다.

자미엘에게 정신을 잠식당하고 육신마저도 내주게 되었지만 어쨌든 카일은 일곱 번째 마탄은 사용하지 않았다.

이하는 잠시 놀란 얼굴을 했으나 곧 어떤 표정을 지어야 할지 알 수 없게 되었다.

카일은 그런 이하를 보며 오히려 서글프게 웃어 주었다. 이하도 언젠가 본 적이 있는 모습이었다.

사우어 랜드에서 갓 치료를 끝내고 아직 정신 잠식이 시작되기 직전의 카일.

순수하고 해맑은, 청소년 티를 아직 벗지 못한 청년의 얼굴.

"너무 당혹스러워하지 마세요. 저는 진심으로 선배님께 감사하고 있으니까요."

"하지만⋯⋯."

"지금 이런 추억이나마 갖고, 자미엘에게서 벗어나 '영계'로 갈 수 있잖아요. 그곳에는―."

카일은 잠시 말을 멈추었다.

이하는 고개를 끄덕였다. 브라운과 엘리자베스가 있을 것이다.

물론 NPC들이 어떤 시스템으로 그렇게 되는지는 알 수 없다.

그러나 지금은 그런 말을 할 때가 아니었다.

"제정신이 아닌 저를…… 바로잡아 주셔서 감사드려요."

"아니, 뭘. 크흠, 나도 그냥, 뭐. 널 쏘지 않으면 내가 죽었을 테니까. 이해하지?"

이하는 어설프게 웃으며 장난스럽게 말했다. 자신이 죽인 자 앞에서 무슨 말을 할 수 있을까.

그런 이하의 마음을 이해한다는 듯 카일은 미소를 지으며 고개를 끄덕였다.

"하지만 한편으로는……. 선배님께 너무 큰 짐을 드리고 가네요."

"음? 뭐가? 아, 마탄의 사수가 된 거라면야 괜찮아. 좀 당황스럽긴 하지만 적응하고 나면—."

"선배님은 마탄의 사수지만 저와, 그리고 제 앞의 '선배'들 같은 마탄의 사수가 아녜요."

"응?"

카일은 잠시 우물쭈물했다.

그리고 잠시 후, 황당한 소리를 들어야만 했다.

"선배님은 제 다음 기수의 마탄의 사수가 되신 게 아니에요."

"그럼?"

"아마도 선배님의 총기…… 그 특성 때문이겠지만—."

아직 카일은 아무런 말도 하지 않았다. 그러나 이하는 알 것만 같았다.

블랙 베스의 특성이 무엇인가.

블랙 베스가 죽인 게 누구인가. 분명 이곳에 오기 전까지 보았던 알림 창도 있다.

블랙 베스는 자미엘을 흡수하였고 이하는 그 흡수로 인하여 자동으로 마탄의 사수가 되었다.

중요한 것은 '흡수'다.

"선배님은 제 기수를 [승계]한 마탄의 사수가 되셨어요. 그 모든 힘도…… 제가 마지막으로 사용했던 조건, 그대로요."

"그 조건이라면—."

"선배님은 일곱 발의 마탄을 소유하신 게 아니라는 의미죠. 제가 사용한 마탄은— 이미 차감되어 있을 겁니다."

"무슨— 아니, 야! 말도 안 돼! 그럼 어떻게— 나는—."

"그리고 육신을 잠식당한 상태였어도 저는 알 수 있었어요. 저에게 마지막으로 남은 마탄은…….."

카일이 말했다.

그 말이 마지막이었다.

"허어어어억—!"

"하, 하이하! 돌아온 건가!?"

[몽! 묘오옹!]

이하는 잠에서 깨어난 것처럼 다시금 신대륙에 있었다. 젤라퐁은 여전히 치요와 시노비구미 그리고 몬스터들로부터 이하를 지키고 있었다.

"이게…… 뭐야? 아침?"

밤을 꼬박 지새우며.

이하는 황당함을 감추지 못했다. 카일에게서 들었던 마지막 말의 충격이 너무나 컸기 때문이다.

그러나 지금은 멍하니 있을 때가 아니었다.

"하이하, 잠시 — 나와 아주 잠깐만 대화 좀 할 수 있을까?"

치요가 다급한 목소리로 자신을 부르고 있었으니까.

이하는 그녀를 노려보았다. 그러곤 동시에 스킬 창을 열었다.

'이런 젠—장할!'

바닥을 세게 내려쳐도 시원치 않을 숫자가 그곳에 있었다.

《마탄》: 잔여 탄 수 − 3

이하가 사용할 수 있는 잔여 마탄의 수는 고작 세 발이었다.

마지막 일곱 번째를 사용할 수 없다고 본다면?

'실질적으로 쓸 수 있는 건 겨우 두 발? 그것밖에 없다고?'

카일이 이미 사용했던 마탄이 세 발.

그 후로 카일=자미엘 시절부터 그들은 단 한 발의 마탄도 사용하지 않았다.

자미엘이 이하에게 사용한 한 발을 더하여 도합 네 발을 썼으니, 세 발이 남으면 딱 맞는 것이다.

"제안을— 제안을 하지. 물론 네가 우리를, 아니, 나를 싫어한다는 건 잘 알고 있어. 하지만 들어 보고 생각해도 늦지 않을 거야. 난 너를 만족시킬 수 있으니까. 응?"

치요는 그 와중에도 쉴 틈 없이 이하를 설득하기 위해 입을 놀리고 있었다.

이하는 조용히 치요를 바라보았다. 그것은 대화 상대방을 바라보는 자의 눈빛이 아니었다.

자신을 제외한 물체에게 사용할 수 있는 마탄은 겨우 두 발밖에 없다.

그럼에도 반드시 한 발을 꽂아 넣어 줘야만 하는, 그런 먹잇감을 노리는 매의 눈빛이었다.

"잘 생각해 봐! 하이하, 너는 지금 마탄의 사수가 되었어! 미들 어스에서—."

"너?"

이하는 한 단어만 뱉었을 뿐이었다.

그러나 치요는 물론이고 시노비구미의 유저들까지도 움찔거리며 이하의 눈치를 살피고 있었다.

지금 이하가 한 말이 어떤 의미인지 모를 사람은 이곳에 없다.

시노비구미의 유저들이 '진짜 할 거냐'라는 표정으로 치요를 바라보고 있었다.

치요는?

"물……론, 하이하 님, 하이하 님의 관한 이야기지요. 오호

홋, 제가 배움이 짧아 여전히 무례를 범하고야 말았군요."

그녀는 표정의 흐트러짐조차 없었다.

양쪽 무릎을 가지런히 모아 꿇어앉은 그녀는 그대로 이하를 향해 상체를 숙이고 있었다.

그것은 이하에게도 제법 생경한 모습이었다. 오히려 코웃음이 나올 정도였다.

"하핫. 예전에 죽을 때에는 엄청 당당하더니만……. 역시 마탄이 무섭긴 무섭구나."

〈하얀 죽음〉을 쓸 때에도 그랬다. 치요는 결코 굴복하지 않았다.

'한 번의 전투'에서 패했을 뿐, 근본적인 승리가 자신의 손에 있다는 것을 믿고 있던 여성은 대범했고 용맹했다.

그러나 지금은?

치요의 태도만 봐도 알 수 있는 사실이었다. 더 이상 이것을 뒤집을 수 있는 방법은 없다.

이하 자신을 뱀파이어로 만들거나, 이하 자신을 죽이고 마탄의 사수를 새롭게 만드는 것?

둘 모두 불가능하지만 후자는 더욱이 불가능하다.

'하긴, 당장 《마탄의 사수》 총기조차 없잖아?'

자미엘은 카일의 육신을 잠식해 가고 있었다.

사실상 그의 모든 것이 카일의 육체 안으로 들어가고 있었다는 의미다.

따라서 그의 총기는 분리되어 존재할 수 없다.

하물며 블랙 베스가 자미엘을 삼켜 버렸다는 말이 나온 이후로 이곳에선 카일의 사체조차 찾아볼 수 없지 않은가.

'그러고 보니— 어떻게 된 거지? 블랙도 별다른 말이 없고—'

이하는 블랙 베스와 대화를 하고 싶었으나 당장 치요의 앞에서 그런 이야기를 할 수는 없었다.

등으로 매고 있던 총기가 전보다 조금 묵직해졌다는 느낌이 든다는 게 이하가 깨달을 수 있는 전부였다.

이하가 이런 생각을 하고 있을 때에도 치요는 성심성의껏 이하를 설득해 나가고 있었다.

"어쨌든 하이하 님께서도 반드시 만족하실 겁니다. 마탄의 사수라는 지위를 가장 유용하게 사용할 수 있는 방법에 대해— 그것도……. 하이하 님께서 반드시 필요한 용처에 대해서 알려 드리려 하는 것이니까요."

그리고 이하는 시스템 알림 창과 업적 창을 확인하는 중이었다.

치요의 말은 귓등으로도 듣지 않고 있었다.

'어디 보자…….'

〈업적: 시간을 꿰뚫은 자(R)〉
굉장하군요!

당신은 '[명중]의 엘리자베스'가 도달하지 못했던 영역에서, 다시 한 발자국을 내딛는 데 성공했습니다! 당신의 뒤를 따라 머스킷을 쥐어 든 후학들은 영원토록 당신의 능력을 칭송할지도 모르겠군요! 시간을 꿰뚫어 동시로 만드는 것에서 한 발자국을 더 나아갈 때, 당신이 할 수 있는 일은 무엇이 될까요? 비록 경지에는 다다르지 못했어도, [명중]의 엘리자베스는 개념적으로 그 단계에 대해 정의한 적이 있습니다.

"역시 역逆밖에 없어. 적중을 먼저 시켜 놓고! 그다음에 격발을 하는 거지! 근데 그렇게 하려면 도대체 어떤 방식으로 해야 하는 걸까? 으음…… 일단 기본적인 탄환으로, 단지 마나의 힘이나 정령의 힘을 사용한다고 가능할 것 같지는 않은데 말이지……. 브라운! 리스! 생각 좀 해 보라니까!? 언젠가 우리들의 뒤를 이은 녀석들은 반드시 이걸 해내겠지? 힛, 기왕이면 우리 자식들 중에서 해내면 좋을 텐데 말이야."

비록 그녀의 동료들은 인정해 주지 않았습니다만, 당신이라면 어떨까요? [명중]의 엘리자베스는 자신의 뒤를 이은 새로운 [명중]이…… 자신의 꿈과 같은 일을 이루어 주리라 믿고 있습니다.

보상: 스탯 포인트 150개

대륙 공통 명성 +5,000

스킬 ― 시간을 꿰뚫은 명중 쿨타임 감소 70%

(명예의 전당이 없는 업적입니다.)

'오……? 과제도 R급이었는데, 과제 해결 업적도 R급인가?'

〈시간을 꿰뚫는 명중〉 업적이 R급이었다.

시차를 없애라는 과제를 제시한 업적도 R급이었다. 그리고 완벽하게 〈시간을 꿰뚫는 명중〉 스킬 시전을 통해 해내어도 R급인 것인가?

물론 일반적인 R급과는 달랐다.

이하는 엘리자베스의 호들갑스러운 목소리가 들리는 것만 같아 어쩐지 푸근한 마음이 들었으나, 지금은 그런 감상적인 생각을 할 때가 아니었다.

'스킬에서도 쓰여 있었지. 근데 여기서도……?'

과거 스킬 설명에서 엘리자베스의 대화로 언급되었던 정보이자, 이번 업적의 설명에서도 언급된 정보.

이렇게나 노골적으로 나오는 경우는 하나뿐이다.

'설마 이건 진짜로—.'

적중부터 시킨 후 격발을 하는 구조라는 뜻일까?

그게 가능하기나 한가?

시차를 없애는 게 아니라, 아예 시간의 순서를 뒤집으라고?

'과연…… 그것까지 해내야 다음 등급의 업적이 나오는 건가. 하핫.'

이것은 과제 해결 보상 업적인 동시에, 다음 과제의 제시였던 것이다.

"우선적으로 해야 할 일은 서로 비등한 관계로 올라가는 것이겠죠. 하이하 님과…… 람화연 님의 관계에 대해선 미들 어스에서 이제 모르는 자가 없으니까요. 안 그렇습니까? 마탄의 사수라는 직업을 활용하여 미들 어스에서 단순히 재화를 모으는 것 이상의 업적을 달성하실 수 있습니다. 그 정도라면─ 천하의 람롱 그룹이라도 반드시 하이하 님을 인정해 주지지 않을까요? 그리고, 크흠, 그 일에……. 제가 한 몫 거들 수 있을 겁니다."

치요는 여전히 열심히 떠들고 있었다. 이하도 여전히 그녀의 말을 듣지 않고 있었다.

엘리자베스의 마지막 한마디에서 느껴지는 아련함이 있었기 때문이다.

〈업적: 고맙습니다, 선배님(R)〉

축하합니다!

당신은 《마탄의 사수》에게 안식을 찾아 주었습니다. 가늠할 수 없고 통제할 수 없는 힘에 짓눌려, 마침내 자신의 정신과 육신 나아가 혼마저도 빼앗겨 버리는 비운의 사수들. 그들이 원하는 것은 언제나 그들 스스로를 저주에서 해방해 줄 당신과 같은 존재였을 겁니다. 당신이 안식을 찾아 준 마탄의 사수 [카일]은 진심으로 당신에게 감사의 인사를 올립니다.

"죽음 앞에서 떳떳한 사람은 없겠죠. 저 또한 자미엘에게 휘둘려 아무것도 할 수 없었습니다. [하이하] 님, 제 영혼이 소멸하기 전에 저를 멈춰 주셔서 감사드립니다. 제가 드릴 수 있는 거라곤 마탄의 사수로 있었을 때 버텨 내던 작은 노하우 정도밖에 없지만 제 마음만큼은 진심이라는 걸 알아주셨으면 좋겠어요. 그럼 언젠가…… 어디선가. 다시 뵙기를 기다리겠습니다. [하이하] 님께서 구원해 주신 제 영혼만큼은 살아 있을 테니까요."

  보상: 스탯 포인트 150개

      [상태 이상: 자미엘]에 대한 저항 +25%

      암暗 속성 상태 이상에 대한 저항 +50%

      암暗 속성 몬스터에 대한 공격력 +30%

      마魔 속성 몬스터에 대한 공격력 +15%

      (명예의 전당이 없는 업적입니다.)

  '개별 속성이 아니라 자미엘 그 자체에 대한 상태 이상도 있었던 건가…… 쩝.'

  이하는 입맛을 다셨다. [상태 이상: 자미엘]이라는 게 있다는 건 알게 되었으나, 어차피 사용할 일이 없다는 걸 알고 있었기 때문이다.

  '이제 자미엘은 없으니까.'

  이하는 카일의 마지막 말을 들으며 찡한 감정을 느꼈다. 그의 육신은 결국 구할 수 없었다.

  그러나 적어도, 그의 혼을 구했다는 생각은 해도 되지 않을까.

'비록 NPC이긴 하지만……. 엘리자베스, 브라운 그리고 카일.'

브라운 일가에 내려진 저주의 굴레는 이제 끝이 난 셈일까.

역대 마탄의 사수들의 기록에서 카일이 말했듯, 그들은 이제 영계에 모여 다시금 인사를 나눌 수 있게 되었을까.

'……키드는 들어 봐야 눈물만 나겠군.'

다만 그 안에 브로우리스는 없을 것이라는 게 안타까운 점이었다.

마탄으로 죽은 자는, 기록에서는 살 수 있을지언정 그 영혼마저도 소멸되었을 테니까.

"미들 어스의 한 개 국가를 통치하실 수 있다면— 거기서 나오는 주단위 세금만 제대로 관리하셔도…… 하이하 님은 람화연 님이 이루어 놓은 것보다 더 뛰어난 수익 흐름을 지니게 됩니다. 람롱 그룹의 [신사업 본부장]보다도 훌륭한 사업 수완을 보이실 수 있게 되는 것이지요. 저는 이미 그 국가를 어디로 정할지, 어떤 식으로 사업을 진행할지에 대한 아이디어를 생각해 놓았습니다. 미니스의 모든 주점을 주름잡았던 무희인 저, 치요는 반드시 하이하 님께 쓸모가 있을 것입니다."

이하는 [과거의 벽은 부수고 나갈 뿐] 업적도 살폈다. R-급 업적으로 레벨 300을 달성했을 때 획득할 수 있는 것이었다.

이미 명예의 전당에도 등재될 수 없는 데다, 스탯 포인트 외에 각종 상태 이상에 대한 수치를 5% 더해 주는 정도의 생색

내기용 업적 정도였다.

'하긴, 이번 업적의 중요점은 그게 아니었을 테니까.'

300레벨 기념 업적에서 중요한 건 딱 하나다. 이하도 이미 들어서 알고 있는 사실이 있지 않은가.

이름: 하이하 / 종족: 인간

직업: 마탄의 사수 / 레벨: 302 (9.8831%)

칭호: 주신의 불을 내리는 / 업적: 231개

HP: 12,300(8,610)

MP: 14,760

스탯: 근력 921(+836)

민첩 8,888(+1,808)

지능 707(+481)

체력 469(+343)

정신력 1,330(+219)

카리스마 606(+6)

남은 스탯 포인트: 1,320

[300레벨까지 투입된 모든 스탯 포인트 값이 1% 추가 적용됩니다.]

[300레벨 달성 이후 투자하는 스탯 포인트 값이 20% 추가 적용

됩니다.]

　'그렇지, 스탯 포인트 1이 사실상 1.2의 효과를 낸다는……
건데—엥?'

　지금까지 투자했던 포인트에는 적용되지 않는다.

　300레벨 이후부터 새롭게 부여한 스탯 포인트가 20%의 추
가 값이 들어간다는 게 기존 '만렙'의 벽을 뚫은 유저들에게 주
어지는 특전이었다.

　그러나 이하에게는 조금 새롭게 와닿았다. 레벨 297에서
레벨 302로 한 번에 레벨 업을 했다.

　하물며 그 와중에 R+급 업적들과 무려 U급 업적을 무더기
로 획득하여 보유한 스탯 포인트는 천 개가 넘는다.

　'그럼 이건…….'

　설마 1,320개 포인트 전부에 대해 20%의 추가 적용이 되는
것일까?

　'1,584개의 효과라고!? 이런 미친!'

　하물며 정령왕들에게서 받았던 누적 스탯 1% 상승은 어떠
한가.

　자미엘을 사살하며 해당 버프는 모조리 사라진 것을 확인
했지만, 300레벨 달성 업적의 효과 중 하나로 인하여 여전히
상승한 스탯을 유지하고 있었다.

　'만렙 뚫은 유저들이 자만할 만했지. 누적 1% 추가에, 이후

투자 포인트는 20% 상승이나 마찬가지니…… 허허.'

알렉산더나 람화정 등이 300레벨 돌파 이후 자신만만했던 이유도 이것이지 않은가.

물론 그들조차도 이하 자신이 겪은 것처럼, 1000개의 포인트를 동시에 적용받을 수는 없었을 터. 그 차이를 생각하자면 압도적인 이익인 것이다.

이하가 흐뭇한 미소를 짓자, 무릎을 꿇고 있던 치요가 그대로 바닥을 쓸며 조금 전진했다.

[퐁!]

젤라퐁의 위협이 있고 나서야 이하도 치요를 바라보았다.

"하, 하이하 님께 위해를 가하려던 게 아닙니다. 제 이야기에 조금이라도 관심이 있으시다면! 저는 람롱 그룹의 총수에게도 하이하 님이 결코 부족하지 않은 인물이라는 것을 어필할 수 있도록 최선을 다하겠습니다! 부디 현명한 판단ㅡ."

"치요."

"ㅡ네, 네!"

이하가 이름을 한 번 불러 주었을 뿐임에도 치요는 해맑은 미소를 짓고 있었다.

이하는 그녀를 바라보았다. 미들 어스를 플레이하며 가장 상대하기 힘들었던 적.

"혜인 씨를 길드 마스터의 자리에서 내리면서ㅡ 그러니까, 화홍 길드와 별초 길드의 길드전에서부터 우리가 엮였었지?"

"그, 그거야……."

"사스케를 이용해서 두 길드 모두의 힘을 뺀 다음, 캐슬 데일을 집어삼키려고 말이야. 뭐, 퓌비엘에서 꽤 돈이 되는 성이라지만 당시 미니스의 주점을 잔뜩 휘어잡았던 너한테는— 그렇게 큰 사건도 아니었겠지."

당사자들에게는 치욕스럽고 혼란스러운 일이었을지언정, 치요에게는 그저 숱하게 실행해 왔던 모략 중 하나였을 것이다.

치요는 고개를 바닥으로 푹 숙이며 사죄했다. 한없이 부끄럽고 죄송스러울 따름이라는 표정.

심지어 이하조차 그녀를 용서해도 되지 않을까, 라는 생각이 들 정도의 표정.

'대단한 여자이기는 해.'

이하는 치요를 보며 진심으로 감탄했다. 이 정도의 연기를 할 수 있다는 것에 대한 감탄이 아니었다.

'하지만…… 이제는 다 보여.'

그 가장된 표정 속에 가려진 불안, 초조 그리고 안타까움까지도 읽을 수 있게 된, 자신의 능력에 대한 감탄이었다.

"참 오랜 시간 싸워 왔네. 신대륙으로 건너올 때까지만 해도— 나는 시노비구미의 수장이 치요 당신이란 것도 제대로 모르고 있을 정도였으니까. 그 정도의 첩보 능력, 위장 능력…… 진짜 대단해."

"하이하 님의 능력에 비하면 너무나 부족합니다만— 이 부족한 능력이라도 분명 도움이 될 겁니다. 부디 저희를 어여삐 여겨 거둬 주신다면—"

"하물며, 내가 봐줄 리가 없다는 걸 알면서도 그렇게 매달리는 능력도 존경스러울 정도야."

이하는 말했다.

치요의 눈이 움찔거렸다. 그 와중에도 그녀는 미소를 잃지 않았다.

"봐주시지 않아도 좋습니다. 지금은 저를 죽이셔도 됩니다. 하지만 마탄만은— 마탄으로 죽이시지 않는다면, 저는 기꺼이 죽음을 받아들이고, 참회하는 기분으로 다시 접속하여 하이하 님을 찾아뵐 겁니다! 저는 물론이고, 저희 시노비구미 전원이 말이죠."

이하는 물끄러미 치요를 바라보며 고개를 끄덕였다.

적이라지만 미들 어스 최고이자 최악의 전략가라고 할 수 있는 그녀가 이렇게까지 나오는가.

결국 자신이 가장 두려워하는 게 마탄임을 고스란히 드러내고 이토록 비굴하게 구걸을 하는가.

'하긴, 그럴 수밖에 없다. 마탄의 힘에 대해 어쩌면 나나 키드, 루거보다도 더 피부에 와닿는 경험을 해 봤을 테니까……'

치요에게 저런 태도를 강요할 수 있는 마탄의 힘이란 도대체 얼마나 위대한 것인가.

〈업적: 태초의 마魔가 만들어 낸 힘(R+)〉

굉장하군요!

당신은 태초의 마魔가 만들어 낸 힘, 오직 인간만이 다룰 수 있으며 그 힘의 대가까지도 반드시 치러야만 하는 힘, 《마탄》의 사용권을 획득하였습니다! 너무나 강대한 힘에는 자아까지 깃들 수 있는 것이었을까요? 그 힘의 두려움에 대한 이야기는 많지만 정작 그 힘의 사용자에 대해서는 무엇도 전해지지 않았습니다.

그러나 지금! 그야말로 신화로 이어지던 《마탄의 사수》의 자격을 마침내 당신은 입증해 내었습니다. 가로막는 모든 대상을 영구히 소멸시키고, 끝끝내 자기 자신에 관한 모든 기억과 기록마저도 말살하는 저주이자 권리, 힘이자 의무.

당신은 《마탄의 사수》로서 기억될 수 있을까요? 이제 미들 어스의 세계는, 당신의 선택에 의해 큰 변혁을 겪게 될 것입니다.

보상: 스탯 포인트 200개

스킬―《마탄》 획득

(명예의 전당이 없는 업적입니다.)

'이게 바로 R+급 업적…….'

이하는 황당함을 느꼈다.

R급 업적을 획득하기 위해, 총구에서 발사된 탄환이 목적물에 도달하기까지의 시간을 0으로 만들어야 했다.

근거리 수준에서의 시차를 최소화하기 위해 필요했던 스킬이 무려 〈무지개 다리〉였다.

정령계에 들어가거나, 무지개 정령이라는 존재에 대해 조사하고, 찾아가고, 친밀도를 올려, 스킬을 획득해야 했다.

당연히 그것을 위한 사전 준비 또한 철저해야 한다.

획득했다 한들 기본적으로 타고난 실력이 좋은 유저가 제법 긴 시간을 연습해서 가까스로 성공시킬 수 있었다.

그렇게 얻은 게 R급이다.

그런데 R+급 업적에서 필요한 것은 고작 하나다.

'마탄의 사수가 되기만 하면 돼.'

마탄의 사수의 총기, 그것을 집는 순간 마탄의 사수가 된다.

타이밍이 잘 맞는다면 노력조차 필요치 않다.

마탄의 사수가 되는 것. 오직 그 하나만으로도 R+급 업적이 주어진다는 게 어떤 의미인가.

'하물며 그 정도 난이도의 업적에 붙은 보상이 고작 하나라는 거지.'

마탄의 힘을 단적으로 표현하자면 이런 것이었다.

스탯 포인트를 제외하고 주는 단 하나의 보상. R급 업적인 '시간을 꿰뚫은 자'조차도 명성치나 스킬 쿨타임 감소 등의 추가 보상이 있었다.

그런데 그보다 더 윗급의 업적에서 오직 하나만의 보상을 주는 것.

마탄이라는 스킬이 지닌 힘과 부작용이 얼마나 거대한지

알 수 있는 부분이기도 했다.

이하는 등에 메고 있던 블랙 베스를 돌려 쥐었다.

"하, 하이하 님이 아무리 뛰어난 활약을 보여도, 람롱 그룹의 '사위'가, 그것도 람롱 다음을 이끌어 갈 차기 총수에 가장 가까운 람화연의 사위가 되는 건 결코 쉬운 일이 아닐 겁니다! 저는! 바로 제가 그러한 자격을 갖춰 드릴 수 있다는 뜻입니다, 모르시겠습니까?"

치요가 허둥지둥 다급하게 말했으나 이하는 당장 그녀의 말에 집중할 수 없었다.

조금 전부터 느끼고 있던 묘한 느낌은 그저 기분 탓이 아니었다.

'총기의 모양이⋯⋯.'

바뀌었다.

무게감뿐만이 아니라 전체적인 외형까지 모조리 바뀌었다.

지금 이하 자신이 쥐고 있는 건 〈블랙 베스〉와 달랐다.

그렇다고 기존 카일이나 엘리자베스가 사용했던 〈마탄의 사수의 총기〉와도 또 달랐다.

기존 블랙 베스보다는 훨씬 긴 총신. 가만히 들여다보고 있자면 눈이 어지러울 정도로 새카만 색상.

이하가 직접 부착해 두었던 스코프를 비롯하여, 각종 보조 부착물들은 모조리 사라진 상태였다.

총기라는 무구를 극단적으로 단순화한다면 바로 이런 모양이지 않을까?

'탄을 쏘아 낸다, 라는 지극히 원초적인 개념 하나만을 위한 모양이군.'

유일한 특징이라면 방아쇠의 우측면에 박혀 있는 아주 작은 보석들이었다.

붉은색의 보석이 두 개 그리고 하얀 보석이 한 개 빛을 내고 있었다.

'그리고 아마도 이게……'

마탄의 잔여 탄 수를 뜻하는 것이라는 생각이 들었다.

바꿔 말하면 블랙 베스이자 마탄의 사수의 총기는 이제 하나가 된 것이리라.

〈업적: 사라져 버린 마탄의 악령(U-)〉

굉장하군요!

당신은 태초의 마魔가 만들어 낸 힘, 그 힘에 깃든 악령 자미엘을 없애는 데 성공했습니다. 강대한 힘에 깃든 강대한 자아는, 그 자아의 수준과 유사한 정도의 힘이 아니면 결코 없앨 수 없다는 게 기본적인 논리이지요! 그럼에도 당신이 그를 없앨 수 있었다는 것은…… 당신은 더 이상 미들 어스의 단순한 개인의 그릇을 넘어섰다는 의미이기도 합니다.

역대 마탄의 사수들의 정신을 좀먹으며 행동을 강요했던 악령, 자미엘.

그를 소멸시켰든, 봉인했든, 심지어 흡수했든 다시 활동할 수 없게끔 만들어 버린 당신의 이름은, 에즈웬 교국을 넘어 아흘로를 믿는 대륙의 모든 신자들이 이름 높여 부를 것입니다.

보상: 스탯 포인트 300개

마魔 속성 몬스터에 대한 공격력 증가 +50%

마魔 속성에 대한 친밀도 +50%

마魔 속성 상태 이상에 대한 저항 +50%

마魔 속성에 대한 완전한 이해

(명예의 전당이 없는 업적입니다.)

'그렇게 이 업적을 획득할 수 있었던 거겠지. 아마도 내 경우의 클리어 조건은 자미엘을 '흡수'했다는 것일 테고.'

이하는 헛웃음이 나올 것만 같았다.

R+급 업적을 자신이 최초로 획득했다. 불과 몇 시간 전까지만 해도 최상위 업적이 R급밖에 없었다는 의미다.

그런데 R+급 정도가 아니라 그다음 단계로 왔다고?

'키드랑 루거— 아니, 두 사람뿐만이 아니지. 낄낄, 돌아가면 난리도 아니겠어.'

U−급의 '다음 단계'까지 있다는 걸 생각한다면, 평소 이하를 알고 있던 유저들이 어떻게 반응할지 예측하는 건 너무나 쉬운 일이었다.

'보상은 주로 마와 관련된 것이라……'

마
탄
의
살
수

암 속성보다 더욱 좁은 범위에 존재하는 마 속성

그나마 유사한 보상은 카일이 준 업적에 있었다.

마탄의 사수에서 해방시켜 주어 감사하다며 얻을 수 있었던 업적, 그곳에 있던 보상은 마 속성에 대한 공격력 15% 증가였다.

'그런데 여기선— 무려 70% 증가다. 그뿐만이 아니야. 마 속성에 대한 친밀도나 상태 이상 저항도 수치가 엄청나게 높아. 완전한 이해는 또 뭐고?'

업적 보상으로 '완전한 이해'라고 되어 있지만 정작 이하 자신이 마 속성에 대해 완전한 이해를 하지 못한 상태다.

'조만간 알게 되려나?'

어차피 당장 알 수 없는 거라면 혼자 고민할 필요가 없다. 자미엘을 없앤 지금, 돌아가 의논할 상대는 얼마든지 있을 테니까.

"흐음……."

이하는 한숨을 내쉬었다.

치요는 그것이 자신에 대한 관심인 줄 알고 더욱 다급히 말했다.

"벌써 말씀드릴 건 아니지만— 전 이미 그런 방법이 있습니다. 하이하 님이 직접 회사를 차리고 경영하실 수도 있지요! 한국뿐만 아니라 중국! 일본에서도 훌륭한 기업가, 아니면 개발자의 지위를 가지실 수 있을 겁니다."

"치요, 이러지 말자. 서로가, 서로를 무너뜨리기 위해 최선을 다해 왔었잖아? 이제 와서 이러는 건— 대단하다는 생각도 들지만 한편으로는 조금 서글프거든. 게다가 내가 무슨 개발자를 한다고—."

"〈미들 어스〉보다 더 나은 게임이 만들어질 겁니다!"

"—음?"

이하가 고개를 갸웃거리자 치요의 얼굴이 잠시 일그러졌다.

주변에 있던 시노비구미의 유저들도 마찬가지였다. 그들의 종국적인 목표가 무엇이었던가.

이하는 그 찰나에 그들의 표정을 읽어 냈다.

하물며 이미 입 밖으로 그 사실을 내뱉어 버린 치요는 더 이상 숨길 것도 없다는 듯 말했다.

"아니면 지분! 제 지분까지 포함해서 드리죠. 그 지분 몇 퍼센트만 소유하고 계셔도 하이하 님의 자손까지 몇 대는 걱정 없는 삶을 살 수 있을 거예요! 마탄의 사수의 힘을 이용해서! 미들 어스 개발 정보를 빼내어 새롭게 만든다고 생각해 보십시오! 하이하 님은 그렇게 만들어진 새로운 게임에서 아웅다웅할 필요도 없이, 유저들이 내는 돈만 받아먹어도 되는 겁니다! 원하신다면, 저희 쪽에서 하이하 님의 향후 일에 대한 서포트까지 전부 처리할 수—."

"쉿."

이하의 한마디에 치요는 입을 다물었다.

마침내 시노비구미의 목표를 알아낸 이하는 크게 고개를 끄덕였다.

"역시 대단해. 단순한 게이머들과 접근 방법이 다르다는 건 알고 있었지만…… 그 터무니없는 욕심마저도 너무나 대단해. 진심으로 감탄했어."

"그, 그렇죠? 그러니까—."

"그러니까 봐줄 수 없어. 치요, 당신은…… 악과 욕심의 화신 같은 당신은 결코 봐줄 수 없어."

철컥.

노리쇠를 찾아내기도 힘들 정도의 흑색 총기는 무거운 쇳소리를 내었다.

"이제…… 우리의 오랜 악연을 끊을 때가 된 것 같아."

"하이하 님! 하이하 님의 안전을 위해서라도 제 의견을 듣는 게 좋을 겁니다! 람화연이 너희 집 근처에 배치시켜 놓은 거 누가 모를 줄 알아!? 우리가 그걸 못 뚫을 것 같아? 한국의 치안을 아무리 믿는다 해도, 너는 영원히 발 뻗고 잘 수 없어! 알아? 우리는 언제든 기회를 노릴 수 있어! 오히려 이건 내가 너에게 기회를 주는 거야! 나와 손을 잡으면—."

"그래. 바로 그런 식의 대화. 항상 그런 대화를 듣다가 뒤통수를 맞았었지."

"—자, 잠깐! 아냐! 아직 내 말 좀 더 들어 봐— 나는—."

치요는 자리에서 일어섰다.

곁에 있던 시노비구미 남성을 일으켜 자신의 앞에 방패막이로 세우기까지, 일련의 동작이 순식간에 벌어졌다.

"오, 오카상?!"

"절대 못 쏴. 마탄은 어차피 두 발? 세 발? 어림도 없어! 난 죽지 않아!"

완전히 패닉에 빠져 버린 치요는 악에 받쳐 울부짖었다.

당연히 이하에게 있어 그런 행동 따위는 아무런 의미도 없었다.

이하는 그녀의 발악을 이해할 수 있었다. 그만큼 마탄에 대한 이해가 깊다는 의미일 테니까.

이하는 조용히 말했다.

"부디. 앞으로는 만날 일 없기를."

〈마탄〉 — 잔여 탄 수: 3

설명: 태초의 마魔가 만들어 낸 힘. 여섯 발의 탄환은 미들 어스 내에 있는 대상이라면 반드시 소멸시킨다. 대상이 무엇이든, 어느 장소에 있든, 어떤 스킬로 보호를 하든, 거리가 얼마나 멀든 관계없다.

단, 마지막 한 발은 사용자를 소멸시킨다. 대상에게 적용될 때와의 차이라면, 사용자와 관련된 미들 어스 내 모든 기록과 기억이 사라진다는 점. 이것은 태초의 마魔과 자신을 소멸시킬 때 사용한 일곱 번째 힘의 저주이기도 하다.

효과: 대상 소멸 (2발)

마탄의 사수

(NPC에게 사용 시, 네크로맨서의 스킬로 언데드화 불가능)

(물건에 사용 시, 복원 불가능)

(유저에게 사용 시, 캐릭터 삭제)

/

자기 자신의 소멸 (1발)

(업적, 칭호, 직업 관련 기록에서 사용자와 관련된 모든 데이터 초기화)

(같은 닉네임의 캐릭터를 생성하더라도 NPC와의 상호 작용 기록 또한 초기화됩니다.)

마나: ㅡ

지속 시간: 즉시

쿨타임: ㅡ

"하이하아아아아아아아아아!"

치요는 시노비구미의 남성을 밀치며 이하를 향해 달려들었다.

거리는 고작 6m 남짓이었다. 어리숙한 사수라면 뒷걸음질을 치거나 총구가 흔들리기에 충분한 위협이지만, 이하는 달랐다.

《마탄의 사수》하이하가 가장 먼저 한 일, 그것은 역시나 오랜 숙적의 제거였다.

"《마탄》."

[스킬 사용 대상을 확인합니다.]
[사용 대상: 치요―미니스 소속 / 유저]
[잔여 탄 수 3발]
[사용 시 미니스 소속 유저 '치요'의 캐릭터가 삭제됩니다.]
[사용 후 남은 탄 수 2발]
[사용하시겠습니까?]

이하는 조용히 방아쇠를 당겼다.

—————————————……

총성은 그리 크지 않았다. 이하는 일그러진 치요의 얼굴을
보고 있었다.

"너…… 반드시……."

"마음 같아선 얼굴에도 한 발 쏘고 싶지만, 그렇게까진 하
지 않을게."

이하는 그대로 총구를 세웠다. 바닥에 엎어진 치요는 끝까
지 이하를 노려보았다.

잿빛으로 완전히 변하는 그 순간까지도.

마탄의 힘은 그때부터 드러나기 시작했다. 일반적인 유저였

다면 잿빛으로 변한 사체는 일정 시간 후 사라지고 끝이 난다.

그 자리에 아무것도 없이, 휑한 공간이 남게 되는 것이다.

그러나 지금은?

치요의 잿빛 사체는 사라지고 있었다.

"테, 템······"

다만 말 그대로 사체死體만이 사라질 뿐, 그녀가 입고 있던 모든 종류의 장비 아이템과 보유하고 있던 모든 종류의 소모 아이템이 주변으로 흩어지는 중이었다.

시노비구미의 남성들은 그것을 보았다.

그들이 본 마지막이었다.

총성이 들렸다, 라는 생각이 들었을 때 이미 두 명의 남성은 잿빛으로 변해 날아간 상태였다.

미들 어스 공식 홈페이지에서 치요의 랭킹이 사라졌다는 것은 곧장 커뮤니티를 뜨겁게 달구었다.

100위까지의 공식 랭킹 그 어느 위치에도 자리하지 않는다는 것.

그것이 무엇을 의미하는지 눈치챈 유저들은 소름을 가라앉히기 위해 애써야 했다.

"후와아아······."

이하는 호흡을 토해 냈다.

마침내 정적을 쓰러뜨린 자가 내뿜을 수 있는, 시원하면서도 섭섭한, 여운이 긴 숨이었다.

　에리카 대륙의 아침 햇살이 이하를 비추고 있었다.

Geschoss 4.

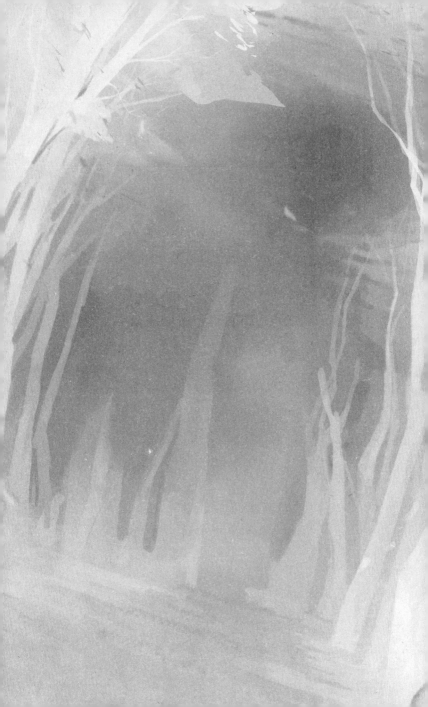

"블랙? 들리면 대답 좀 해 봐."

이하는 블랙 베스를 멘 채 중얼거렸다. 그러면서도 바닥에 떨어진 아이템을 줍는 것도 잊지 않았다.

물약이나 스크롤 등 단순 소모 아이템은 거의 필요한 게 없어서 챙기지 않았음에도, 이하의 가방 내부는 벌써 너저분해진 상태였다.

"전설템이 네 개에, 나머지 올 영웅템…… 허, 참. 치요가 마왕군에 붙을 때만 해도 아직 전설템이 많이 풀리지도 않았던 것 같은데, 이런 거 다 어디서 구했지?"

시노비구미의 인원들을 활용해 긁어모은 것일까?

아이템의 옵션은 대부분 민첩과 관련된 것이었으나 이하가 사용할 만한 건 없었다.

'움직임이 빨라지거나, 대상을 느리게 만드는 것…… 거의 다 무희 직업군— 아니, 더 크게 보자면 암살자 직업군과 연관된 거군. [지정 대상이 반경 50m 내에 있을 시, 자동으로 〈사교의 춤〉 스킬 발동]? 이건 완전 필살 회피기잖아?'

적의 공격 루트를 미리 읽어 낼 수 있는 스킬이 자동으로 발동된다면 등 뒤에서 이루어지는 불의의 일격은 당할 일이 없다는 뜻이지 않은가.

이하 자신처럼 압도적으로 먼 거리에서 공격하거나, 확실한 스탯 차로 찍어 누르지 않는 이상 치요를 공략할 길이 요원했다는 뜻이기도 하다.

"근거리 공격 3회 무효, HP 300 미만의 공격 피격 시 자동 블링크……. 아주 그냥 작정을 했네."

치요가 지니고 있던 액세서리나 기타 아이템들의 옵션을 보며 이하는 헛웃음을 내뱉었다.

그와 동시에 '제3 세력'이라고 불리기 위해서 가장 중요한 점이 무엇인지도 알 수 있었다.

'생존……. 우선 살아남아야 했었다는 거겠지. 치요가 죽으면 그 일을 대신할 사람이 없어질 테니까.'

그렇게나 목숨에 대한 집착이 강했던 유저다.

스킬부터 아이템까지, 거의 모든 기능을 오직 생존에만 맞춰 두었던 유저다.

하지만 이제 그녀는 없다.

"치요는 없다……. 흐흐, 생각해 보니 웃기네. 기왕 가질 거면 내가 화연이한테 준 것처럼 확실하게 죽음 1회 방지권! 딱! 이런 걸 챙겼어야지. 결국 헛똑똑이였구만?"

치요에 대한 감정에서 '그리움'이라는 개념이 있을 리가 없다.

혼자 낄낄거리며 웃던 이하는 문득 다른 생각이 들었다.

치요라는 캐릭터는 완전히 삭제되었다.

'물론 기록까지 삭제되는 게 아니지. 일곱 번째 탄환과는 다르니까……. 치요가 땄던 업적 같은 게 사라져서 갑작스레 누군가한테 '명예의 전당' 등재 같은 게 뜨지는 않는다는 뜻이지만—.'

또 다른 게 있다.

치요가 사라짐으로써 영원히 비어 버리는 것.

이하는 스킬 창을 열어 그것을 확인하려 했으나 갑작스레 들린 목소리에 그럴 수 없었다.

—끄으으으…….—

"어? 블랙! 뭐야, 괜찮은 거야?"

이하는 허겁지겁 블랙 베스를 돌려 쥐었다. 아직은 적응하지 못한 외형이었다.

과거와 같이 노리쇠 부분이 반짝이는 것은 아니었다.

블랙 베스가 말을 할 때마다 티가 나는 건 방아쇠의 우측면,

마탄의 잔여 탄 수가 표기된 부분이었다.

　붉은색 점 하나와 흰색 점 하나가 박혀 있는 그곳에서, 은은한 노란빛이 반짝였다.

　—각인자여……. 나는— 자미엘을 전부 집어삼켰다. 놈의 모든 것을……. 완전히 흡수했다.—

　"으, 응. 알고 있어. 무슨 꿈? 같은 것도 꿨거든. 내가 알고 있는 마탄의 사수들의 기록 같은 거였는데 말이지."

　—큭큭큭……그러나 과연, 쉽지 않군. 강대해진 마魔가 미쳐 날뛰는 게 느껴진다.—

　"뭐?"

　이하는 블랙 베스의 말을 정확히 이해할 수 없었다.

　블랙 베스가 말을 하지 않는 순간에도 방아쇠의 우측면에서 노란빛이 간헐적으로 점멸했다.

　"자미엘이 남아 있는 거야? 아직?"

　—알 수 없다— 나는 놈을 소화시켰다고 생각하지만……놈의 원념은 그리 쉽게 사라지는 게 아니었던 터, 물론 나는 놈을 놓치지 않을 것이다. 억겁의 세월을 견디며 이 기회만을 꿈꿔 왔던 내가 놈을 놓칠 리는 없다.—

　"그럼……?"

　이하도 보았다. 블랙 베스가 부여했던 퀘스트는 클리어되었다.

　해당 퀘스트 클리어의 대가로 마탄의 사수가 되었고 레벨

업 경험치도 획득하지 않았는가.

—태초의 마魔…… 마의 파편들이 만들어질 때의 힘까지 흘러 들어온 게 문제일 뿐이다.—

"태초의 마—."

—나를, 나의 상태를 확인하면 알 거다.—

그러나 아직 이하가 놓치고 있던 보상이 하나 더 있었다.

블랙 베스는 자미엘을 흡수했다. 이하는 마탄의 사수가 되었다.

그렇다면 블랙 베스의 몸이라고 할 수 있는 총기는?

"아!?"

〈자미엘을 초월한 블랙 베스〉

(거래 불가)

설명: 오직 복수의 기회만을 노려 왔던 자아는 마침내 마탄의 악령조차도 집어삼켰다. 그러나 태초의 마魔에서 만들어진 힘은, 그 마魔에서부터 만들어진 모든 것에 영향을 끼치게 되었다. 마탄의 악령조차 초월한 자아는 이제 순수한 마魔가 되어 본능에만 충실해지리라. 사용자를 포함한 모든 생명체와 영혼 그리고 신과 마를 집어삼키기 위해 날뛰기 전에, 이것을 막을 방법을 찾아야만 한다.

폭주율: 57%

(태초의 마魔와 관련된 자아의 곁에 있을 시 증가합니다.)

(마魔와 관련된 유저, 몬스터, NPC 등을 흡수할 시 증가합니다.)

공격력: (사용자의 민첩*15)

효과: 기존 블랙 베스 대비 약 100% 사거리 증가

민첩 +50

사살 대상의 [특성] 흡수 및 방출 (1회 한정)

(그 외 기존 등급의 모든 추가 효과를 계승합니다.)

"무슨…… 뭐야, 이거? 엥?"

대 저격수용으로 개조했을 때, 공격력은 민첩의 11배였으며 증가한 사거리는 50%였다.

그러나 지금은 무려 15배의 공격력과 100% 사거리 증가라는 말도 안 되는 효과가 적용되고 있다.

이미 아이템의 이름에서부터 눈치챌 수 있었다.

'기존 아이템 명은 태고의 신화……. 즉, 〈신화급〉. 그리고 지금은─.'

자미엘을 초월한 블랙 베스. 〈초월급〉 아이템이다.

〈초월급〉이 있으리란 것도 예상할 수 있었던 일이고, 블랙 베스의 기존 아이템 설명으로 보아 자미엘을 흡수하게 될 경우 〈초월급〉이 될 가능성에 대해서도 예측할 수 있는 부분이었다.

따라서 지금 이하의 눈에 들어오는 항목은 그러한 표면적인 게 아니었다.

"폭주율이 뭐야, 블랙?"

─큭큭…… 면목 없군. 나 스스로를 통제하기 힘들다. ─

"설마─ 내가 생각하는 그 폭주 말하는 거야? 미쳐 날뛴다고? 네가?"

─나도, 어떻게 될지는 알─ 수 없다. 하지만…… 소멸해 마땅한 자미엘의 경우를 생각해 보자면─ 내가 그렇게 변할 수도 있다는 생각은 드는군. ─

"야이! 무슨 개소리야! 여기까지 어떻게 왔는데! 자미엘 죽이느라 고생이라는 고생은 아주 그냥! 죽을 똥을 싸서 겨우 끝내 냈더니 왜! 왜!"

기존 마탄의 사수들처럼 극심한 정신적 공격을 받을 수도 있다는 뜻일까?

그러나 자미엘의 수준이 아니라, 그 자미엘조차도 집어삼켜 버린 블랙 베스에게 공격을 받는다?

"젠장! 이런 사기급 공격력, 사기급 사거리 필요 없으니까! 그냥 원래대로 돌아가! 부담 없이 좀 살자! 어차피 이제 이런 사거리는 필요도 없어! 공격력도 그냥 11배, 아니, 오히려 10배로 줄어도 될 것 같은데!"

이하는 블랙 베스에게 고래고래 소리를 지르며 날뛰어 보았으나 그런다고 변하는 건 없었다.

오히려 아이템 창을 보며 뜨끔한 기분이 들 뿐이었다.

폭주율: 59%

(태초의 마魔%와 관련된 자아의 곁에 있을 시 증가합니다.)

(마魔%와 관련된 유저, 몬스터, NPC 등을 흡수할 시 증가합니다.)

폭주율이 올랐다. 척추를 따라 느껴지는 서늘한 기운에, 입을 다물고 조용히 있자 폭주율은 곧 53%까지 감소했다.

그것이 의미하는 바는 분명했다.

"설마……이거 나 때문에 이러는 거야?"

―각인자의 영향이 없다고만은 할 수 없겠지. 대부분은 자미엘 놈에게서 받은 영향이지만…….―

이하는 마魔에 대한 친화력이 있다. 마에 대한 상태 이상과 마에 대한 추가 공격력도 있다.

현재 미들 어스를 플레이하는 유저 중 가장 마와 친근한 인간은 바로 이하일 것이다.

즉, 이하의 감정 기복만으로도 블랙 베스의 폭주율에 영향을 끼친다는 뜻이다.

'이런 미친― 뭐가, 이래!?'

이하 자신만으로도 이렇게 된다면? 그 외의 주의 사항으로 보자면 앞으로의 일도 예측할 수 있다.

"태초의 마와 관련된 자아……. 결국 〈크림슨 게코즈〉와 〈코발트블루 파이톤〉일 테고―"

그리고 그 예측은 부디 틀리길 간절히 바라야만 하는 것들이었다.

"마와 관련된 몬스터와 NPC라면— 당장 죽여야 하는 푸른 수염 같은…… 몬스터를 죽였을 때—."

예측대로 흘러간다면, 문자 그대로 '폭탄을 끌어안고 불길로 뛰어드는' 전투를 치러야만 할 테니까.

이하는 잠시 나무에 등을 기대었다.

어쩐지 허탈한 감정이 밀려들었다.

"탄이 호환이 되어서 다행이라고 해야 하나……. 아, 증말 재미있는 게임이야."

답답함? 우울함? 부담감? 지금은 그런 걸 느낄 여유도 없었다.

헛웃음이 나올 정도의 상황이지만 어쨌든 한 가지의 산을 넘은 게 아닌가.

"그래, 가자, 가. 비비다 보면 어떻게 되겠지."

〈제3차 인마대전〉 3일 차도 어느덧 정오를 향해 가고 있었다.

로페 대륙에서 떠난 지 정확하게 열흘째가 되던 날이었다.

"다들 피곤하겠지만 조금만 버텨요! 〈수호성인의 검〉!"

"녀석들도 무제한의 체력은 아닐 겁니다. 벌써 31시간째 연속으로 싸우는 게 계속해서 가능할 리가 없어요! 〈아흘로의 빛〉!"

라파엘라와 베르나르가 제각기 스킬을 사용했다.

아군에게는 광역 체력 회복을, 적군에게는 광역 데미지를 입히는 스킬을 사용했으나, 그 독려에 응답하는 유저는 많지 않았다.

그 이유는 라파엘라와 베르나르가 외쳤던 말에 있었다.

〈제3차 인마대전〉 이틀날 오전부터 시작했던 전투는 해가 져도 끝나지 않았다.

교묘한 유격전을 펼치던 〈제2차 인마대전〉의 잔당들은 밤을 새 곳곳을 타격하는 움직임을 보였고, 유저들과 방어군은 그것에 휩쓸려 제대로 휴식도 취하지 못했다.

거기에 해가 뜨기 무섭게 시작된 마왕군의 진격은 어떠한가.

적은 나름대로 번갈아 가며 싸우지만 〈신성 연합〉은 그 정도의 전력이 되지 않았다.

"나도 로그아웃하고 싶어!"

"아까 몇몇 길드는 그냥 텔 타고 로그아웃하던데! 왜 나만 무슨 책임자도 아니고 여기서 이러고 있어야 하냐고!"

마왕군의 공격이 가장 먼저 깨부순 것은 방어선이 아니라 유저들의 정신력이었다.

현실의 시간으로만 따져도 12시간이 넘도록 플레이를 하고 있다. 그것도 낮/밤을 가리지 않고 계속해서 압도적인 적과 전투를 벌이고 있다.

정신적인 피로도는 '단순한 12시간 연속 플레이'보다 몇 배나 심할 것이다.

그 부담감을 견딜 수 있는 유저는 그리 많지 않았고, 결국 개별적으로 탈주하는 유저들이 발생하기 시작했던 것이다.

거기에 더해, 굳이 미들 어스만 플레이할 수 없는 사정이 있는 유저들은 또 어떠한가.

게임 속 세계에만 사는 몬스터들과 현실의 삶이 있는 유저들의 전투는 어느 시점부터 다른 양상을 보일 수밖에 없었다.

"끄으으으, 또 온다! 다들 뒤로 빠져요!"

기정은 방패를 움켜쥐며 외쳤다.

유저들의 정신력이 본격적으로 갉아 먹히기 시작한 것은, 플레이 타임의 문제도 있었지만 새롭게 등장한 적 때문이기도 했다.

굳이 기정이 외치지 않아도 대부분의 근접 딜러들이 곧장 도망가기 시작했다.

"기어 오는 놈이 왜 저렇게 빨라!"

"크기가 크기인데 당연하지! 저 낫 같은 손에 스치기만 해도 우리는 끝장이야!"

"근접 공격이면 차라리 피하기라도 쉽지, 피인지, 독인지 원거리 공격까지 한다고! 도망—."

츄와아아아아아악……!

다만 그 정도 속도로는 적의 공격 사거리에서 벗어날 수 없다는 게 문제였다.

다갈색 점액에 직격한 유저들의 신체가 녹아 가고 있었다. 당연히 이미 잿빛으로 변한 상태였다.

"젠장, 비예미 씨라도 있으면 어떻게 해 볼 텐데……. 알케미스트도 없고!"

기정이 이를 악물었다.

최초 〈제1방어 진지〉에 있던 유저들은 마왕의 일격에 대부분이 사망했다.

그중 독과 산성 그리고 화학 계열의 전문가가 둘이나 포함되어 있던 게 〈신성 연합〉에겐 아쉬운 점이었다.

"힘으로 누르는 수밖에 없습니다."

"젠장, 눌려야 누르지. 내 포를 몇 발이나 맞아도 끄떡이 없으니……."

키드와 루거도 아쉬움에 잇소리를 내었다.

그들의 곁에 페이우가 멈춰 섰다.

"하나의 생명체가 아니니 당연할 거요. 언데드가 뭉쳐 버린 저것을 상대하려면 더욱 큰 힘이 필요하건만."

미니스 소속의 라파엘라나, 교황의 곁에 있어야 할 베르나르가 퓌비엘의 주요 방어선에 투입된 것도 모두 한 기의 몬스터 때문이었다.

푸른 수염은 과연 피로트–코크리보다 뛰어난 AI를 지니고 있었다.

　언데드의 힘을 받아 그가 새롭게 만들어 낸 몬스터, 그것은 실질적인 능력뿐만 아니라 겉보기 또한 상당한 충격을 주고 있었다.

　높이 약 150m. 치켜 든 코브라와 같은 상체는 낮은 위치의 태양을 가릴 정도로 거대하다.

　그럼에도 속도는 결코 느리지 않았다. 길이는 약 200m, 지면에 닿은 것을 몸통이나 꼬리로 나눌 수는 없었다.

　그 기다란 형태에 모두 '다리'가 붙어 있었으니까.

　심지어 사람의 발 같은 것이 무수히 많이 자라나 쉼 없이 움직이는 것을 보고 있자면 '지네–뱀'이라는 별명이 붙은 것도 과언이 아니었다.

　치켜 든 상체에는 사마귀와 같은 낫 형태의 팔이 한 쌍.

　그것은 드래곤 폼으로 변한 젤레자의 육탄 공격을 거뜬하게 막아 낼 정도의 속도와 강도를 지니고 있었다. 일반적인 드래곤이었다면 그 비늘마저도 모조리 도륙당했을 것이다.

　거기에 더해 촉수처럼 자라나 접근하는 것들을 후려쳐 버리는 가느다란 채찍형 팔이 수십 쌍.

　몸놀림이 제법 재빠르다고 알려진 유저들이 약점을 찾기

위해 접근해 보았으나 그들은 모두 죽었다.

살아남은 유저는 페이우와 키드를 포함하여 극소수뿐이었다.

접근전에 자신이 없어 원거리 공격을 하려 한다면? 저것은 사체를 모으고 모아 형태를 변형시킨 일종의 언데드 몬스터이다.

시독屍毒으로 추측되는 다갈색의 점액질 공격이 쏟아진다. 루거를 비롯하여 마법사 직업군 유저들이 함부로 스킬을 사용하지 못하는 것도 그 이유 때문이었다.

다갈색의 점액질은 블랙 드래곤의 브레스, 그 이상이었으니까.

"이제 〈성스러운 요새〉는 없어요! 모두 물러서는 수밖에—."

기정을 비롯한 최상위권 유저가 아니라면 레벨 250 전후의 유저들마저 일격에 사망할 정도로 강력한 몬스터는 퓌비엘의 심장을 노리며 달려들고 있었다.

"여기서 더 물러서면 수도다. 우리가 물러서는 게 아니라 놈을 물러서게 만들어야지. 어이, 하이하의 드래곤! 점액질은 맡긴다!"

[건방진—.]

"〈자계사출포〉!"

루거는 〈코발트블루 파이톤〉을 들어 올렸다. 그의 말처럼 더 이상 〈신성 연합: 퓌비엘 방어군〉은 물러설 수 없었다.

블라우그룬의 말을 끊으며 그는 곧장 스킬을 사용했다. 거대한 덩치에 걸맞지 않은 속도였으나, 역시 피격 포인트가 많은 것은 '지네-뱀'의 단점일 수밖에 없었다.

슈아아아아아————————ㄱ!

"끄으읏!"

공기를 찢어발기는 소닉 붐의 효과음에 유저들은 귀를 붙잡으며 비틀거렸다.

당사자인 루거는 정신력으로 그 어지럼증을 버티고 있었으나, 곧 힘이 빠질 수밖에 없었다.

"……일반적인 공격은 소용이 없을 겁니다."

"젠장할, 저렇게 바로 복구해 버리면— 저걸 어떻게 죽여야 하지?"

자계사출포가 만들어 낸 거대한 구멍은 벌써 거의 다 메워지고 있었기 때문이다.

하물며 곧장 날아오는 점액질의 반격은 어떠한가.

치이이이이……!

[음. 에인션트 블랙 드래곤.]

[그렇습니다, 아르젠마트 님. 막는다면 막지 못할 정도는 아니지만…….]

람화정의 파트너 드래곤과 블라우그룬의 배리어는 지네-뱀의 점액질을 막아 낼 수 있었지만 쉬운 일은 아니었다.

드래곤의 브레스보다 시전 준비 시간이 짧은데다, 쿨타임이 없을 정도로 자주 사용하고 있었으니까.

드래곤들의 마나가 먼저 소모된다면 그 다음에 펼쳐질 광경은 지옥이다.

"키드! 네 녀석, 그거 못 쓰나? 피로트-코크리 태워 먹었던거."

"나의 것은 인간형 몬스터에게만 사용 가능합니다."

"망할 놈의 페널티로군."

그 사실을 잘 알고 있는 유저들이었기에, 어떻게든 방법을 찾아보려 했지만 쉽지는 않았다.

페이우는 곧장 옆을 돌아보았다.

파이로는 그의 말을 듣기도 전에 고개를 젓고 있었다.

"화 속성, 수 속성, 전기 속성에 대한 저항은 이미 확인했소. 일반 스킬로는 불가능할 것이고, 내 모든 마나를 부어 저것을 태워 볼 수는 있겠으나…… 놈의 움직임을 고정하기는 쉽지 않을 거요."

"음. 내 〈운룡대팔식〉을 따라올 정도의 속도니……."

움직임을 봉한 후, 〈염왕〉 파이로의 스킬이라면 데미지를 입힐 수 있을지 모른다.

문제는 그 가정이 되는 '움직임을 봉한다' 부분이 불가능하다는 것이다.

"저 정도라면 핵이 있다고 봐야 할 거예요. 사체를 모아 빚은 인형이라는 개념으로 접근하자면— 머리나 심장, 이런 부

마탑의
사수

분이 아니라 분명 어딘가에 핵이 있겠죠."

마공학자 알바에게서도 흥미로운 표정은 찾아보기 힘들었다.

피로트-코크리의 '조립식 언데드'보다도 더욱 강한 적이라는 걸 알고 있었으니까.

그들의 머리 위로 드래곤들이 날아올랐다.

베일리푸스와 바하무트를 제외한 모든 메탈 드래곤과 플람므를 제외한 모든 컬러 드래곤들이었다.

미니스에서도 마왕군의 침공은 벌어지고 있었지만 퓌비엘보다는 나은 상황이었다.

적어도 그들은 '지네-뱀'이라 일컬어지는 기형 몬스터나, 푸른 수염을 맞상대하지는 않아도 되었기 때문이다.

[견제가 최선인 것은 모두 아실 터, 자칫 적을 자극했다가 에얼쾨니히가 나타날 가능성을 잊지 말아야 합니다!]

블라우그룬의 외침에 맞춰 드래곤들이 일제 행동을 개시했다.

각종 속성 브레스는 물론, 스킬까지 더해진 총 공세였으나 지네-뱀은 쉽게 무너지지 않았다.

지네-뱀의 외피이자 근육 또는 속살이라고 할 수 있는 것은 짓뭉개진 사체들이다.

아골 골짜기의 마왕군 사체와 각종 몬스터들을 한데 뭉친 '고기'는 어디선가 다시 보충되듯 꾸역꾸역 복원되고 있었기 때문이다.

[캬아아아아아아아—!]

"후우, 일단 드래곤 쪽으로 어그로는 끌린 것 같은데."

"좋아할 건 아녜요. 당장 죽이지는 못하더라도 어떻게든 밀어낼 방법을 찾지 못하면…….'"

"오늘 해가 떨어지기 전에 퓌비엘의 수도까지 함락되겠죠."

날뛰는 지네-뱀을 보며 유저들이 한숨을 쉬었다. 이것을 어떻게 막아야 하는가.

푸른 수염은 본격적으로 움직이지도 않고 있다.

에얼쾨니히를 상징하는 '검은 하늘' 또한 보이지 않고 있다.

그런데 〈제2차 인마대전〉 당시 날뛰었던 중간 지휘관급 몬스터들과 그 수하들, 그리고 지네-뱀만으로도 퓌비엘이 무너진단 말인가.

"괜찮아요! 버틸 수 있어요!"

최전방에 있던 기정이 소리쳤다. 중압감에 짓눌리지 않기 위해 발버둥 치듯 외친 말에 대답하는 유저는 몇 명 없었다.

그들에게 희망은 이상한 형태로 찾아왔다.

"근데 랭킹에 치요 이름은 어디 갔지?"

"무슨 소리야, 바빠 죽겠는데!"

"아니, 지금 접속하기 전에 잠깐 공홈 갔다 왔는데…… 치요 닉이 사라졌어. 이상하지 않음?"

"이상한 건 저 미친 몬스터가 이상하지. 개소리 하지 말고 그냥 튀기나—."

"잠깐! 님들!"

기정이 허겁지겁 달려가 그들을 붙잡았다.

레벨 200을 갓 넘은 유저들은 어리둥절한 얼굴로 기정을 바라보았다.

"마, 마스터케이 님, 안녕하세요?"

"요즘 별초 2군 길드 만든다는 소문이 있던데, 혹시 자리 남으시면 저희도 가입 테스트 받을 수 있을까요?"

퓌비엘 소속 유저들이라면 기정을 못 알아볼 리가 없었다.

이제 명실상부한 유명인이 되어 버린 자신에게 깍듯한 태도를 취하는 유저들을 보며, 기정이 보채듯 물었다.

"아뇨! 그거 말고! 방금 뭐라고 하셨죠?"

"어, 네? 저희가 뭐라고 했나요?"

"치요! 치요가 어쨌다고요?"

"아, 그거— 제가 방금 랭킹 표를 보고 왔는데요."

유저는 자신이 보고 온 것을 빠짐없이 말했다.

공식 홈페이지의 랭커 리스트에서 치요의 이름이 완전히 사라졌다는 것.

기정은 불과 2시간 전의 랭킹표를 알고 있었다.

"이하 형은! 이하 형은 몇 위예요?"

"하이하 씨는……."

이하는 레벨 302가 되었다. 그로 인해 변동된 랭킹이 몇 위인지, 그것이 궁금했던 기정이 2시간 전 알아냈던 사실이 있다.

"접속 전에 본 바로는 14위요."

"……올랐어."

당시 이하의 랭킹은 15위였다. 그런데 불과 2시간 사이 14위가 되었다는 점은?

그리고 치요의 닉네임이 사라졌다는 의미는?!

—여러분! 이제 곧! 이제 곧 올 거예요!

—네? 누가—.

지금껏 연락이 닿지 않았던 자가 온다.

신대륙에서 모든 일을 끝마친 자가 온다!

—누구긴요! 당연히 한 명밖에 없죠! 블라우—.

기정은 귓속말을 보내다 말고 하늘을 올려다보았다. 유기적으로 움직이며 어그로를 분산하던 드래곤들의 사이에서, 홀로 독특한 비행을 하는 개체가 있었다.

청록색의 비늘이 햇빛을 받아 반짝거릴 때, 그곳에서 연보라색의 빛이 번졌다.

이런 시점에서, 그것도 공중에서 뜬금없이 나타나는 공간 이동.

그것이 의미하는 바는 하나밖에 없었다.

유저들의 시선이 집중되었다.

등장 인사를 대신하는 총성이 울렸다.

투콰아아아────────……!

"아이고야, 오자마자 저건 또 뭐람? 기정아! 루거! 키드! 여러분들, 저거 안 잡고 뭐 했대요?"

블라우그룬의 등 위에 올라 탄 이하가 지상을 내려다보고 있었다.

로페 대륙을 떠난 지 정확히 열흘째의 정오였다.

"이하 혀어어어어엉─!"

"너 이 자식, 그걸─ 그걸 지금 말이라고─."

"그런 말을 할 때가 아닙니다! 앞을─."

지네−뱀의 반응 속도를 몬스터의 크기로 예측하다간 큰코 다치기 쉽다.

그것을 아는 키드가 화급히 경고했지만 그 경고는 더 이상 필요치 않았다.

"〈다탄두탄〉."

푸콰아아아────────ㄱ!

다탄두탄을 필두로 총성은 끊이지 않고 울렸다.

────, ────, ────!

한 발, 한 발의 총성은 그저 기계적으로 퍼질 뿐이었다. 특별히 스킬의 효과가 눈에 띄거나, 스킬명을 외치는 행동도 없었다.

이하는 블라우그룬의 위에 올라탄 채 묵묵히 노리쇠와 방아쇠를 당기고만 있었다.

매우 단순하면서도 기본적인 공격.

그러나 보는 이들에게는 절망적일 정도로 황당한 공격이었다.

[크엑— 끄엑— 그억—!]

탄환이 적중될 때마다 지네-뱀의 거구가 휘청이고 있었으니까.

루거의 공격에도 끄떡 않던 몬스터다. 키드나 페이우가 피하기에도 급급했던 몬스터.

드래곤 수십 기가 동원되어 어그로를 분산하고 겨우겨우 그 공격을 막아 내고 있었던 몬스터다.

그런데 이렇게 된다고?

별다른 스킬도 없는 일반 공격 한 방에 적중될 때마다, 마치 거대한 망치로 맞은 것처럼 온몸을 들썩이며 밀려난다고?

원거리 딜러들은 자신들의 발달된 시력으로 이하의 표정도 볼 수 있었다.

무릎쏴 자세로 블라우그룬의 등 위에서 안정적인 사격을 하는 이하의 얼굴을 보는 순간, 그들은 다른 생각이 들 지경이었다.

"……한숨 자고 와도 되겠습니다."

"저런 미친놈— 도대체 뭐야, 저 지루하다는 표정은?!"

엄청난 공격을 아무렇지 않게 하는 이하를 보며 유저들은 처음으로 로그아웃을 생각했던 것이다.

물론 이하도 웃으며 상대할 정도로 만만한 몬스터는 아니었다.

무심하게 탄환을 박아 넣고 있었던 이유 또한 시험해 볼 필요가 있는 가능성을 떠올렸기 때문.

"음, 그러네요. 내가 잘못 본 게 아니었네."

[그렇습니다. 아마도 저것은—.]

슈와아아아……!

그러나 더 이상은 실험도 할 수 없었다.

지네-뱀의 머리 인근에서 연보랏빛이 다시금 번쩍였다. 이하도 방아쇠를 당기길 멈췄다.

"……레."

"이런, 이런. 자미엘까지 찾았나 보군. 그건가?"

푸른 수염은 블랙 베스를 향해 턱짓하며 말했다.

이미 모든 것을 알고 있을 게 뻔한 마왕의 조각에게 거짓말은 통하지 않았다.

"그래. 이제는 너조차도 피할 수 없을 거다."

이하는 블랙 베스를 들어 레를 겨눴다.

푸른 수염마저도 잠시 긴장할 때, 블랙 베스의 노리쇠가 반짝거렸다.

—각인……자여…….—

"블랙?"

—태초의…….—

블랙 베스의 목소리가 띄엄띄엄 들려왔다. 푸른 수염과의 거리는 그리 가깝지 않다.

'근데도 폭주의 영향을 받나? 젠장.'

당장이라도 마탄을 쏴 버릴까 싶었던 이하였으나 지금은 그럴 수 없었다.

이제 타 대상을 향해 사용할 수 있는 잔여 탄은 고작 한 발밖에 없으니까.

하물며 블랙 베스의 반응이 이러하다면 섣부른 시도는 할 수 없지 않은가.

"흐으으음, 주객이 전도되었다……. 끌끌, 개가 꼬리를 흔드는 게 아니라 꼬리가 개를 흔든 셈이군. 그런 상황이 오래 갈 것 같나?"

"뭐—."

"에얼쾨니히 님께서 썩 좋아하시진 않으시겠지만— 쩝, 그래도 흥미로운 보고가 되겠어. 자, 그럼 사흘 후에 보자고."

투콰아아아—————……!

이하는 곧장 방아쇠를 당겼다. 모자를 슬쩍 들어 올려 인사하던 푸른 수염은 그대로 사라졌다.

지네-뱀을 포함하여, 주변에서 활개 치던 모든 마왕군 몬스터와 유저들 또한 사라진 상태였다.

"후퇴……?"

"마왕군이―."

"도망갔다!?"

우와아아아아아아악―!

이겼어! 이겼다! 우리가 막아 낸 거야!

〈신성 연합〉에 소속된 대부분의 유저들이 환호성을 울렸다. 랭커 유저들 또한 개운하지 않다는 표정을 짓고 있을 뿐, 이것이 일정 수준 이상의 '승리'라 인식하고 있었다.

현시점에서는 단 한 사람, 이하만이 찜찜함을 떨치지 못하고 있었다.

전장의 환호성이 미처 가시기 전에도 이하는 여러 유저들과 대화를 나눠야만 했다.

애당초 주요 전장이었던 이곳에 대부분의 랭커들이 모여 있었으므로 어쩔 수 없는 일이었다.

신대륙에서 무슨 일이 있었는지, R+급을 비롯하여 U-급, U급 업적은 어떤 식으로 획득할 수 있었는지, 마탄의 사수가 되는 방법과 치요의 처분 방법에 대한 질문들이 쏟아졌기 때문이다.

"그, 그거야— 지금 당장 말씀드리기는 좀 그렇네요."

"저야 운이 좋아서 이렇게 됐을 뿐이죠. 아마 여러분도 곧 그렇게 되지 않을까요?"

"으음, 그것도 지금은……. 하핫. 죄송하게 됐습니다."

당연히 그런 걸 줄줄이 읊어 줄 이하가 아니다.

적당한 웃음과 적당한 예의로 대부분의 유저들을 상대하는 건, 미들 어스의 랭커라면 누구나 할 수 있는 일이다.

많은 대화를 나눈 것 같지만 돌아보면 한 줌의 정보조차 흘리지 않는 기술.

이하와 대화를 나눈 것을 자랑거리로 삼으려던 유저들은 무언가에 홀린 듯 고개를 갸웃거리며 자리를 떠나고 있었다.

물론 이하의 기술이 통하는 것도 그 정도의 유저들밖에 없었다.

〈신성 연합〉의 이동식 지휘 본부에 모이는 유저들에게는, 100% 정확한 방법을 알려 주지 않아도 대략적인 흐름은 읊어 줘야만 한다.

기본적인 틀을 공유해야 마왕군을 죽이기 위한 작전과 전략을 같이 생각할 수 있을 테니까.

"그럼 치요는 정말로—."

"응. 우리가 예상했던 그대로야. 마탄의 효력으로 인한 캐릭터 삭제. 키드 당신이 예측한 대로 '각인템'이 전부 비각인 상태로 드랍되더라고. 내가 싹 챙겼지."

"그깟 나부랭이 아이템은 관심도 없다. 그래서? 자미엘을 진짜 네놈 혼자 죽였다고?"

"응. '둘 이상의 변수'가 필요하긴 하더라. 흐흐, 그 단서가 없었으면 나 혼자 삽질하다가 죽었을 거야."

이하의 말을 믿지 않으려 해도 어쩔 수 없었다. 루거는 자신이 쥐고 있는 〈코발트블루 파이톤〉의 이야기 또한 듣고 있었기 때문이다.

"으음……."

알렉산더가 침음을 내었다. 그를 포함하여 이지원, 페이우, 람화정, 프레아, 신나라, 카렐린 등이 모두 모인 자리였지만 대화를 하는 건 삼총사가 주를 이루고 있었다.

이하도 그 이유는 알고 있었다.

'하여튼 랭커라는 인간들은……'

그들이라고 R+, U-, U급 업적이 탐나지 않을 리 없다.

그러나 어차피 공개된 업적은 언젠가 획득할 수 있을 터, 지금 그들은 오직 마왕 에얼쾨니히를 없앨 방법을 궁리하는 데에만 몰두하고 있는 것이다.

'에얼쾨니히를 없애고 나면—.'

U급 전후의 업적들을 획득하는 새로운 길들이 곳곳에서 보이기 시작할 테니까.

어차피 당장 물어서 알 수 없는 것이라면? 과감하게 버리고 현재의 일에만 집중한다.

그것이 이들 랭커들의 힘이리라.

"……그게 최선이었겠지?"

람화연은 지끈거리는 이마에 손을 대며 이하에게 물었다. 이곳에 있는 유저들 중 상당수도 람화연과 같은 생각을 하고 있었다.

치요에게 마탄 한 발을 쏘는 게 최선의 방법이었느냐.

이하는 그러한 생각을 하는 유저들이 누구인지도 알 수 있었다.

"응. 이제 남은 한 발은 마왕에게 쓰면 돼."

이하는 람화연을 보며 말했다. 그러곤 그 시선을 라파엘라와 베르나르, 두 사람에게로 돌렸다.

눈이 마주치기 무섭게 그들은 감춰 두었던 아쉬움을 토로했다.

"마를 죽일 수 있는 게 마의 힘이라지만……. 과연 에얼퀘니히가 그걸로 죽을까요? 성하께서도 그 점에 대해서는 확신이 없으시던데."

"그, 그렇습니다. 치요를 그냥 죽이고 총 세 발을 남기신 상태였다면— 설령 마왕에게 통하지 않았다 해도 푸른 수염을 안정적으로 죽일 수 있었을 텐데요."

이하는 자신이 카일을 승계했고, 마탄을 세 발밖에 쓸 수 없다는 사실을 알려 주었다.

몇몇 유저들은 이해할 수 없다는 듯 집요하게 캐물었지만 이하가 거짓말을 하는 사람이 아니라는 걸 알고 있는 이상 받아들일 수밖에 없었다.

그 시점에서 나타나기 시작한 아쉬움이 바로 이것이었다.

앞으로 적에게 사용할 마탄은 한 발.

그마저도 마왕에게 사용하고 난다면, 푸른 수염은 결국 전투로 잡아야 하지 않겠는가.

만약 그 마탄으로 마왕을 죽일 수 없다면 사실상 이번 《마탄의 사수》는 치요를 죽인 것 외에 아무런 성과도 올리지 못하는 셈이다.

잠시 가라앉은 분위기에서 이지원이 일어섰다.

"그게 더 좋음. 레는…… 나랑 '관짝춤' 한번 춰야 함."

무표정한 얼굴로 몸을 들썩이는 그를 보며 유저들은 당황했다. 행동은 여전히 이해할 수 없었다.

하지만 알렉산더는 그가 어떤 의미로 말을 한 것인지 알고 있었다.

"음. 그의 말이 옳다. 에얼쾨니히는 상대할 방법조차 없는 존재. 그를 없앨 수만 있다면, 레를 상대하는 것은 우리의 힘만으로도 충분하다."

"뭐, 인간 지네라는 둥, 히드라라는 둥 불리는 그 빌어먹을 몬스터도 상대 못 하고 있긴 하지만— 마왕보다야 아무렴 푸른 수염이 낫죠."

라르크도 한마디 거들었다.

〈제3차 인마대전〉에서 중요한 건 결국 마왕, 에얼쾨니히다.

궁극적인 적의 보스만 없앨 수 있다면, 그 휘하의 몬스터들은 문제 될 게 아니지 않은가.

신나라도 고개를 끄덕였다.

"저와 라르크 씨, 그리고 알렉산더 씨와 이지원 씨, 페이우 씨, 드래곤들과 찰스 님까지 가세한다면…… 불가능한 일은 아닐 거예요. 바하무트 님이 회복을 다 하셔야겠지만."

원거리 딜러들은 필요하지도 않다. 근거리 딜러 유저들만 모아도 엄청난 조합을 만들어 낼 수 있다.

키드와 루거가 투덜거렸지만 틀린 말은 아니었다.

마왕만 없앨 수 있다면.

모두의 시선이 이하에게로 쏠렸다.

"할 수 있어?"

람화연은 물었다. 이하는 웃으며 시스템 알림 창을 열었다.

"으음…… 아마도?"

[《마탄의 사수》로 전직되었습니다.]

(해제 조건부 전직으로, 조건 만족 시 3차 전직 직업의 자격을 상실, 이전 직업으로 원복합니다.)

[조건: 보유한 모든 《마탄》 사용 시]

보유한 모든 마탄을 쓰면 이전 직업으로 돌아간다?

자신은 마탄의 사수가 되어 버렸다. 모든 마탄을 쓰는 순간 캐릭터 '하이하'는 삭제된다. 서로 상충하는 시스템 알림창을 잠시 바라보다 이하는 고개를 저었다. 어차피 중요한 건 그게 아니다.

최후의 한 발만큼은 무슨 일이 있어도 남겨야 한다는 뜻이지 않은가.

결국 사용할 수 있는 마탄은 오직 한 발이다.

"그럼 앞으로의 작전은—."

"그것을 기반으로 짜야겠군요."

람화연과 라르크가 눈을 빛냈다. 평소처럼 맹렬한 기세를 내보이고 있었으나 그들은 서두르지 않았다.

그 이유도 모두가 알고 있었다.

푸른 수염은 사흘 후에 보자고 했다. 그것이 '다음 전투'까지의 준비 기간이라고 본다면 여유가 있지 않은가.

"그들이 실질적으로 사흘간 대기한다는 건 믿기 어려운 일입니다. 고작 사흘…… 그 정도 시간 만에 샤즈라시안의 65%

에 달하는 도시가 점령당했으니까요."

당연히 그 말을 믿지 않는 유저들도 있었다. 자신의 무력함을 뼈저리게 느끼던 카렐린이 이를 악물고 말했다.

그것은 라르크나 알렉산더도 마찬가지였다. 각국의 방어선을 지휘했거나 겪어 본 유저라면 누구나 의심할 만한 말이다.

사흘 만에 전 로페 대륙의 50%에 육박하는 영토를 황폐화시켰다.

〈신성 연합〉 측에서 일부러 방어선을 압축하기 위해 후퇴한 것도 있으나, 마왕군의 번개 같은 진격은 감당하기 힘들 지경이었다.

그런데 이제 와서 사흘의 시간을 더 준다고?

에얼쾨니히가 본격적으로 나섰다면 로페 대륙의 모든 국가를 완벽히 쓸어버릴 수 있는 시간을?

키드가 슬쩍 모자를 들어 올렸다.

"첫 번째, 에얼쾨니히가 함부로 행동할 수 없을지 모른다는 점입니다. 그것은 하이하가 마탄의…… 사수가 되어 돌아왔기 때문일 수도 있고 또는 마왕 자체에게 어느 정도의 페널티가 가해져 있기 때문일지도 모릅니다. 개인적으로는 둘 모두 영향을 끼쳤다고 봅니다."

"음? 키드 씨? 페널티라뇨?"

라르크는 키드에게 묻고 있었으나 정작 질문하는 와중에도 그의 표정은 변하고 있었다.

마탄의
사수

키드가 줄곧 떠올렸던 생각들을 그의 사고가 급속히 따라잡고 있다는 의미였다.

"쉽게 말해, 그가 〈제1방어 진지〉나 〈교황청〉을 날렸던 공격을 무제한으로, 마구잡이로, 모든 곳에서 펼쳤다면 이미 이 게임은 끝났다는 뜻입니다. 그래서 미들 어스의 시스템적 제한이 그를 함부로 행동하지 못하게 만들었으나—."

"……이제 그에 맞설 수 있는 《마탄의 사수》가 있으니, 사흘 후부터는 본격적으로 움직일 거다? 그리고 이번 움직임에는 페널티가 없을 확률이 높다?"

그의 보랏빛 파派는 눈앞에 있는 모든 걸 지워 버린다.

모든 아이템을 증발시킨 〈홀리 나이트〉 마스터케이와 교황청에서 나온 전설급 아이템과 신화급 아이템의 버프를 총동원해 버렸던 람화연을 제외한다면, 살아남은 사람은 없다.

지금까지는 제법 아껴 왔던 그 공격을 계속해서 뿌려 댄다면?

"사흘? 그가 본격적으로 움직이면 하루면 끝입니다. 말 그대로, 최후이자 최종전은 하루 안에 끝날 겁니다."

〈제3차 인마대전〉은 여섯 번째 날을 넘기지 않고 그 끝을 맞이할 수도 있다는 뜻이다.

누군가가 마른침을 삼켰다.

람화연마저도 떠올리지 못한 가설이었다. 이런 방면으로 머리를 쓰는 데에는 키드를 따라올 자가 없었다.

"그, 그럼— 두 번째 이유는? 사흘이라는 시간을 준 두 번째 이유는—."

루거가 물었다.

답변은 라르크가 했다. 키드의 사고방식을 고스란히 벤치마킹할 수 있는 능력이 있으므로 가능한 일이었다.

"뭐, 그거야 이게 '게임'이니까요. 유저들한테 최후의 취침 시간을 준 거지. 이번에 로그아웃하고 다음번에 로그인했을 때가 아마도…… 진짜 마지막일 겁니다. 그다음 로그아웃은— 게임 서비스 종료에 의한 강제 종료일 가능성도 있다는 뜻이죠."

미들 어스를 '게임'으로 인식할 수 있는 것.

게임 속에 깊이 몰입하면서도 동시에 그 몰입에서 빠져나올 수 있는 사람들만이 할 수 있는 예측이었다.

장내가 숙연해졌다. 그들 모두 미들 어스라는 게임에 투입한 시간과 노력 그리고 현실의 재화가 결코 적지 않다.

말하자면 다음 전투는 지금까지 투입했던 모든 것들을 잃게 될 가능성이 있는 전투라는 게 아닌가.

소풍 가는 분위기로 전투를 치를 수 있는 유저는 손에 꼽을 것이다.

"아 참! 그래서 겸사겸사 준비할 게 있는데 말이야."

"으, 응? 하이하?"

바로 그 손에 꼽는 유저, 이하가 재미있는 사실을 발견했다는 표정으로 말했다.

"어차피 사흘이 주어진다면, 이쪽도 새롭게 정비해야 하지 않겠어? 장비템이나 업적, 레벨 같은 걸 이제 와서 만지기에는 늦었고— 급한 대로 버프를 먹일 만한 게 있거든."

"우웅…… 정령계를 제가 데려갈 수 있다 해도 그리 쉽게는 안 될 텐데요."

프레아의 만류에도 불구하고 이하의 표정은 변하지 않았다.

싱글벙글 웃고 있는 그를 보며 불안한 감정을 느끼는 건 한두 사람이 아니었다.

"빌어먹을 놈이…… 또 뭘 하려고 그러는 거지?"

"당신이 웃는 것만으로도 〈크림슨 게코즈〉가 불안해합니다."

루거와 키드는 자신들의 무기를 집으며 반발자국 물러섰다.

실제로 그들의 무기는 태초의 자아와 함께했던 것들이다. 블랙 베스가 자미엘을 흡수했고, 그로 인해 폭주하고 있다는 건 루거와 키드, 두 사람 모두 알고 있었다.

각기의 자아들이 이야기해 줬기 때문이다.

그럼에도 그들은 폭주에 관하여 이하에게 묻지 않았다. 이하가 자신들에게 이야기하지 않았으니까.

그것을 통제하며 전투할 테니, 괜히 여러 사람 부담스럽게 만들지 말자는 의도라는 것은 루거와 키드 두 사람도 알고 있었고, 그것을 이러한 장난으로 슬쩍 맞받아친 것이다.

이하는 두 사람을 향해 가볍게 미소를 날려 주고는 다시 다른 유저들을 바라보았다.

"흐흐흐…… 아니, 뭐, 기정이나 라파엘라 씨, 베르나르 씨는 못 하겠지만— 아! 그리고 강요는 아닙니다? 어디까지나 제 가정일 뿐 실제로 이게 될지, 안 될지도 잘 몰라서요."

"네? 뭐길래 저희는 안 된다고—."

"화연아!"

"으, 응?"

"이제부터 네가 해 줘야 해."

이하는 라파엘라의 질문을 싹둑 자르며 람화연에게 말했다.

자신이 얻었던 업적, 스킬 그리고 람화연이 보유한 아이템의 기능과 그 조합이 낼 수 있는 시너지에 대해서.

몇 번의 설명을 반복하며 자신의 계획을 전부 털어놓기까지는 약 20분이 걸렸다.

"……진짜 미친놈이군."

"할 만하잖아?"

"……하지만 미친 생각입니다."

루거와 키드가 이하의 계획을 간단하게 평했다. 다른 유저들은 표정으로 두 사람에게 동의하고 있었다.

Geschoss 5.

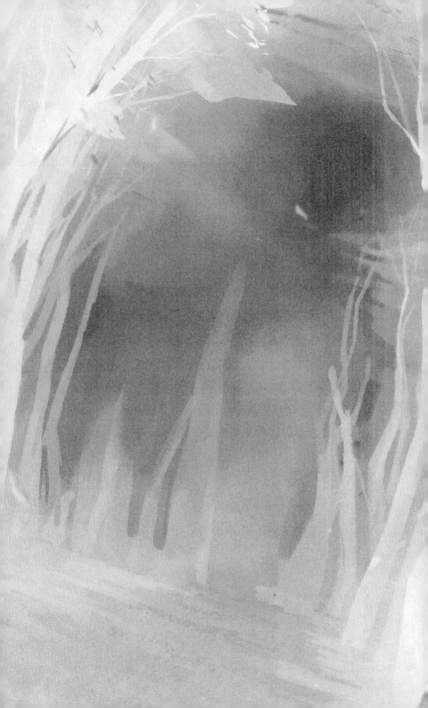

　미들 어스의 시간으로 사흘. 현실의 시간으로는 대략 14시간 전후.

　〈신성 연합〉의 주요 유저들은 14시간 전후의 휴식 시간이 생겼다는 것을 대대적으로 공표하지 않았다.

　혹여 마왕군에게 이러한 이야기가 흘러 들어갈 경우, 예외적인 기습이 행해질 수도 있다는 우려 때문이었다.

　레벨 250 미만의 일반 유저들은 매우 큰 도움이 되지는 않지만 그들이 없어서도 안 된다.

　"하지만 다른 유저분들도 쉬어야 할 텐데요."

　"그렇소. 그들이 결정적인 역할을 하는 것은 아니지만— 그들이 없다면 로페 대륙 전역은 이미 폐허가 되었을 터, 그들의 휴식도 보장해야만 하오."

라파엘라와 페이우가 반대 의견을 내기도 했지만 라르크의 한마디에 그들은 곧장 반박할 말이 없어졌다.

"뭐, 일반적인 유저들이야 어차피 알아서 쉬고 접속하고 하잖아요?"

다행히도 세계 각국의 유저들이 동일한 서버에서 실시간 플레이를 하는 만큼, 언제나 해당 시간대의 국가에서 대체할 수 있는 유저들이 접속하고 있지 않은가.

결국 보장된 휴식 시간을 알고 있는 유저들만이 현실에서의 연락처를 기반으로 한 비상 연락망을 구축한 채 로그아웃을 한 것.

늘어지게 하품을 하는 이하 또한 마찬가지였다.

"그래도 13시간 꽉 채워서 잘 줄 알았는데. 하긴 10시간도 많이 자긴 한 건가."

이미 잠은 잤다. 10시간이라면 미들 어스 시간으로 벌써 이틀이 꽉 차게 흘렀을 것이다.

까치 머리를 하고서 이하가 살피고 있는 건 역시나 미들 어스의 커뮤니티들이었다.

자신이 자고 있던 이틀 사이 혹여 큰 변화는 없었을까.

현재 외부에서 바라보는 미들 어스는 어떻게 인식되고 있을까.

[미들 어스 공식 홈페이지 내 골드 거래 추이: 매도 우위

+42%, 시세 −25%]

　[미들 어스, 본격적인 유저 이탈의 징조를 보이나!?]

　[구플의 주가는 어디까지 가는가. 52주 고점 대비 17% 하락 中]

　[3차 직업군의 등장, 미들 어스의 미래는?—마탄의 사수에 대하여]

　어떤 뉴스를 봐도 낙관적인 분석은 없었다. 비관적인 여론이 지배적인 가운데, 이하는 자신에 관한 분석 기사를 클릭했다.

　과거 커뮤니티에서 일개 유저가 작성했던 글에 비하면, 훨씬 더 자세하고 예리한 자료를 기반으로 작성된 글이었다.

　"흠……. 역시 스탯 업적 땄던 것 때문에 어느 정도 까발려진 건가."

　이하의 예상 스탯과 공격력까지 고루 표시되어 있는 글은 매우 큰 호응을 얻고 있었으나 이하는 오히려 우습기만 했다.

　"그래도 내가 더 세긴 하지만."

　분석된 수치조차 [과장된 표현이 있을 수 있습니다.]라는 문구가 삽입되어 있었건만, 실제로 이하 자신의 수치는 그보다도 높았기 때문이다.

　"'그러나 개인의 강력함만으로 상대할 수 있는 대상이 아니라는 것을 고려할 때, 3차 전직 유저가 최소 1개 파티, 5명은 갖춰져야 가능성이 생길 것으로 사료되며, 에얼쾨니히라는 거대 보스 몬스터를 레이드할 때 필요한 1개 공격대, 25명의 3차 전직 유저가 갖춰져야 클리어 도전을 할 수 있을 것으로 보임.'이라…… 쩝, 틀린 말은 아니긴 하네."

이하 자신이 생각해도 그러한 클리어 루트가 일반적이고 타당하다고 느껴질 정도였다.

에얼쾨니히의 공격은 전설급 아이템으로 막을 수 있는 정도가 아니다.

'다수의 신화급과 한두 개의 초월급 구성……? 아니면 대부분의 전설급과 한 개의 초월급 구성? 이 정도는 되어야 공격을 버티고 딜이 들어가겠지.'

하지만 지금 미들 어스를 통틀어 초월급은 이하 자신이 보유한 게 유일하다고 봐도 좋을 것이다.

하물며 신화급? 신화급 아이템을 두 개 이상 소지한 유저는 다섯 명이나 될까?

마왕의 조각들과 투덕거리는 시나리오까지는 겨우 상대해 볼 법했으나, 마왕을 상대하기에는 유저들의 스펙이 터무니없이 부족하다는 의미다.

이하는 한숨을 쉬었다. 포기의 한숨은 아니었다.

"하지만…… 그 단서를 깰 수 있는 게 딱 하나 있지."

증폭된 공격력으로 에얼쾨니히를 찍어 누르는 상대법이 아니다.

말 그대로 유일하게 알려진 약점, 그것만을 공략하는 방법.

"마魔는 마魔의 힘으로만 없앨 수 있다."

미들 어스에 존재하는 단 한 명의 3차 승직자가 《마탄의 사수》라면.

분명 방법이 있으리라.

〈제목: 최최신)로페 대륙 ɪՈ 마왕군 점령지 현황〉

〈제목: ㄴre: ㄴㄴ 지금 샤/크/미 많이 빠짐. 퓌비엘 대거 집합 중〉

〈제목: ㄴre: ㄴre: ㄹㅇ? 퓌비엘은 왜?〉

〈제목: ㄴre: ㄴre: ㄴre: ㅁㄹ 중간 보스들도 다 텔 타고 이동하던데〉

〈제목: 헐 〈신성 연합〉 공지 떴다. 미들 어스 기준 17일 오전 전원 집합!〉

〈제목: ㄴre: 퓌비엘 수도 북쪽/칼바리아 언덕/오전 6시 ㅇㅇ〉

〈제목: 공지 봄? 미쳐따 세계관 최강자들의 싸움이다 ㄷㄷㄷㄷㄷ〉

〈제목: ㅅㅂ 아 나는 첫날 증발했다고!! 아직 접속 안 된다고!!!〉

〈제목: 근데 람화연이 저거 무슨 말 하는 거냐?? 이해가 안 되는뎅〉

"역시. 푸른 수염이 은근히 신사라니까."

애당초 취침 중 비상 연락망이 발동되지 않았다.

미들 어스 내에서 특별한 침공 사실이 없다는 걸 알고 있었음에도 커뮤니티의 글을 보고 나니 더욱 안심이 되는 이하였다.

'근데 마왕과 푸른 수염, 그 지네인지 뱀인지에 〈제2차 인마대전〉 관리자 몬스터들이 총집합하는 게 안심할 일인가?'

스스로 푸근하게 생각하면서도 어쩐지 어처구니가 없었으나, 〈신성 연합〉에게는 차라리 잘된 일이다.

말 그대로 최후의 결전을 벌이려면 모두가 모여 있는 편이 좋을 테니까.

이제 접속하고 맞이하는 새벽녘이 〈제3차 인마대전〉의 마지막 전장이 될 것이다.

마왕과 푸른 수염이 로페 대륙을 밟은 지 꼭 6일 차가 되는 날. 이하는 문득 〈제1차 방어 진지〉에 있던 유저들이 아쉬워졌다.

"비예미 씨도 그렇고, 보배 씨나 태일 님이나……. 이고르, 크로울리, 야만용사들— 전부 큰 도움이 됐을 텐데."

중립 위치였던 에즈웬 교국을 제외하고, 현재까지 가장 큰 타격을 입은 국가가 샤즈라시안 연방일 수밖에 없는 이유 중 하나였다.

첫 번째 전투에서 연방의 주요 유저와 기사단 대다수가 일거에 증발해 버렸으니, 카렐린이 죽을힘을 다해 노력해도 타국에 비해 압도적인 전력 부족 현상이 발생한 것이다.

그들이 접속하지 못한 상태에서 맞이하는 전투다.

대규모 전투는 고작 3일밖에 치르지 않았지만 그 3일을 거의 꽉 채워서 치렀다. 72시간의 전투는 〈신성 연합〉과 마왕군 양측의 상당수 전력들을 갉아 먹었다.

미들 어스라는 '게임'이 주는 휴식기가 끝나고, 이제 마지막 전투에 돌입해야만 한다.

'엄밀히 말하면—.'

한 번의 전투다. 길면 하루, 늦어도 이틀.

사흘 이상 시간이 끌리지는 않을 것이다.

"후우우우우……."

이하는 미들 어스로 접속했다.

아직 새벽 어스름이었음에도 보틀넥은 분주히 일하고 있었다.

"아저씨."

"성주, 왔나."

보틀넥의 분위기는 전과 달라져 있었다.

로그아웃 직전 키드, 루거와 함께 이곳을 찾았을 때부터 그의 분위기는 전체적으로 어두워진 상태였다.

"잘…… 해야 하네."

"걱정 마세요. 폭주만큼은 막을 테니까."

"우리 선조들이 괜히 놈을 봉인한 게 아니었다는 뜻이지.

자미엘까지 흡수한 마당에, 만약 블랙 베스가 폭주를 시작해 버리면― 정말 그 누구도 막지 못할 수 있어."

그가 우려하는 바는 블랙 베스의 폭주였다. 이하라고 이해하지 못할 리는 없었다.

"알죠, 알죠. 제가 제일 걱정인걸요. 이놈의 폭주 상태인지 뭔지 때문에 요즘은 불러도 대답도 별로 없으니까."

블랙 베스는 한동안 봉인된 상태였다. 그 봉인은 전설 속의 드워프, 〈빛나는 망치〉가 행한 바 있었다.

이하는 그 봉인을 전부 해제했다.

자미엘을 죽이기 위해 닥치는 대로 피를 갈망하던 자아는 때때로 이하에게 수라의 길을 권하였으나 이하는 그 모든 것을 통제하며 나아갔다.

그러나 자미엘까지 흡수한 지금, 블랙 베스는 이하의 통제를 벗어나려 할지도 모른다.

'어떤 의미로 에얼쾨니히를 죽이는 것보다 걱정스러운 점이지.'

실제로 로그아웃 직전뿐만 아니라 지금도 블랙 베스는 이하의 말에 답하지 않고 있었다.

'만약 100%가 초과해 버리면― 마왕을 죽이기 전, 푸른 수염과 싸우는 도중에도 그렇게 될 가능성이 있다고 생각한다면……'

위험할 수 있다.

최대한 일반 몬스터는 다른 유저들의 손에 맡겨야 한다. 자신이 어떤 점을 조심해야 하는지 다시 한 번 숙지하며 이하는 수정구를 발동시켰다.

"자, 그럼 다녀올게요! 아마 〈제3차 인마대전〉 끝나면~ 보틀넥 아저씨 엄청 바쁠 겁니다. 여기저기 무너진 도시들이 몇 개나 되는지 셀 수도 없잖아요? 그거 싹 다 복구하려면……. 어휴, 자재들 많이 쟁여 두시고! 돈 쓸어 담을 생각이나 하자고요."

이하는 더욱 쾌활한 표정으로 눈을 찡긋거렸다.

보틀넥은 그런 이하를 보며 씁쓸한 미소를 지었다.

"그래, 그러지. 모든 게 문제없이 끝나면……. 코가 비뚤어지도록 술도 마시고, 시티 가즈아를 한번 키워 보자고."

보틀넥의 표정이 짐짓 마음에 걸렸으나 더 이상은 신경 쓸 겨를이 없었다.

"오케이! 그럼 다녀오겠습니다!"

이하는 모든 퀘스트와 모험의 시작을 이곳에서부터 했다. 아이템 정비가 최우선이었으니까.

그리고 이제, 〈제3차 인마대전〉의 끝을 맺을 차례였다.

〈제3차 인마대전〉 6일차 오전 6시, 퓌비엘 수도 북부의 칼바리아 언덕.

퓌비엘과 미니스, 샤즈라시안, 크라벤 그리고 살아남은 에즈웬 교국의 팔라딘과 각국 수녀원과 기도원 소속의 사제들까지.

레벨 200 이상의 칼라바리 언덕 집합 유저 320만 명, NPC와 기사단을 포함한다면 도합 500만 명.

그뿐만이 아니다. 각국의 수도에는 대형 홀로그램이 생성되어 칼바리아 언덕 전역을 비춰주고 있었다.

그곳에 모인 취재진과 일반 유저들까지 포함하여, 현 시간 동시 접속자 수는 약 2,800만 명.

누적 가입자 수 1억 1,300만 명의 게임이 불타오르고 있었다.

끝도 없이 늘어선 사람의 파도는 보는 이를 질리게 만들 정도였으나 이곳에 있는 그 누구도 오늘의 전투를 낙관하지 않았다.

"온다……."

누군가가 말했다. 사람이 아무리 많더라도 머릿수로 이길 수 없는 적.

"에얼쾨니히와 푸른 수염 그리고 지네─뱀 포함─ 추정 마왕군 총원 약 11만입니다."

수로만 따진다면 50:1의 전력 비를 지니고 있음에도 결코 안심할 수 없는, 마왕군이 도착했다.

두두두두두…….

지축이 울렸다.

마왕군은 〈신성 연합〉을 발견하기 무섭게 속도를 높였다.

역시나 눈에 띄는 것은 지네-뱀이었다. 당최 거리를 짐작할 수 없을 정도로 거대한 몬스터는, 주변의 야수화 군단과 함께 거침없이 돌진하는 중이었다.

언덕 위에 포진한 유저들이 잠시 주춤거렸다.

곧이어 그들의 머리 위로 형형색색의 빛 가루가 뿌려졌다.

"걱정할 필요가 없다. 내가 너희의 벽이 되어 줄 것이니."

그랜빌이 말했다.

"걱정하지 않아도 좋다. 우리가 밀린다면 어차피 이 대륙에 희망은 없으니."

에윈이 웃으며 말했다.

"나는 너희 모두에게 아가미를 달아 줄 수 없다. 너희의 터전은 너희가 지켜라."

드레이크가 말했다.

"그렇습니다. 오늘, 우리는 이 푸른 풀밭을 거쳐 쉴 만한 물가로 인도를 받게 될 겁니다. 주신께서 우리 어린 양들과 함께하시니 말입니다."

그리고 교황이 말했다.

그들의 말 한마디가 모두 엄청난 버프였다. 공석인 데다 사실상 무정부 상태에 가까운 샤즈라시안 연방만이 그 어떤 NPC도 나타나지 않았다.

그럼에도 샤즈라시안 소속 유저와 기사단들은 카렐린에게 시선이 고정되어 있었다.

그는 주변을 바라보며 푸근한 미소로 고개만 끄덕여 주었다. 샤즈라시안의 전선을 헤쳐 나왔던 유저들에게는, 그 미소면 충분했다.

[키에에에에에에—.]

"캬아아악, 크르르르……!"

"쿠와아아악!"

괴수들의 포효가 유저들의 귀에도 또렷하게 들려왔다.

지네-뱀은 마왕군의 정중앙에서 달려오고 있었다. 그것을 정면으로 바라보는 유저들은 겁을 먹을 수밖에 없었다.

"시, 시발, 아무리 그래도! 왜 이쪽부터 와!"

"이제 막 시작했는데 바로 로그아웃 당하게 생겼네, 미친— 젠장— 시발!"

"도, 도망가면 페널티 있나요? 이거 퀘스트로는 안 떴던 것 같은데—."

제아무리 버프를 받아도 자신의 목숨이 중요한 건 당연하다. 특히나 로그아웃 페널티가 있는 유저일수록 이렇게 반응할 수밖에 없다.

"여러분, 비켜 주세요."

따라서 〈신성 연합〉은 예측하고 있었다.

지네-뱀을 상대할 방법을 찾아냈던 바로 그 순간부터.

"라, 람화연 님……이세요?"

유저들은 목소리를 낸 여성을 바라보았으나 잠시 고개를

갸웃거려야만 했다.

붉은 머리칼을 휘날리는 당당한 자태의 여성, 교황을 맨몸으로 지켜 낸 여성은 각종 매체를 통해서 몇 번이나 확인하지 않았던가.

분명 다른 것은 다 같았으나 한 가지가 달랐다.

"그, 근데 어떻게―."

"등― 등 뒤에 그건……."

람화연은 유저들을 보며 웃어 주었다.

"여러분들도 원하시면 언제든 받아 줄게요. 악용하진 않을 테니 걱정 마세요."

그러곤 날아올랐다.

푸화아아아―――――――ㄱ!

하늘로 솟구친 그녀의 등 뒤에서 검은 날개가 펄럭거리고 있었다.

완전히 태양이 모습을 드러낸 순간, 그녀가 외쳤다.

"뱀파이어 퀸의 이름으로, 모든 뱀파이어들은 이곳으로 모이세요!"

2차 전직을 마친, 〈뱀파이어 퀸〉, 람화연이 외쳤다.

"뱀―."

"갑시다아아아아~! 호잇!"

소환사 엘미가 나타났다. 평소와 다름없는 차림새였으나 그녀의 주변에 있는 소환수들의 분위기는 전체적으로 바뀌어 있었다.

"저게 뭐야, 소환수는 분명 다른 체계로 있을 텐데 왜 와이번 같은 게—."

"괴조 아냐? 마왕군의 괴조랑 생긴 것도 비슷하잖아!?"

외형은 물론 분위기에서 뿜어져 나오는 흉포함마저도 닮아있었다. 하물며 엘미만이 아니었다.

당장 그녀의 곁에서 푸른 머리칼을 휘날리는 소녀는 어떠한가.

람화정의 모습도 예전과 크게 바뀐 것은 없었다.

하얗고 푸르던 그녀의 의상에 거뭇거뭇한 무늬들이 수놓아져 있는 정도의 차이였다.

"〈흑설〉. 공격하기. 편해."

2차 전직 〈백설〉에서 또 다른 종류의 2차 전직 〈흑설〉로의 변환. 그것은 승직이라기보다 말 그대로 '전직'이었다.

놀라운 점은 직업 명칭의 변경 정도가 아니었다.

과거 이고르나 파우스트 등이 뱀파이어가 되며 어떻게 변했는지 알고 있는 유저라면, 람화연의 '피'를 수혈받지 않을 이유가 없었다.

"〈내면의 차가움〉."

람화정이 손을 뻗은 것만으로도 달려오던 야수화 몬스터가 그대로 쓰러졌다.

아무런 스킬 이펙트도 없어 도대체 무슨 일이 벌어진 것인지 감을 잡기도 어려울 정도였다.

"스탯 증가에— 전용 스킬 생성에—."

————————————!

"—페널티도 없으니 당연한 일입니다! 〈갑자〉에서 〈동방불패〉라니!"

허공으로 페이우가 날아올랐다. 검은 바탕의 중국 전통 무투복에 그려진 샛노란 용의 자수.

역시나 같은 2차 전직이지만 그가 신이 나지 않을 리 없었다.

"〈혈화신공〉!"

촤라라라라라락……!

몬스터들을 향해 뻗은 손가락에서 나가는 피의 구슬들이 괴수들의 몸에서 꽃을 피웠다.

접근전과 1:1 위주의 전투에 특화되어 있던 〈갑자〉는 이제 다수의 몬스터를 상대하기에도 전혀 무리가 없는 직업이 된 셈!

"지네-뱀은 우리들이 상대할 테니까! 여러분들은 다른 야수화 몬스터들과 괴조들을 부탁합니다! 그럼, 전원 돌격 준비—!"

2차 전직, 〈용의 피를 마시는 자〉가 되어 버린 라르크가 무지개의 검을 휘두르며 도약했다.

그의 등에서 피막의 날개가 생성되어 펄럭일 때.

"〈뱀파이어 베르튜르 기사단〉, 돌격!"

미니스의 수도 방위 기사단 전원이 그의 뒤를 따랐다. 그들 모두에게도 날개가 돋아나 있었다.

주변의 유저들은 상황 파악을 할 수 없었다.

도대체 어떻게 된 거지?

왜 뱀파이어들이 이곳에 있으며, 저렇게 대놓고 활동할 수 있는 거지?

하물며 NPC들까지 저렇게 변한 것은?

"이게 대체 무슨 상황…… 후아아악!?"

"크악! 바람이─."

푸화아아아━━━━━━━━━ㄱ!

그들의 머리 위로 돌풍이 불었다. 태양이 가려진 것처럼 잠시 어둠이 드리워졌다.

그것은 스킬에 의한 게 아니었다.

그들의 머리 위를 날아간 드래곤 때문이었다.

[크하하하핫, 〈블러드-브론즈 드래곤〉이라니! 하이하 님, 이것 보십시오! 그저 피를 받아들이는 것만으로도 새롭게 늘어나는 지식입니다! 역대 드래곤 중에서도 제가 최초일 거라고요!

더 이상은 청록색이 아니었다. 적갈색의 비늘을 내비치며 블라우그룬이 스킬을 쏘아 댔다.

[〈블러드 체인: 라이트닝〉!]

같은 종류의 피를 지닌 개체들에게 끝없이 이어지는 번개의 사슬. 그 압도적인 위력은 지네-뱀 인근에서 달려오던 일반 몬스터들을 제압하기에 충분했다.

[……블라우그룬. 크흠.]

"교우여, 그대는 끝끝내 뱀파이어화를 거부해서 다행이다."

[하지만 호기심 많은 녀석 덕분에…… 일족의 다른 드래곤 중에서도 뱀파이어화를 긍정적으로 받아들이는 녀석들이 있지 않았나. 적어도 '지금'은…… 다행이라고 해야겠지, 알렉산더.]

다만 드래곤의 품위에 어울리지 않는다는 이유로 빠졌던 베일리푸스와 알렉산더에게 타박의 눈초리를 받고 있을 뿐이었다.

그나마도 블라우그룬처럼 〈블러드 드래곤〉이 된 아르젠마트 등을 포함한 어덜트급 메탈, 컬러 드래곤들이 대거 등장했을 때는 눈치를 줄 수도 없는 일이었다.

이제 전투는 시작되었으니까.

"재미있지 않나, 키드. 이제 와서 이런 식의 2차 전직이 될 줄이야."

"하지만 센스는 영 아닙니다. 〈피의 목마름〉 따위를 직업 명칭으로 갖고 싶진 않았습니다."

"큭큭, 나보다 낫지. 나는 〈블러드 메탈〉이라고."

루거와 키드가 각자의 총기를 어루만졌다.

요격식으로 튀어 나갔던 유저들을 제외하고, 사실상 방어선을 유지하는 병력들 간의 첫 번째 충돌이 이루어졌다.

루거는 그 충돌의 축포를 알리듯 방아쇠를 당겼다.

—, —, —, —, —, —, —…….

전장의 소음은 다채롭게 울려 퍼지고 있었다. 욕설과 스킬 시전 그리고 독려와 비명이 쉴 틈 없이 어우러졌다.

최초의 충돌에서 사기를 잃고 후퇴하는 것. 〈신성 연합〉의 수뇌부들이 가장 고민했던 점이 바로 그것이었다.

그러나 지금, 마왕군에게서 등을 돌린 유저는 그리 많지 않았다.

"지네-뱀만 없으면! 우리도 할 수 있어!"

"로페 대륙 최고 4인방의 버프가 줄줄이 들어와 있다고! 이것만으로도 레벨 10개는 커버가 될 거야!"

뱀파이어가 된 그룹이 지네-뱀의 어그로를 완전히 끌어들여 전장에서 이탈시킬 수 있다면, 레벨 250 이하의 유저들이라도 '머릿수'로 나머지 몬스터를 상대할 수 있지 않겠는가.

"시발, 싸워 보자! 쪽수에 어떻게 당할 거야! 여기 있는 인간이 몇백만 명인데 감히!"

"버티기만 하면 돼! 어차피 이 새끼들은 그냥 경험치용이잖아! 랭커들이— 랭커들이 마왕을 처리할 때까지만 버티면—."

"우리의 승리다!"

유저들은 그 사실을 금세 알아차렸다.

따라서 그들은 밀리지 않았다. 이길 수 있다는 희망의 있었으니까.

뱀파이어가 된 〈신성 연합〉의 유저들이 바로 그 희망을 몸소 보여 주고 있었으니까.

[캬아아아아아악—!]

"패턴 3, 점액질 분사입니다! 다들 〈피의 안개〉로 변환! 드래곤 여러분들은—."

[〈애시드 배리어〉.]

[〈블러디 카운터 쉴드〉.]

람화연이 멀찍이서 외쳤다. 그녀가 외치기 전에도 이미 대부분의 유저와 드래곤들은 반응하는 중이었다.

황급히 지네-뱀의 녹화된 전투 영상을 가지고 패턴을 외운 그녀와 달리, 실제로 지네-뱀과 12시간 이상 전투를 벌여 왔던 경험이 녹아 있기 때문이었다.

"세상에……."

"저 원거리 공격에— 아무도 안 죽었어."

"미친, 도대체 며칠 전에는 왜 저렇게 안 한 거야?!"

속사정을 모르는 몇몇 유저들이 람화연을 욕할 정도로 그들의 대처는 완벽했다.

보통 때라면 점액질의 분사만으로도 몇백 명의 유저가 죽었을 것이다.

그러나 피의 안개로 변한 〈뱀파이어 신성 연합〉은 가벼운 경상자만 있을 뿐, 사망한 유저는 없었다.

오히려 '데미지 반사' 효과가 있는 몇몇 공격형 방어 스킬 덕에 지네-뱀이 더욱 날뛰고만 있었다.

"강하다, 강해!"

"할 수 있어! 이 정도면 이길 수 있어!"

뱀파이어가 된 〈신성 연합〉은 전보다 강했다. 과거 파우스트와 이고르가 뱀파이어화化되었다는 이유만으로 증가했던 스탯 등을 고려하면 당연한 일이었다.

문제는 어드밴티지에 육박하는 페널티가 존재했다는 것.

한바탕 날뛰며 괴조들을 정리하던 키드가 지상으로 내려왔다. 그가 착지한 곳은 루거의 근처였다.

"훗, 〈하얀 사신〉은 〈붉은 사신〉으로 변하는지 궁금했지만……. 아쉽게 됐습니다."

"퉤, 멍청한 놈. 그러니 폭주는 무슨 폭주, 개떡 같은 짓을 당하고 와서는—."

콰아아아아——————————ㅇ!

루거는 방아쇠를 당기며 이 모든 일을 가능케 만든 장본인을 욕했다.

키드는 그가 있는 곳을 바라보았다.

이하는 혜인과 함께 공중에 떠 있었다.

"진짜 하이하 씨는 게임 재미있게 하시네요. 뱀파이어라니……. 저런 게 있으면 진작 저도 2차 전직 좀 시켜 주시지 그랬어요."

지네-뱀과 뱀파이어 유저들이 싸우는 전장에서 약간 비껴난 위치의 허공이었다.

"하, 하핫. 지금까지는 할 수가 없었던 거니까요."

그의 장난스러운 투정에 이하는 웃음으로 답했다. 실제로 이런 일이 가능했던 것은 불과 며칠 되지 않았다.

"〈뱀파이어 퀸〉의 자리가 완전한 공석이 되어야만 했죠."

《마탄》으로 인하여 치요는 '소멸'되었다. 단순한 죽음이 아니라 완전한 소멸이 가져오는 작은 틈.

이하는 그것을 놓치지 않았다.

"그래도— 그걸 바로 바로 떠올리는 사람은 많지 않을걸요?"

"으음, 바로 바로 떠올린다기보다…… 아시잖아요? 저랑 치요는— 떼려야 뗄 수 없는 관계였으니까."

그는 언제나 치요에 대한 분노를 지니고 있었으니까.

그녀를 공략할 틈을 노리던 이하의 눈에 들어온 것은, 과거 그녀를 죽이며 얻어 냈던 업적과 스킬이었다.

〈업적: 새로운 새벽Breaking Dawn(R-)〉

축하합니다!

당신은 뱀파이어 퀸과 맞서 싸워 그녀를 제압하는 데 성공했습니다! 그러나 그녀는 죽어도 죽지 않는 존재, 정확히 말하면 하나의 뱀파이어 퀸이 죽어도 또 다른 뱀파이어가 그녀의 자리를 대체하는 '직위'의 성격을 갖고 있습니다. 영원불멸하게 이어지는 뱀파이어 퀸은 언제나 수많은 뱀파이어를 생성시켜 인류의 평화를 위협할 것입니다. 하지만…… 당신은 그 기나긴 밤의 끝을 깨부수고 새로운 새벽을 만들 수 있습니다. 당신이 전대의 뱀파이어 퀸을 죽였다는 것은 모든 뱀파이어들에게 전달될 사실입니다. 그리고 뱀파이어는, 그들의 피가 가장 강력해지기를 원하고 있습니다.

뱀파이어 퀸의 자리가 새롭게 바뀌는 한이 있더라도 말이죠.

수단과 방법은 당신이 찾아내야 합니다. 그러나 적어도, 당신이 모든 뱀파이어의 정점에 서며 퀸의 자리를 계승한다 해도 반대할 뱀파이어는 없을 겁니다. 그러기 위해선 현 뱀파이어 퀸을 완전히 굴복시켜 그에게서 자발적인 수혈을 받아 내야 하겠지만요.

그게 귀찮고 힘들다고 생각한다면, 당신은 그저 뱀파이어들의 적으로써 영원히 그들을 사냥해 나갈 수도 있습니다.

당신이 맞이할 새로운 새벽은 무엇입니까.

미들 어스는 당신의 답변을 기다리고 있습니다.

보상: 스탯 포인트 100개

뱀파이어 퀸의 자리 계승 권한 획득

(뱀파이어 퀸의 자리는 오직 종족의 여성만이 계승할 수 있습니다.)

(명예의 전당이 없는 업적입니다.)

이하는 뱀파이어 퀸의 자리를 계승할 권한이 있다.

치요를 굴복시켜 수혈을 받는다? 그럴 필요조차도 없었다.

'스킬에 있었으니까. 뱀파이어 퀸의 특성, 블랙 베스는 이

미 흡수한 상태였지.'

언제라도 뱀파이어 퀸을 만들 수 있다. 하지만 이하 자신이
할 수는 없는 일이었다.

어떤 여성에게? 무슨 방식으로?

이하는 줄곧 고민해 왔다.

치요를 죽이는 정도에서 끝나지 않고, 그녀를 뱀파이어 퀸
의 자리에서 끌어내려야만 모든 걸 잃게 만들 수 있다고 생각
하던 때가 있었기 때문이다.

'진짜 웃기지도 않은 일이야. 내가 선물해 놓고 내가 까먹
고 있었다니.'

그 방법에 대해 떠올린 것은 불과 얼마 되지 않았다.

"화연이한테 귀걸이가 있었거든요."

"네?"

"제가 선물했던 건데, 뭔가 막 멋있어서…… 그리고 1회는
사망 판정 회피 기능이 있어 가지고 준 거였거든요?"

"……근데요?"

"근데 거기 있었더라고요. 스킬."

혜인은 이해가 되지 않는다는 표정이었다.

이하가 람화연에게 〈방출: 뱀파이어 퀸〉이라는 스킬을 줄
곧 사용하지 못했던 이유?

뱀파이어는 몬스터이기 때문이다.

무엇보다 주신 아홀로에 반하는 생명체로서, 〈신성 연합〉

의 일을 수행할 수 있을 것인가.

설령 에즈웰 교국과 무관한 유저들이 뱀파이어가 된다 하더라도, 해가 뜨면 극심한 페널티를 받는 종족으로서, 마왕군을 제대로 상대할 수 있을 것인가.

그 모든 것을 해결할 키워드는 바로 람화연에게 있었다.

정확히 말하면, 이하가 선물한 람화연의 귀걸이에 있었다.

〈정화의 신화〉

방어력: 750

효과: 스킬 ― 귀속된 자들을 위한 회개

　　　암 속성 저항력 +80%

　　　적용받는 성^聖 속성 스킬 효과 +50%

　　　지능 +15, 정신력 +25

　　　착용 시 버프 ― 선지자의 눈물 적용

필요조건: 레벨 200 이상

설명: 아흘로의 힘이 의심받고 교황이 지상 대리인의 역할을 하지 못하던 시절, 더 이상 규율을 지키지 않는 무리들이 패악을 저지를 때. 선지자께서 나타나 빛을 보였다. "보라, 이것으로 너희의 마음속에 있는 모든 의심과 반항심이 사라질지니." 그러자 무뢰한들이 무릎을 꿇고 "오오, 선지자여, 우리가 무슨 짓을 했나이까. 용서받지 못할 죄악을 죽음으로 갚겠나이다." 선지자는 그들을 직접 일으키며 눈물을 쏟았다. "죽음으로 용서를 구하는 것은 쉬운 일. 살아 용서를

구하는 것이 더욱 어려우니, 너희들은 헛된 희생을 하지 말고 주신의 품에서 살아갈지어다."

이것은 그의 눈물이 결정이 되어 만들어졌다고 전해지는 귀걸이다.

이미 사용해 버린 '선지자의 눈물' 버프가 아니다.

"〈귀속된 자들을 위한 회개〉라……."

이하는 헛웃음이 나왔다.

아이템에 적힌 설명 그대로, 그것은 특정 집단에 대한 '용서'였다.

〈뱀파이어 퀸〉이 된 람화연은 곧장 자신에게 스킬을 사용했고, 그 권한을 유지한 채 교황을 알현했다.

이미 자신을 구해 주었던 유저가 '회개'까지 마친 채 용서를 구하는 모습을 교황은 그냥 넘기지 않았다.

그 결과 얻어 냈던 것이 바로 '뱀파이어 종족' 전체에 대한 주신 아홀로의 자비!

밤이라고 추가 어드밴티지를 받을 순 없다. 그러나 태양이 있어도 페널티를 받지 않는다.

상향되는 것은 오직 뱀파이어 종족으로서 획득할 수 있는 스탯의 증가와 새로운 스킬뿐이라면?

"흐흐, 블라우그룬 씨가 난리 치는 걸 혜인 씨도 봤어야 했는데."

"그게 아쉬운 일이죠."

성녀 라파엘라나 이단 심문관 베르나르, 홀리 나이트 마스터케이 등 자신의 직업 특성과 관련된 유저들은 불가능했지만 상당수의 전투 직업군 유저들은 혹할 수밖에 없었다.

하물며 〈계약서〉상 뱀파이어의 권한을 함부로 사용하지 않겠다는 조건까지 완벽하게 갖추었다면, 더 말할 것도 없으리라.

이하가 떠올리고 람화연이 행정상의 절차까지 완벽하게 마무리 지은 〈뱀파이어 신성 연합〉 작전이 빛을 발하고 있었다.

"아직 지네─뱀의 약점은 못 찾으셨어요?"

"저번 공격으로 봐서는─ 내부에 핵이 있는 것 같진 않았거든요. 아마도 주변 어딘가에 있을 것 같─ 음!?"

지네─뱀의 인근에서 연보랏빛이 번쩍였다.

푸른 수염이 잔뜩 찡그린 얼굴로 주변을 둘러보고 있었다.

"자미엘이 블랙 베스와 하나가 되었을 때부터 기분이 더럽더라니……. 치요, 그 머저리가 결국 모든 걸 잃었나 보군."

"다음은 너야, 푸른 수염."

"쯔쯔쯔쯔……. 이거, 이거. 내가 만든 애완동물도 제대로 처리 못 하면서 나를 상대하려고 하는 건가."

라르크의 외침에도 푸른 수염은 여유로운 태도로 혀를 차고 있었다.

지네─뱀의 공격은 매섭게 강행되었다. 〈뱀파이어 신성 연합〉은 여전히 그 공격을 파훼하며 공략 루트를 찾고 있었으나 쉬운 길은 아니었다.

무한하게 재생되는 언데드 몬스터를 어떻게 처리할 수 있을 것인가.

"그래서 온 거 아냐? 당신의 '애완동물'의 핵을 우리가 발견할까 봐 말이지."

〈신성 연합〉은 이미 눈치채고 있었다.

마공학자 알바가 힌트를 준 적이 있다. 골렘과도 같은 핵이 있을 것이라고.

같은 날, 이하 또한 테스트를 해 보았다. 쓸데없이 일반적인 공격으로 계속 몬스터를 가격해 본 이유가 무엇이었던가.

〈꿰뚫어 보는 눈〉에도 몬스터 내부에 핵은 보이지 않았다. 몇 번의 공격으로 살갗을 파헤쳐 보아도 마찬가지였다. 무엇보다 지네-뱀을 가격한 것으로 블랙 베스의 '폭주율'이 오르지 않았다.

결국 생각할 수 있는 것은 하나다.

골렘처럼 신체 내부에 핵이 있는 게 아니라, 리치Lich처럼 자신의 생명력을 다른 곳에 담아 숨겨 두었다는 것.

"흐으으음……. 하이하가 여기 없는 이유가 역시 그거였나."

푸른 수염은 새삼스럽다는 태도로 턱을 긁었다.

〈뱀파이어 신성 연합〉의 유저들은 잠시 당황했다. 핵의 존재를 들켜서 좋을 게 없다.

지네-뱀만 쓰러진다면 마왕군의 전력은 현재보다도 반감

하는 정도로 떨어질 것이다.

'〈제2차 인마대전〉의 중간 관리자급 몬스터 정도야 드래곤들의 힘으로 어떻게든 처리할 수 있다. 그렇게 되면—.'

'실질적으로 남은 건 야수화 몬스터, 마왕군 유저들. 당연히 그 정도는 〈신성 연합〉 정도로도 상대할 수 있어.'

'즉, 푸른 수염과 에얼퀴니히. 두 개체 외에는 더 이상 주요 몬스터가 없다는 건데…….'

지네-뱀이 죽어도 아무 상관없다는 것처럼 구는 이유는 무엇인가.

푸른 수염은 주변을 둘러보고 있었다. 지네-뱀과 뱀파이어들 간의 전투는 신경도 쓰이지 않는다는 태도였다.

그가 찾고 있는 사람은 하나뿐이었고, 그 사람은 이미 푸른 수염의 여유를 눈치챈 상태였다.

—핵 발견, 핵 발견.

—어디!? 어디 있어?

—……레의 주머니 속. 색깔이 다른 구슬이 하나 있는데……. 저것으로 추정.

이하는 한숨을 내쉬었다. 레는 역시나 철두철미한 AI를 지니고 있었다.

지네-뱀의 핵을 스스로 지니고 있다면, 푸른 수염 본인이 죽기 전까지 지네-뱀은 언제까지나 활동을 계속하리라.

[이놈, 레! 감히─.]

[캬아아아아아아앗─!]

[─으, 음?!]

"패, 패턴 4?! 가위치기 조심─."

컬러 드래곤 중 하나가 푸른 수염을 향해 달려들자 지네-뱀이 발광했다.

그간의 공격 패턴과는 확연하게 다른 기습에 컬러 드래곤은 대비할 수 없었다.

[〈블러디 카운터 쉴─.]

블라우그룬이 황급히 스킬을 시전했지만 지네-뱀의 낫과 같은 팔이 조금 빨랐다.

스걱─.

컬러 드래곤 한 기가 공중에서 양분되었다.

두 개로 나뉜 상체와 하체가 지상으로 맥없이 추락하고 있었다.

"이, 이럴 수가……."

"갑자기 다른 패턴을……."

〈뱀파이어 신성 연합〉의 유저들이 패닉에 빠졌다. 특히 사흘 전부터 지네-뱀과 전투를 치렀던 유저일수록 더욱 놀랄 수밖에 없었다.

생각할 수 있는 이유는 당연히 하나뿐이었다.

"끌끌. 친구들, 우리 제법 오랜 시간 싸워 오지 않았나? 부모님의 원수라도 이 정도 오랜 시간 봐 왔다면 적응했을 텐데. 그까짓 뱀파이어의 더러운 피를 수혈 받았다고 기고만장했던 겐가?"

지네-뱀을 만든 자는 푸른 수염이다.

스스로 생각하고 움직이게 만든 것만으로도 부족해서, 그는 지네-뱀을 조종까지 할 수 있다는 의미다.

"에얼쾨니히 님께서 활동하기 쉽게…… 우선 찌꺼기부터 정리해야겠군."

레는 모자를 벗어 한 바퀴 휘리릭 돌렸다. 그 순간, 모자는 지팡이로 변해 있었다.

그것만으로도 주변의 유저들의 움직임을 굳게 만들기 충분했건만, 이제는 그뿐만이 아니다.

재킷을 벗은 후, 그것을 허공으로 휙.

유저들이 그 반응에 움찔거리자 푸른 수염은 낄낄거렸다.

허공으로 던진 외투는 증발하듯 사라졌다.

그러곤 그는 왼팔의 소매를 걷어 올렸다. 소매가 접힐 때마다 드러나는 것은 뼈로 된 팔이었다.

그것도 흰색이 아니라 흑색의 뼈.

단순히 색깔만 검게 변한 게 아니라는 것은 누구나 추측할 수 있는 일이었다.

[으으으음……. 저것은 위험하다, 알렉산더.]

"알고 있다, 교우여. 그러나 우리의 정의 앞에서는 결국 굴복할 수밖에 없을 것이다."

베일리푸스가 침음을 내었다. 알렉산더는 잔뜩 긴장한 얼굴로 창 자루를 틀어쥐었다.

일반적인 몬스터였다면 이러한 준비 시간을 주지 않았을 것이다.

당장이라도 뛰어들어 공격하거나, 그가 올바른 전투태세를 갖추기 전에 기습했을 것이다.

하지만 이하의 손은 움직이지 않고 있었다.

―각인……자여…….―

"젠장, 블랙……."

스킬 창을 빠르게 여닫으며 확인하는 폭주율이 이하의 행동을 주저하게 만들었기 때문이다.

푸른 수염과의 거리는 적게 잡아도 1.5km 이상이건만, 이 지점에서도 반응한단 말인가.

'일반적인 공격은 어차피 통하지도 않아. 괜히 공격했다가 이쪽으로 어그로가 끌리면―.'

낭패를 볼 수도 있다. 푸른 수염 특유의 블링크와 같은 움직임을 보인다면?

레와 거리가 줄어들수록 블랙 베스의 폭주율은 빠르게 상승할 것이다.

이하를 포함한 원거리 딜러들이 주저하고, 근거리 딜러들이 긴장하는 그사이.

"자, 마지막을 하얗게 불태워 보자고?"

푸른 수염이 웃었다.

그의 모습이 사라진 순간, 지네-뱀이 움직이기 시작했다.

〈신성 연합〉과 〈뱀파이어 신성 연합〉도 가만히 있을 순 없었다.

"작전 변경! 지네-뱀에게는 최소한의 어그로만 끕니다!"

"모든 공격은 푸른 수염에게로 집중! 우리는— 우리가! 푸른 수염을 맡아야 해요!"

랭커들과 드래곤들, 그리고 푸른 수염의 격렬한 전투가 곧 시작되었다.

"하, 하이하 씨? 보입니까?"

혜인은 눈을 비벼 보았으나 그런다고 무엇이 보이진 않았다.

본격적으로 움직이기 시작한 푸른 수염은 그야말로 바람과 같았다.

"보이지만……. 젠장, 말도 안 되는 움직임이네요. 전대의 바하무트 님과 싸울 때보다— 훨씬 빨라."

전대 바하무트와 푸른 수염은 이하의 눈에도 제대로 보이지 않는 속도로 싸웠었다.

그러나 그때가 도대체 언제인가. 지금의 이하와 스탯 차이로 따지자면 50% 이상 차이가 날지도 모른다.

그 정도로 성장했건만, 그 정도로 스탯을 올렸건만 이하 자신의 눈에도 푸른 수염의 모습을 희끗하게, 가까스로 포착하는 게 전부라고?

————, ————, ————!

빛이 번쩍거릴 때마다 〈신성 연합〉의 유저 또는 NPC들이 나가떨어지고 있었다.

〈뱀파이어 퀸〉이 된 람화연은 전장에서 거리를 벌리며 푸른 수염의 이동 패턴을 분석하려 했으나 결코 쉬운 게 아니었다.

"모여야 합니다! 홀로 있으면 당해요! 등을 맡길 사람을 찾아서 스크럼을 짜야—."

휘이이이이익…….

바람이 얼굴에 닿았다, 라는 느낌이 들 때 라르크는 이미 푸른 수염의 콧바람을 느낄 수 있었다.

"스크럼을 짜면 되나?"

"—젠장—."

스킬을 사용하기도 늦었다. 라르크는 죽음을 각오하고 검을 휘둘러 보았으나 닿을 리 없다.

카아아아앙—!

라르크의 가슴팍을 찌르던 지팡이가 크게 퉁겨 나갔다. 푸른 수염은 라르크에게서 훌쩍 떨어졌다.

"모두 방진을! 〈탄지신공〉으로 그리 오래 버틸 순 없을 거요!"

황룡을 이끌던 솜씨는 죽지 않았다. 허공의 페이우는 뱀파이어가 된 황룡의 유저들을 랭커들에게 붙이며 방진을 지시했다.

푸른 수염은 페이우를 보며 웃었다.

"흐흐. 페이우. 저번에는 참으로 신세를 많이 졌지? 오늘 제대로 한번 놀아 보자고."

슉——————…….

그의 모습이 다시금 사라졌다.

이하에게는 똑똑히 보였다. 좌우를 살피던 페이우의 뒤로 나타난 푸른 수염이 벌써 왼팔을 내지르고 있었다.

"페—."

——————————!

그 순간, 페이우의 눈앞에서 빛이 터져 나왔다. 이하는 눈살을 찌푸리며 광원의 중심을 보았다.

한 번 사용했던 전략이므로, 둘이 연계하는 것은 그리 어려운 일도 아니었다.

빛이 터지기 직전 눈을 감고 있던 페이우는 그대로 땅으로 하강했다.

그사이를 치고 들어오는 것은 알렉산더와 베일리푸스의 합공, 용인龍人이 된 그들의 창이었다.

"알렉산더는 그렇다 치더라도 베일리푸스……. 그 나이 먹고 같은 실수를 두 번하는 게 말이나 되나?"

레는 자신의 왼팔로 알렉산더의 창날을 붙잡았다.

지팡이로 막을 때보다도 더욱 가벼운 동작이었다.

용인이 된 알렉산더는 웃고 있었다.

[내가 하고 싶은 말이다, 레. 나와 교우가 그럴 성격으로 보였나?]

"음?"

그들도 아무런 준비가 없었던 게 아니다. 〈제3차 인마대전〉첫째 날 이미 푸른 수염과 겨뤄 본 적이 있다.

그때보다 강해진 게 틀림없는 푸른 수염에게 같은 공격이 통하지 않으리란 건 자명한 사실이다. 그렇다면?

[처음부터 우리의 공격이 미끼였다는 뜻이다.]

지난번에는 페이우의 공격을 미끼삼아 알렉산더가 공격했지만 이번엔 다르다.

저번과 달리 방어할 곳은 이곳뿐이므로, 〈신성 연합〉은 모든 자원을 이곳에 집중시킬 수 있으니까.

"무슨—."

"이햐아아아아아아—! 망할 놈의 푸른 수염! 오늘이야말로 네놈의 모가지를 따야겠다!"

펄럭거리는 날갯짓 소리가 칼바리아 언덕에 널리 퍼졌다.

뜬금없는 방향에서부터 튀어나오는 은빛의 말. 그가 들고 있는 더블 배럴 샷건과 레이피어는 더욱 위협적으로 보였다.

"조져 버리쇼, 대장! 우리는— 지상을 맡을 테니!"

타다앙————————……!

김 반장의 외침과 함께 총사대의 총성이 퍼졌다.

키드, 루거에게 조언을 들었던 그들은 섣불리 레를 향해 발포하지 않았다.

그들의 탄환은 오직 지상의 야수화 몬스터들을 노리고 있을 뿐.

'원거리 공격'에 반응하는 푸른 수염에게는 그 어떤 기회도 주지 않을 것이다.

레는 주변을 돌아보았다.

한 손으로는 알렉산더의 공격을 막아야 하고, 사용할 수 있는 다른 한 손으로 찰스 그리고 주변의 수많은 드래곤과 유저들을 상대해야 한다.

[오늘이야말로 끝이다, 레!]

[네 녀석의 심장을 바하무트 님께 바치리!]

그것은 주변의 유저들이 보기에도 절체절명의 상태였다.

실제로 푸른 수염의 얼굴이 일그러져 있는 것도 그러한 분위기를 보이는 데 한몫했다.

"이런, 협공!?"

[그렇다. 너는 오늘 이 자리에서 죽을—.]

"고작, 이런 녀석들로, 협공!?"

따라서 레의 얼굴에 미소가 덧씌워질 때, 알렉산더는 무언가가 잘못되고 있다는 것을 깨달았다.

[지네-뱀은—.]

알렉산더는 고개를 돌리지 않았다. 기척은 느껴지지 않았다.

실제로 〈뱀파이어 신성 연합〉의 유저들이 지네-뱀의 발을 묶어 놓기 위해 각종 스킬을 사용하는 소리도 들려왔다.

지네-뱀에게만 뱀파이어화 드래곤이 무려 일곱이 붙었다. 이곳으로 쉽사리 다가올 수는 없을 것이다.

그렇다면 푸른 수염의 자신감은 대체 무엇인가.

"나를 너무 띄엄띄엄 봤구만, 베일리푸스? 노망이 날 때가 됐겠지."

콰드드드드득……!

그것은 순수한 자신의 힘, 그 자체를 믿었기 때문이다.

휘광이 뿜어지던 창날의 빛이 삽시간에 꺼졌다.

용인의 창에서 검은 연기가 모락모락 피어나기 시작했다.

[흡!?]

알렉산더의 표정이 일그러졌다. 푸른 수염은 뒤에서부터 자신을 공격하는 찰스를 바라보지도 않았다.

"내가 그토록 우습더냐, 그 망할 코털을 전부 뽑아 태워 버려야겠다!”

“끌끌, 대기 번호 19번은 밖에서 기다리기나 해.”

푸른 수염은 지팡이를 빙그르르 돌렸다. 지팡이 끝에서부터 검은색의 기운이 줄기줄기 뿜어졌다.

“크앗!?”

백은의 페가수스가 자연스레 보이는 회피에 찰스의 몸이 휘청거렸다.

공격을 피하는 것까지는 별다른 무리가 없었으나, 푸른 수염에게 더 이상 접근하는 것은 백은의 페가수스로도 힘에 벅찬 일이었다.

“알렉산더 공!”

찰스의 공격이 잠시 늦춰지자, 페이우가 그를 향해 달려들었으나 그의 공격도 닿지 못했다.

페이우의 눈앞에서 무언가가 아른거렸다.

검은 무언가가 보였다, 라고 생각한 순간 그것은 이미 모양을 바꾸고 있었다.

이하는 그것을 똑똑히 보고 있었다. 이하뿐만이 아니라, 주변의 유저들 모두에게도 놀랄 만한 사건이었다.

“저건—.”

“마, 말도 안 돼. 아니, 정말로…….”

경악하는 유저들을 보며 푸른 수염이 웃었다.

나풀거리던 검은 무언가는 푸른 수염의 외투였다.

전투가 시작하기 전, 그가 벗어 던졌던 외투가 허공에서 갑자기 생긴 것만으로도 황당했건만, 그것이 바뀐 모습은 어떠한가.

"끌끌, 이 녀석이 그런 말을 좋아하더군. '서프라————이즈'라던가?"

[〈쉐도우 텀블링〉.]

언데드가 된 미드나잇 서커스의 단장이 페이우를 향해 발톱을 내질렀다.

겨우겨우 공격을 피한 페이우는 언데드 뻬뜨르와의 전투를 뿌리칠 수 없었다.

그사이, 알렉산더의 창은 창 자루까지도 새카맣게 변하는 중이었다.

자칫 알렉산더의 신체까지도 검은 기운에 지배될 우려가 있을 때, 창 자루를 놓고 힘겨루기의 패배를 인정해야 할지 고민하고 있을 때.

용인 알렉산더의 몸이 휘청거리며 뒤로 날아갔다.

[크흡!?]

갑작스런 힘의 파동 뒤에 들려오는 것은 압도적인 소음이었다.

쐐애애애애애————————ㄱ!

공기를 찢어발기는 소음의 정체를 모두가 알고 있었다.

루거가 〈코발트블루 파이톤〉을 든 채 푸른 수염에게 〈자계사출포〉를 쏜 것이다.

원거리 공격을 통해 푸른 수염의 '자동 회피' 기능을 강제로 발동시키려던 속셈이었으나, 이번은 달랐다.

알렉산더를 구해 낸다는 결과는 같았으나 방식은 루거가 기대했던 대로 이루어지지 않았다.

알렉산더가 뒤로 밀려난 것은 〈자계사출포〉의 풍압 때문만이 아니었다.

"끌끌, 루거……. 내가 피하지 않으면, 어떻게 할 수 있을 줄 알았나?"

창날을 잡고 있던 푸른 수염이 더 이상 그것을 잡지 않았기 때문이다.

지금 그의 왼팔은 다른 걸 잡아야만 했으니까.

"……그걸— 잡았다고?"

푸른 수염은 〈자계사출포〉로 쏘아진 루거의 포환을 가볍게 짓뭉갰다.

워그적거리는 소리가 들려왔을 때 줄곧 그들의 전투에서 틈을 찾던 이하는 깨달았다.

"자동 회피 기능에— 방어 기능이 추가됐구나……. 그래서— 〈시간을 꿰뚫는 명중〉의 사용이 불가능한 거였어."

우선 푸른 수염을 죽여 보려고 했다.

정신없는 전투 속에서도 이하는 스킬을 사용할 틈을 노려 보고 싶었다.

업적 〈시간을 꿰뚫은 자〉를 획득하며 얻은 보상이 있기 때문에 떠올릴 수 있는 계획이었다.

'쿨타임 70% 감소가 있어서 딱 맞아 떨어진다 했더니만……'

미들 어스 시간으로 열흘이 걸리는 쿨타임이 70% 감소되었다.

〈제3차 인마대전〉의 엿새째 전투가 시작하기 전, 이미 이하는 스킬을 사용할 수 있는 상태가 되었다는 뜻이다.

거기에 더해 폭주율은?

블랙 베스가 폭주할 가능성이 높다지만, 푸른 수염만 죽인 후 키드—루거와 거리를 벌릴 수 있다면…….

자미엘을 흡수하고 50%를 초과한 블랙 베스가 푸른 수염 하나를 죽였다고 100%를 넘지는 않을 거라 예상했기 때문이다.

'아주 위험해지겠지. 90%에 육박할지도 몰라. 하지만 100% 만 안 된다면—'

그 상태로 마왕에게 마탄을 써 봄직 하지 않은가.

따라서 이하는 완벽한 자세로 견착을 유지한 채 서서쏴 자세를 취하고 있었건만, 〈시간을 꿰뚫는 명중〉은 여전히 사용 불가 상태로 표시되고 있었다.

'빌어먹을……. 지금 나의 저격 솜씨로는— 레를 맞출 수

없다는 뜻인가.'

해당 스킬은 오직 [시차]를 없애 주는 것뿐이다.

조준부터 격발 그 이후의 적중까지가 완벽하게 이루어진다는 시스템적 판단이 있을 때, 방아쇠를 당김과 동시에 적중이 되게끔 해 주는 것이다.

즉, 이하가 레를 맞출 수 없다는 판단이 든다면 〈시간을 꿰뚫는 명중〉은 사용할 수 없다는 뜻!

'자미엘의 시선을 이끌고 블랙 베스가 쏠 때와는 완전히 다르다는 이야기겠지. 푸른 수염이 다른 놈들에게 신경을 쓰고 있다 해도 원거리 공격 회피라는 절대 판정이 있는 한…….'

결국 이 스킬은 사용할 수 없다.

그다음으로 생각해 볼 수 있는 건 〈의지의 탄환〉이었지만 이것 또한 만만치 않았다.

지네-뱀에게 쏜다?

그 즉사 포인트는 '핵'이다. 그러나 '핵'을 레가 가지고 있다면?

'맞지 않을 거야.'

그렇다고 푸른 수염에게 쏜다는 건 어불성설이다.

초속 830m보다 빠른 〈자계사출포〉를 붙잡을 정도의 '반응 속도'를 낼 수 있다면. 레일건보다 빠른 속도로 팔이나 지팡이를 움직일 수 있다면.

"……그것마저도 쳐 내겠지."

일반 탄속 수준의 〈의지의 탄환〉도 통하지 않을 것이다.

갑작스런 이하의 혼잣말에 혜인이 어리둥절하여 물었다.

"네, 네? 하이하 씨?"

"젠장……. 지금 제가 가진 것으로는 레를 상대할 수 없다는 뜻입니다. 역시— 순서를 바꾸는 수밖에 없어요."

이하는 간단히 설명하며 고개를 돌렸다.

푸른 수염과 지네-뱀 그리고 언데드 삐뜨르는 강했다.

루거와 키드까지 가세하여 그들에게 공격을 퍼부었으나 그들은 무너지지 않았다.

오히려 야수화 몬스터들을 상대하던 키드가 삐뜨르를 협공하기 위해 자리를 옮겨, 다른 〈신성 연합〉의 방어선이 흔들릴 지경이었다.

"버텨야 한다. 우리의 뒤에 있는 것은 우리의 가족밖에 없다는 것을 명심하라."

"우리들의 피는 바닥에 뿌려지는 게 아니다, 역사에 뿌려질 것이다. 두려워 말고 적을 상대하라!"

그랜빌과 에윈의 고군분투가 없었다면 〈신성 연합〉의 방어선은 진작 무너졌으리라.

당장 필드 보스 이상의 야수화 몬스터는 물론, 〈제2차 인마 대전〉의 중간 지휘관급 몬스터들은 혼자서도 일반 유저 30~40여 명은 거뜬하게 상대할 능력이 있었으니까.

그런 녀석들은 뭉치면 뭉칠수록 강해진다.

더군다나, 적절한 시점에 [한 방]이 더해진다면 더 말할 것
도 없다.

"전부— 옆으로—."

"공간— 이동한다— 신호."

중간 지휘관급 몬스터들은 자신들 휘하의 몬스터들에게 명
령했다.

그들을 상대하던 유저들은 갑작스러운 적의 변화에 대응할
수 없었다.

슉—!

몬스터들은 타이밍을 맞추듯 일거에 사라졌고……

────────────────!

그 자리로는 보랏빛 파派가 쏘아졌다.

〈신성 연합〉의 좌군은 더 이상 존재하지 않았다. 애당초 그
들이 포진했던 '언덕 지형'조차 사라져 버렸으니까.

삽시간에 '증발'해 버린 유저의 수는 도대체 몇인가.

터무니없는 마왕의 공격을 보며, 타 전장의 유저들 몇몇이
넋을 잃을 정도였다.

전쟁의 한복판에서 넋을 잃어 봐야 돌아오는 대가는 야수
화 몬스터들에 의한 죽음뿐.

마왕의 압도적인 공격은 그러한 허무하고도 황당한 죽음을

수백 명의 유저에게 겪게끔 만들 정도였다.

"저, 저건⋯⋯."

혜인 또한 황당한 얼굴로 그곳을 바라보고 있었다.

그쪽 방향을 바라보는 건 이하도 마찬가지였다.

"좋아. 찾았다."

그러나 혜인과는 다른 의미로 눈에 힘을 주고 있었다. 혜인
은 아까부터 중얼거리던 이하의 말을 마침내 이해했다.

"⋯⋯순서를 바꾼다— 하이하 씨, 설마 지금?!"

푸른 수염을 상대할 수 없다. 그러니 순서를 바꿔야 한다.

이하는 지네-뱀이나 삐쁘르부터 죽이자고 말한 게 아니
었다.

"네. 마왕부터 죽이고 갑시다."

《마탄》을 사용하여 마왕부터 없애자는 것.

새벽 어스름부터 시작된 전투가 점심을 향해 치달아 갈 때,
이하는 마왕의 존재를 확인했다.

Geschoss 6.

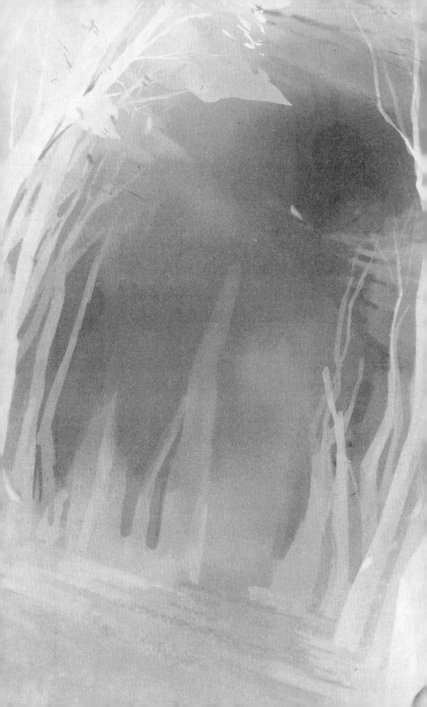

이하는 혜인에게 부탁하여 조금 더 거리를 띄었다.

루비니와 페르낭이 다른 세이지에 의해 개별 이동되고 있는 지금, 혜인이 이하를 조종하는 것은 그리 어려운 일이 아니었다.

"예전보다 공간 다루기가 수월해졌다지만— 100m 이상 떨어뜨리는 건 무리예요."

"네, 이 정도면 돼요."

이하는 혜인에게서부터 약 60m 떨어졌다. 여전히 허공에 뜬 상태였으나, 조금 전과 달리 이하는 앉아쏴 자세로 바꾼 상태였다.

이하가 혜인으로부터 멀어지고자 한 이유는 뻔한 것이었다.

"블랙, 블랙!"

—각인자여. —

"폭주하면 어떻게 되는 거지? 당장 네가 날 죽이거나 뭐, 그런 일이 벌어지나?"

블랙 베스의 폭주에 대해서 아는 자가 많지 않은 데다, 폭주의 후폭풍으로 혜인이 휘말릴 가능성을 줄이기 위해서였다.

이하의 물음에 블랙 베스의 방아쇠 옆 부분이 미세하게 빛났다.

—그것은— 나도 알 수 없다. 내 스스로를 통제할 수 없게 되는 건 확실하다. —

"아니, 그니까. 통제를 못 한다 해도 말이야. 내가 널 놔 버리거나, 뭐, 어쨌든 육체는 없잖아. 갑자기 몸이 덜렁 생기진 않을 것이고."

이하가 줄곧 알고자 했던 부분도 이것이었다.

폭주의 개념이 무엇인가.

블랙 베스가 갑자기 통제에서 벗어나 탄환을 마구잡이로 쏴 댄다?

그것은 그림으로 상상하기도 이상하다.

애당초 그런 일이 가능했다면 자미엘은 마탄의 사수 총기에서 마음껏 활약했을 것이다.

—큭, 큭큭큭……. 재미있군. 내가 각인자, 그대를 잡아먹으려 할지도 모른다는 의미라면 이해할 수 있겠나. —

"네가? 나를?"

―예컨대……. 그대와 내가 승부를 벌였던, 바로 그런 형식으로 말이다. ―

"아."

블랙 베스의 모든 봉인을 풀었을 때, 이하는 키드, 루거와 함께 고대의 미들 어스에서 블랙 베스와 싸운 적이 있다.

기존 마탄의 사수들의 '기억'을 재생했듯, 유저의 입장에서 보자면 인스턴스 던전의 방식으로 유저를 가둔다는 것일까.

―물론 확실……하진 않다. 그러나 어떤 방식으로든, 자제할 수 없게 된 내가 각인자 그대를― 지배하려 들겠지. ―

"……[상태 이상: 블랙 베스]가 될 수도 있다는 거군."

그것도 아니라면 [상태 이상: 자미엘]과 유사한 방식으로 발생할지도 모른다.

카일은 마탄의 사용을 자미엘로부터 종용받았다. 그 말에 따르지 않으면 지독한 정신적, 육체적 고통을 겪었다.

블랙 베스도 그런 식으로 이하 자신의 행동을 통제하려는 것은 아닐까.

이하는 더 이상 블랙 베스에게 무언가를 물어볼 수 없었다.

'어차피 각오는 했던 일이야.'

폭주율이 100%가 초과하고, 이하 자신이 그것에 영향을 받아 〈신성 연합〉에 해코지를 할지 모른다.

그러나 에얼퀴니히가 없다면 푸른 수염과 지네-뱀은 곧 정리될 것이고, 〈신성 연합〉의 교황을 포함한 다른 누군가가 자신을 구해 내지 않을까.

이하는 그들의 전투를 바라보며 조용히 호흡을 가다듬었다.

지네-뱀과 푸른 수염 그리고 언데드 삐뜨르가 있는 전장만 전장이 아니다.

칼바리아 언덕에 길게 펼쳐진, 사실상 미들 어스 역사상 가장 큰 전쟁의 전선이 이하의 눈에 들어왔다.

유저와 NPC들의 수가 훨씬 더 많기 때문일까.

야수화 몬스터와 괴조에게 당하는 사상자 또한 압도적으로 많고 또 빠른 속도로 내고 있었다.

그 전투 사이사이, 기적적으로 살아남은 극소수의 마왕군 유저들도 있었다.

"어떤 의미로는 본인들도 먹고 살자고 하는 짓이겠지만……."

파우스트를 비롯하여 메데인과 칼리 등의 주요 인원들 또한 로그인을 못 하고 있는 상황에서, 살아남은 마왕군 유저들은 어떤 생각을 하고 있을까.

'게임이 망해 버리면……. 마왕군 내에서 한자리 차지하고 로페 대륙 어디를 차지한다고 해도— 의미가 있으려나.'

이곳에는 지키기 위해 싸우는 자와 빼앗으려는 자가 있다.

그리고 이곳에는 없지만, 이 모든 상황을 지켜보는 절대 다수의 사람들도 있다.

칼바리아 언덕에는 따로 대형 홀로그램이 떠 있지 않았으나, 각국의 수도에서는 저레벨 유저들의 관람을 위한 영상이 송출되고 있을 것이다.

전장 곳곳에서 취재진이 침을 튀겨 가며 현재 상황을 중계하는 중이며, 대형 홀로그램이 설치된 각국의 수도에서도 또한 온갖 이야기가 오가고 있으리라.

공중에서 전장을 넓게 내려다보고 있기 때문일까.

이하는 어쩐지 묘한 감정을 느꼈다.

지금까지 단 한 번도 느껴 보지 못했던 복합적인 감정이 자신을 강렬하게 흔들고 있었다.

"그리고 이제는……."

이러한 모든 감정을 지워야 한다.

이것은 저격이 아니다. 탄도를 계산할 필요도 없다. 심지어 대상을 눈으로 보고 있지 않아도 된다.

하지만 자신의 격발이 가져올 영향에 대해서는 추측해 봐야 한다.

"쏴야지."

이하는 스킬 창을 열었다.

〈마탄〉 — 잔여 탄 수: 2

설명: 태초의 마魔가 만들어 낸 힘. 여섯 발의 탄환은 미들 어스 내에 있는 대상이라면 반드시 소멸시킨다. 대상이 무엇이든, 어느 장소에 있든, 어떤 스킬로 보호를 하든, 거리가 얼마나 멀든 관계없다.

단, 마지막 한 발은 사용자를 소멸시킨다. 대상에게 적용될 때와의 차이라면, 사용자와 관련된 미들 어스 내 모든 기록과 기억이 사라진다는 점. 이것은 태초의 마魔과 자신을 소멸시킬 때 사용한 일곱 번째 힘의 저주이기도 하다.

효과: 대상 소멸 (1발)

(NPC에게 사용 시, 네크로맨서의 스킬로 언데드화 불가능)

(물건에 사용 시, 복원 불가능)

(유저에게 사용 시, 캐릭터 삭제)

/

자기 자신의 소멸 (1발)

(업적, 칭호, 직업 관련 기록에서 사용자와 관련된 모든 데이터 초기화)

(같은 닉네임의 캐릭터를 생성하더라도 NPC와의 상호 작용 기록 또한 초기화 됩니다.)

마나: ―

지속 시간: 즉시

쿨타임: ―

두 발이 남았으나 두 발이 아니다. 한 발은 쏠 수 없다.

"후우우우우……. 블랙, 준비됐어?"

이하는 최후의 한 발을 준비했다.

블랙 베스의 답변은 없었다. 그러나 상관없다.

"하아아아아……."

이것은 블랙 베스의 능력이 아니라, 《마탄의 사수》의 능력이니까.

[스킬 사용 대상을 확인합니다.]

[사용 대상: 마의 파편―마왕: 에얼쾨니히 / NPC]

[잔여 탄수 2발]

[사용 후 남은 탄수 1발]

[사용하시겠습니까?]

"《마탄》."

――――――――――…….

혜인은 줄곧 이하를 보고 있었다. 블랙 베스와 무언가 중얼거리며 대화를 나누는 그의 모습도 보고 있었다.

중요한 순간이었으므로 그에게 말을 걸 수는 없었으나, 지금은 말을 걸 타이밍이라는 걸 충분히 이해할 수 있었다.

"하이하 씨! 하이하 씨!? 스킬― 방금 스킬 쓴 거 맞죠?"

혜인은 마지막으로 마왕이 확인되었던 자리를 보려고 했지만, 그의 시야에는 들어오지 않았다.

그러나 분명 무슨 일이 발생했다.

"하이하 씨!"

고개를 덜컥, 꺾어 버리고 있는 이하가 바로 그 증거였으니까.

이하는 블랙 베스를 움켜쥔 상태였다. 덜그럭 꺾여 버린 고개는 쉬이 들 수 없었다.

지금 이하는 스스로의 몸을 통제하기 어려웠기 때문이다.

칼바리아 언덕의 전투는 멈추지 않았다. 전장에서 특별한 일이 벌어진 장소도 없었다.

그러나 이하는, 주변의 모든 소음을 들을 수 없었다.

들을 수 있는 것은 두 개의 목소리.

암전된 시야에서 보이는 것 또한 두 개의 인영이었다.

[신비롭군. 결국 자미엘은 블랙 베스에게 흡수당한 것인가.]

─각인……자여……. ─

마왕 에얼쾨니히와 블랙 베스. 다만 이하는 두 인영을 분간해 낼 수 없었다.

그저 새카만 실루엣을 지닌 인간 크기의 형체 두 개가 있을 뿐이었다.

"블랙! 마탄은……?"

─그것은…… 마왕에게─ 통하지 않는─ 힘. ─

블랙 베스의 목소리에는 힘이 없었다. 방향을 특정할 수 없기에, 더더욱 이하는 힘이 빠지는 것을 느꼈다.

"뭐? 그런— 말도 안 돼! 그럴 순 없어!"

그럼에도 이하는 그저 두 개의 인영을 번갈아 보며 소리치는 것 외에 다른 일을 할 수 없었다. 몸은 움직여지지 않았으니까.

발광하는 이하에게 에얼쾨니히의 목소리가 들려왔다.

[그럴 수 있다. 네가 사용한 마탄은 마魔를 죽일 수 없는 것이니까.]

특별히 감정의 기복이 느껴지지 않아 졸릴 정도의 무던한 목소리였다.

물론 받아들이는 이하에게 있어서는 터무니없는 불안감을 조성하는 말이었다.

"무슨…… 아니. 그럴 리 없어. 이건 환상이지? 예전에 〈둠 Doom〉이었나? 누가 스킬을 써서 환상을 보여 준 적이 있어. 그것도 아니면— 이환 씨의 환영술 같은, 뭐 비슷한 장난 짓거리겠지. 말도 안 돼. 에얼쾨니히, 넌 죽었어."

이것은 거짓이다.

마왕이 죽지 않았을 리 없다.

—이빨은— 닿지 않았다……. 만약— 마魔를 집어삼켰다면— 나는 이미 걷잡을 수 없이 되었을 것.—

"닥쳐, 블랙! 마탄이니까! 마탄이라서, 뭐, 집어삼키는 그런 게 안 됐겠지! 그럴 리 없어. 마왕은 반드시 죽어야 해!"

블랙 베스의 목소리가 들려왔어도 마찬가지였다.

스킬 창을 열 수도 없어 폭주율을 확인할 수 없었지만, 이하는 어쨌든 블랙 베스의 말을 믿지 않았다.

"아니면— 이게 폭주 아냐? 블랙! 네가 지금 폭주해서 이런 걸 보여 주고 있는 거지? 지금 여긴 칼바리아 언덕도 아니잖아! 환상의 세계! 그래, 예전에 나를 테스트했던 고대의 미들어스처럼—."

—그런 것…… 같은가, 각인자여. 나를— 믿지 못하는…….—

"넌 자미엘만 처먹으면 그만이었으니까!"

블랙 베스의 띄엄띄엄 들리는 목소리에도 이하는 소리를 질렀다.

주변의 암전된 시야와 믿을 수 없는 광경. 이하에게는 이 모든 게 환상으로 느껴졌다.

엄밀히 말하면, 환상이어야만 했다.

—그렇지 않—……. 자미엘의 힘이 남아 있는 한, 나의 복수는 완전하지— 못하다.—

"그게 무슨…… 젠장! 그럼 정말로—."

오직 한 번밖에 사용할 수 없는 기회가 증발했다는 것을 인정하기 힘들었으니까.

"에얼쾨니히는 《마탄》에 죽지 않은 거야?"

이하는 물었다. 검은색 인영 하나가 움직였다.

[직접 답해 주겠다.]

슈우우우우…….

안개처럼 증발하는 그것을 보며, 또 다른 검은색 인영이 이하에게로 다가오고 있었다.

그때부터였다. 블렉 베스의 목소리는 더 이상 끊기지 않았다.

—각인자여, 나는 분명 자미엘을 삼키는 것만을 목적으로 살아온 존재. 그러나 삼키는 게 끝이 아님을 알게 되었다.—

"뭐?"

또 하나의 검은색 인영이 다가올수록 이하는 그를 자세히 인지할 수 있었다.

거친 선으로 보였던 외곽은 점차 부드러운 형태를 잡아 가기 시작했다.

팔과 다리에서부터 시작되어 몸과 목을 지나 마침내 얼굴 그리고 머리카락까지.

—자미엘은 언제까지고 내 안에서 나를 폭주시키기 위해 움직일 것이다. 내가 조금만 방심하면 자미엘은 다시금 부활할 것이다. 나의 가장 깊은 배 속에서부터, 그 더러운 원혼을 끄집어낼 것이다. 에얼쾨니히의 말대로, 나는 그를 삼켰을 뿐 소화하지 못했으니까.—

"무슨……."

—따라서 나는, 자미엘을 완전히 소멸시켜 버리기를 원하는 나는, 그 어떤 희생을 각오하는 한이 있더라도…….—

그것은 블랙 베스의 모습이었다.

이하의 상상으로 태어나 정령계와 현실계에서 보여 줬던, 람화연의 얼굴과 엘리자베스의 머리칼을 지닌 바로 그 존재.

—각인자 그대를 돕겠다. 지금까지 그대가 나를 도왔던 것처럼.—

블랙 베스가 손을 내밀었다.

마왕으로 추정되는 인영이 사라진 후부터 블랙 베스는 말을 더듬지도 않았다.

이하는 잠시 블랙 베스를 바라보았다.

—자미엘을 완전히 소멸시키는 데 각인자가 협조해 준다면 나 또한 에얼쾨니히를 죽이기 위한 모든 것에, 각인자와 나의 전부를 부딪쳐야 하는 모든 일에 협조하겠다. 이것이 내가 제안하는 마지막 '계약'이다.—

이하는 '그녀'의 말을 정확히 이해할 수 없었지만 이제 와서 무언가를 물을 수도 없다는 걸 알고 있었다.

퀘스트 창도 뜨지 않았다. 하지만 이하는 그가 제안하는 '계약'이 모든 대장정의 마지막이 될 것임을 생각해 볼 수 있었다.

지금 이 자리에서 에얼쾨니히가 사라졌다는 게 무엇을 의미하는지는 너무나 뻔한 것이었기 때문이다.

"좋아, 블랙 베스. 마탄 한 발을 허무하게 날려 버렸지만…… 모든 걸 부딪친다면 죽일 수 있겠지."

따라서 이하는 곧장 블랙 베스의 손을 잡았다.

"우리는 마탄의 사수니까."

――――――――――――!

그 순간, 이하는 다시금 칼바리아 평원의 허공으로 돌아왔다.

자신이 정신을 잃었던 것은 얼마나 되었을까. 그 시간은 그리 길지 않았다.

그러나 한 가지는 알 수 있었다.

"혜, 혜인 씨! 피해요!"

마왕은 조금 전 '충돌'의 세계에서 직접 말했었다.

자신이 마탄에 소멸하지 않았음을, 직접 증명해 보이겠다고. 그게 어떤 의미인가.

"네? 하이하 씨, 정신이―."

"피하라니까! 마왕이……!"

마왕 에얼쾨니히는 돌아가자마자 준비했다.

칼바리아 언덕의 어딘가에서 보랏빛 파동이 퍼지기 시작했다. 그 에너지는 정확히 이하 쪽을 향해 쏟아지고 있었다.

"이런 젠장, 이런 식으로 보여 주지 않아도 되는데―."

[직접 답하겠다]던 에얼쾨니히가 이하에게 자신이 건재함을 증명하는 중이었다.

유저와 드래곤 그 누구도 제대로 반응할 수 없는 짧은 순간, 마왕의 파가 쏘아졌다.

"크으, 키드! 하이하 놈한테 연락은 없나? 푸른 수염은 분명 놈의 스킬로 죽일 수 있을 텐데!"

"으음, 아직 연락은 없습니다. 틈을 찾기는 쉽지 않을 겁니다."

"망할 자식! 명색이 삼총사 중 하나라면 이름값은 해야—."

"나는 갑니다. 불평할 시간에 주변이라도 정리하는 게 좋을 겁니다."

키드는 루거의 곁에서 다시금 도약했다.

언데드 뻬뜨르를 상대하기 위해선 최소 세 명이 필요했다. 페이우와 키드 그리고 신나라.

셋 중 하나만 빠져도 언데드 뻬뜨르와 비등한 수준이었으므로, 시간을 단축하기 위해서는 셋의 힘이 모조리 투입되어야만 했기 때문이다.

당연히 그 전투를 봐 왔던 루거로서는 황당하기만 한 일이었다.

"젠장, 왜 몬스터가 되면 더 세지고 지랄들이야!? 저 망할 놈은 어그로 끌기도 힘들고— 새 새끼들도 지랄이고!"

지네-뱀을 향했던 루거는 곧장 포구를 추켜올렸다. 당장 신경 써야 할 곳은 '공중'이라는 냄새를 맡았으니까.

살아남은 괴조의 수는 많지 않았다. 그러나 그 적은 수의 괴조도 소환사 엘미와 소수의 유저를 제외한다면 마땅히 상대할 만한 유저가 없었다.

지상의 유저들은 밀고 들어오는 야수화 몬스터와 〈제2차 인마대전〉의 몬스터를 상대하기도 바빴기 때문이다.

드래곤들과 랭커들이 중앙부의 전투에서 고개를 돌릴 여유가 있다면 괜찮겠으나, 지금은 중앙부의 전장도 정신이 없었다.

[캬아아아아아아악—!]

"이제 패턴의 예측은 의미 없어요! 〈피의 안개〉는 항상 준비하시면서—."

"그것도 무적은 아닌 거 알죠!? 근거리에서 점액질을 100% 뒤집어쓰면 데미지가 상당할 거예요! 쿨타임도 관리해야 하고!"

〈뱀파이어 신성 연합〉 유저들이 지네-뱀을 막아 내기 위해 고군분투하고 있었다.

스킬을 사용하기 위해 접근했던 메탈 드래곤 측 한 기가 촉수형 팔에 붙잡히자, 그의 곁으로 붉은 회오리가 일어났다.

"얼른 빠져나와요!"

[고, 고맙다, 인간.]

〈허리케인 블루〉가 뱀파이어화 되며 더욱 강화된 스킬로 바뀐 것이겠으나, '그 정도 수준'으로는 촉수 몇 개를 잘라 내는 정도에 그쳤다.

촉수는 지네-뱀의 수많은 신체 부위 중에서도 가장 재생이 빠른 부분이었다.

"레부터 죽여!"

[물론 그럴 거요, 스틸 드래곤!]

젤레자가 인간의 모습으로 검을 휘두르고, 뱀파이어가 된 그린 드래곤 중 하나가 푸른색의 가스를 뿜었다.

"끌끌, 귀여운 녀석들이로군."

푸른 수염은 지팡이만으로 젤레자의 검을 쳐 내고, 가스가 뿜어진 방향을 발길질을 했다.

발차기 한 번에서 일어나는 풍압은 가스를 오히려 〈신성 연합〉 측으로 밀어냈고, 타 드래곤들이 그것을 막아 내기 위해 허겁지겁 움직이는 사태가 발생했다.

아주 잠깐의 틈, 엘리트들은 그것을 놓치지 않았다.

[모두 레에게서 떨어지십시오!]

[우리가 맡는다. 람화정.]

"응. 〈천사 강림: 우리엘〉. 〈뇌전〉."

블라우그룬과 아르젠마트 그리고 람화정이 동시에 스킬을 사용했다.

드넓은 칼바리아 언덕의 하늘이 우중충해지며, 지네−뱀과 푸른 수염이 있는 곳으로 집중적인 벼락 세례를 퍼붓기 시작했다.

콰앙————, 콰앙————!

번개의 점멸만으로도 몇몇 유저들은 눈이 시려 그곳을 바라보지 못할 정도였다.

충분한 스킬 캐스팅 시간이 주어진다면, 람화정의 공격은 유저들의 상상을 초월하는 힘을 발휘했다. 스킬의 범위와 이펙트 그 파괴력까지도.

문제는 푸른 수염이었다. 그는 번개를 피하지 않고 있었다.

"말도 안 돼……."

동생과 드래곤들의 공격을 바라보던 람화연은 공중에서 넋을 잃었다.

푸른 수염은 지팡이를 들어 올려 자신에게 내리치는 번개를 옆으로 '쳐 내고' 있었다.

"지금 그런 말을 할 때가— 〈감싸 안는 주황〉!"

"꺄아아악!"

파치치치칫————————!

〈감싸 안는 그린〉에 붉은 기운이 가미된 새로운 배리어는 전보다 강했으나, 벼락 한 방에 두 사람의 몸이 몽땅 밀려날 정도였다.

하물며 다른 유저와 NPC들은 어떠할까.

"단순히 언데드만 만드는 게 아녜요. 피로트-코크리의 스킬, 스탯만 따온 게 아니라—."

"시너지와 조합의 차이겠죠! 지금의 푸른 수염은— 사실상 마왕의 조각 둘— 아니, 홀로 그 모든 것을 흡수하여 응용한다면 시너지는 둘 이상!"

합이 맞지 않는 기브리드/피로트-코크리/푸른 수염의 조합보다도, 모든 힘을 지닌 푸른 수염 하나가 더 무서운 능력을 발휘하는 것인가.

유저들은 이제 확실하게 느낄 수 있었다.

"끌끌, 왜? 벌써 지쳤나? 이거야 원, 요즘 젊은 것들은 노인네 하나도 감당을 못 한다니까. 건강한 육체에 건강한 정신이 깃들기 마련이거늘. 기초 체력이 부족한 게지."

레는 지팡이를 빙글빙글 돌렸다. 짝다리를 짚고 허공에 서 있는 그의 모습은 여전히 여유만만이었다.

라르크는 람화연과 함께 있던 보호막을 풀며 말했다.

"후우, 나중에 구플 본사에 들를 일 있으면! 다른 건 몰라도 레, 네 녀석을 디자인한 개발자는 꼭 만나 볼 거야."

"으응? 무슨 소리인지 모르겠―. 음?"

라르크를 향해 빈정거리던 푸른 수염의 표정이 굳었다. 주변의 몇몇 유저들도 잠시 넋을 놓았다.

람화연을 통해 전달받은 사항이 있기 때문이었다.

[마탄을 쐈단 말인가.]

"마탄― 마왕에게……. 그럼!?"

"어떻게 됐지? 누구 보이는 사람, 상황 중계 좀 해 주세요!"

알렉산더는 물론이고 다른 랭커들도 전달을 받는 족족 행동에 제약이 걸렸다.

이렇게나 갑작스러운 시점에, 이렇게나 기습적인 공격을 행하다니!

[과연 하이하 님이십니다.]

"크으, 이럴 줄 알았다니까! 아군까지 속이는 기습 공격! 이런 게 효과가 있는 거죠?"

블라우그룬은 물론, 지네-뱀의 근처에서 몬스터들의 진군을 막던 기정도 웃고 있었다.

〈신성 연합〉의 모든 생명체에게 희망과도 같은 게 바로 마왕을 향한 마탄 사용이다. 그 결과는 어떻게 될 것인가.

유저들에게는 그리 길지 않은 시간이었다. 대부분의 전선에서도 전투를 멈추지 않았다.

혜인에게서 유저들에게로 귓속말이 퍼졌다.

이하가 깨어난 것은 그로부터 고작 1분 남짓이 지났을 때였다.

푸른 수염이 가장 먼저 눈치챘다.

"과연, 에얼쾨니히 님께서 직접 나서신다면, 저희 미천한 종들은 물러나 있겠습니다."

"어—."

레와 지네-뱀 그리고 언데드 뻬뜨르가 텔레포트했다.

한창 전투 중이던 유저들은 물론, 드래곤들마저도 어안이 벙벙해진 순간.

"저쪽! 저쪽에서—."

"보랏빛?! 빔이다! 마왕의 빔이 온다아아아아아아!?"

마왕군의 한쪽에서 보랏빛 에너지가 모여들었다.

마왕에게서 이하에게로 쏘아지는 파는, 칼바리아 언덕의 중앙을 거쳐야만 도달할 수 있었다.

푸른 수염 등이 텔레포트한다면?

"우, 우린—."

"피해야—."

중앙 전장에 있는 모든 랭커는 죽어야 한다. 그 파의 끝에 있는 이하마저도.

유저와 드래곤 그 누구도 제대로 반응할 수 없는 짧은 순간, 마왕의 파가 쏘아졌다.

보는 이의 눈을 시리게 만들 정도의 빛.

─────────────────────────!

그것은 칼바리아 언덕의 중앙부를 미처 통과하지 못했다.

"……뭐야."

"무슨— 어떻게……."

중앙부에 닿기 무섭게 빛이 사라져 버렸으니까.

오히려 마왕의 공격은 칼바리아 언덕으로 달려가는 자군 몬스터 상당수를 증발시켰을 뿐이었다.

"으, 응? 마왕 공격 어디 갔어?"

"텔레포트! 일단 튀어!"

뒤늦게 몇몇 유저들이 텔레포트 스크롤을 찢으며 도망가기도 했으나, 대다수는 어안이 벙벙한 상태였다.

어째서 공격이 중간에 사라졌는가. 마왕이 중단했을 리는 없다.

누군가가 공격을 상쇄시킬 정도의 힘을 발휘했어야만 했다.

적어도 미들 어스에서 그 정도의 힘을 단번에 낼 정도의 생명체는 그리 많지 않다.

칼바리아 언덕의 중앙부 공중에 떠 있는 건 두 명의 사람이었다.

꼬불꼬불한 중장발의 백금색 머리카락을 지닌 할아버지와, 쪽 지어 올린 새빨간 머리카락을 지닌 할머니.

"명색이 일족을 이끄는 자로서, 너무 늦게 합류했구만. 면목이 없네."

"컬러의 아이들아, 모두 몸은 괜찮느냐."

메탈 드래곤과 컬러 드래곤의 수장이 동시에 등장했다.

[로, 로드 바하무트!]

[로드께서— 몸은 괜찮으십니까? 드래곤 하트는—.]

[장로님!]

메탈 드래곤과 컬러 드래곤들은 각자의 수장을 불렀다. 그러나 주위로 우르르 몰려드는 멍청한 짓은 하지 않았다.

푸른 수염과 지네-뱀 그리고 언데드 삐뜨르가 사라진 지금, 일반적인 몬스터들을 정리할 절호의 기회라는 걸 이미 알고 있었기 때문이다.

"괜찮네. 이제는…… 괜찮아졌지. 컬러 드래곤에게 많은 신세를 졌다."

"별말씀을. 하이하 아이의 부탁을 우리가 들어주지 않을 리 없지 않소."

바하무트는 다시 한 번 플람므에게 감사를 전했고 플람므는 대수롭지 않다는 듯 받았다.

정작 주변의 다른 드래곤들이 걱정스러워할 지경이었다.

[그, 그렇지만— 아무리 괜찮아지셨어도 마왕의 공격을 직접 막으시는 건—.]

[자, 장로님도 그렇습니다. 설령 메탈 드래곤의 수장이 함께한다 하여도, 그것은 일반적인 마나로는 불가능할 터인데…….]

컬러 드래곤 중 하나가 플람므의 곁을 스쳐 지나가며 지상을 향해 브레스를 뿜었다.

플람므는 웃었다.

"그렇단다, 아이야. 나와 바하무트가 함께하더라도 에얼쾨니히의 공격을 두 번 이상 연속해서 막아 내는 것은 힘든 일이지."

[그렇다면 장로님께서는 어떤 복안을—.]

그러나 그들은 오랫동안 대화를 나눌 여유가 없었다.

"비, 빔이! 마왕의 빔이 또 모여든다!"

자신의 공격이 한 번 막혔다고 하여 마왕이 공격을 그만둘 이유가 없기 때문이다.

하물며 컬러 드래곤의 장로가 잠깐 흘린 언급은 무엇을 뜻하는가.

두 드래곤 수장의 힘을 모아도 힘들다면 결국 나머지 드래곤의 힘도 더해져야만 한다는 뜻이다.

[메탈 일족은 모두 로드의 곁으로! 우리의 마나를 더해야 한다!]

[컬러 일족도 전원 플람므 님과 신호를 맞춰라! 배리어 준비!]

드래곤들이 각자의 수장 곁으로 모이기 시작했을 때, 〈신성 연합〉의 유저들도 다른 사실을 확신했다.

"역시 뭔지 모를 '페널티'가 풀렸어. 이제 연짱으로 공격하는구만!"

"하이하 씨의 마탄 때문이겠죠? 마탄의 사수가 있으니 더 이상 페널티 없이도― 근데 하이하 씨는?"

라르크와 신나라는 고개를 돌렸다. 하이하는 어떻게 반응할 것인가.

드래곤들이 아무리 뛰어나다 하더라도 마왕이 연속 공격을 하는 이상 영원히 버틸 수는 없을 것이다.

그렇다면 적당한 시점에 퇴각을 해야 할까?

멀리서부터 반짝이는 보랏빛 파동은 점차 잔잔해지고 있었다.

그것이 마왕의 공격이 쏘아지기 직전의 효과임을 이제는 모두가 알고 있다.

"모두 조심하세요! 혹시 모르니 각자 배리어를─."

람화연은 소리쳤다. 그러나 말을 끝까지 이을 수는 없었다.

"아니! 전부 공격합니다! 마왕군 몬스터들을! 마왕의 공격을 피해 레와 지네─뱀이 없을 때, 일반 몬스터를 다 쓸어버려야 해요! 한 마리라도 더!"

바하무트와 플람므가 있는 허공을 가로지르는 블라우그룬과, 그의 등에 타고 있는 이하가 소리쳤기 때문이다.

유저들은 잠시 당황했다. 각자의 수장 곁에서 방어를 준비하던 드래곤들도 마찬가지였다.

어쩌려고 그러는 것인가. 서로가 서로에게 소모전을 펼쳐야 한다는 이야기일까.

당연히 그런 게 아니었다.

"프레아 씨이이이이이이이!"

이하가 소리치는 순간, 바하무트와 플람므의 머리 위에서 하얀 눈의 정령사가 나타났다.

"아휴우우우, 미안해요, 좀 늦었습니다아! 하지만 저 혼자서 소식을 전하는 것도 쉬운 일은 아니었─."

"그런 소리 할 때가 아니라!"

"네에, 네에, 알겠습니다!"

웃으며 나타나 여러 방향으로 소리치는 프레아를 이하가 가까스로 말렸을 때.

"오, 온다아아아아아아!"

마왕의 공격이 다시금 쏘아졌다.

이미 마왕의 공격이 행해지는 길을 알고 있던 몬스터들은 더 이상 그 근처로 모여들지 않았으므로, 이번엔 자멸하는 사태조차 일어나지 않았다.

말 그대로 순수하고 방해받지 않은 마왕의 보랏빛 파派가 도달하기 직전.

ㅡ, ㅡ, ㅡ, ㅡ, ㅡ, ㅡ, ㅡ…….

유저들은 보았다.

두 명의 드래곤 수장 곁에서 공간이 찌그러지고 있는 모습을.

그것은 단순한 텔레포트 따위가 아니었다.

"저, 저건……."

"그래서ㅡ 그래서 전투 시작부터 프레아가 보이지 않았던ㅡ."

각국 수도의 대형 홀로그램에도 또렷하게 보였다.

바하무트와 플람므의 곁에서 속속들이 등장하는 스무 개의 인영.

─────────────────────────!

그것이 무엇을 뜻하는지는 더 말할 것도 없었다.

정령왕들은 각자의 속성에 맞는 외형을 그대로 갖추고 있었으니까.

메탈 드래곤의 수장과 컬러 드래곤의 수장 그리고 각 속성 정령들의 모든 왕과 여왕들이 한자리에 강림했다.

마왕의 공격은 그들이 만들어 낸 벽을 뚫지 못했다.

"미, 믿을 수 없는…… 저게 정령이야?"

"뭐야? 정령은 12 속성 아니었어?"

"말도 안 돼……. 있을 수 없는 일이야……."

"한눈을 팔 때가 아니다, 모두 전투에 집중하라!"

그랜빌이 엄하게 꾸짖었어도 유저들은 눈을 떼지 못했다.

심지어 몇몇 유저들은 야수화 몬스터의 공격에 자신의 팔 하나가 뜯겨 나갔음에도 정령들만 바라보고 있을 정도였다.

전투를 하던 정령사 유저들은 그 자리에 주저앉거나, 성급하게 정령왕들을 향해 날아가다 괴조에게 죽임을 당하는 경우도 있었다.

이것은 그 정도로 놀라운 일이었다.

단순히 정령왕들을 현실계로 나타나게 만든 것뿐만이 아니라, 그러한 일에 '정령사' 프레아가 협조했다는 것도 눈치 빠른 유저들에겐 황당한 일이리라.

"저렇게 다 알려 줘 버리면―."

"랭커의 의미가 없지 않나? 스크린 샷은 다들 찍을― 아니, 녹화까지 다 할 텐데…….'

주변에서 수군거리는 소리에도 프레아는 아랑곳하지 않았다.

그녀는 그들을 바라보며 웃었다. 그러곤 이하를 가리켰다.

"어차피 제가 돕기로 한 남자와의 약속인데……. 그리고 저기 계신 분들은 저 때문에 나온 게 아니라 하이하 씨 때문에 나온 거니까요."

"하이하요?"

"그, 마탄의 사수?"

"네. 이히힛. 하이하 씨가 아니었다면― 제가 어떻게 저들까지 데리고 왔겠어요?"

"무슨―."

프레아는 어딘가를 다시 가리켰다. 전장의 한 편에서는 〈신성 연합〉의 일원으로 참전한 우드 엘프들이 고군분투 중이었다.

스베리예나 비욤, 휘바 등의 우드 엘프 랭커들은 자신의 종족을 보호하기에도 벅차했다.

개개인은 강하지만 역시 물밀 듯 들어오는 야수화 몬스터들의 수를 감당하기 어려웠기 때문이다.

"제길…… 급해질 경우, 주변의 인간 기사단과 규합하여―"

수가 그리 많지 않은 우드 엘프 NPC들을 규합하여 이끌고 있었으나 야수화 몬스터를 막아 내는 정도에 급급한 상황에서, 새카만 화살이 우드 엘프의 틈 사이를 뚫고 쏘아져 나갔다.

"─음!?"

"이건…….."

스베리예와 비욤 그리고 우드 엘프의 NPC들이 휘둥그런 눈으로 뒤를 바라보았다.

〈신성 연합〉의 우익을 향해 달려오고 있는 것은, 새카만 피부의 엘프들이었다.

곧 단검 두 개를 양손에 쥔 남성이 소리쳤다.

"나는 다크 엘프, 타타르! 우드 엘프와의 오랜 오해를 청산하고자 이곳에 왔다! 우리의 목숨을 너희의 옆자리에 두겠다! 이것은 우드 엘프 프레아의 제안에서부터 이루어진 대화의 신청! 너희가 받아들이지 않는다면 우리는 지금 즉시라도 돌아가겠다!"

우드 엘프들은 잠시 넋을 잃었다. 몇몇 연로한 우드 엘프 NPC들은 눈살을 찌푸렸다.

그러나 다크 엘프들을 그대로 돌려보낼 것인가?

케케묵은 오해에서 비롯되어 줄곧 이어져 온 관계를 유지할 것인가?

눈앞의 위협은 현실이다. 하물며 NPC들이 어떻게 생각하든 우드 엘프 유저들에게 있어 '다크 엘프 NPC'는 새롭게 친밀도와 업적을 개척할 수 있는 대상이 아닌가.

그렇다면 고민할 것도 없다.

NPC들이 입을 열기 전, 프레아를 제외한 가장 랭킹이 높은 우드 엘프 유저, 스베리예가 외쳤다.

"나는 스베리예, 현 우드 엘프 연합 방위 사령관의 이름으로 다크 엘프 동지들을 받아들이겠다!

오로라를 연상케 하는 빛의 기둥이 하늘로 쏘아져 올라갔다.

타타르는 스베리예와 손을 잡았다.

적어도 〈제3차 인마대전〉 도중 우드 엘프와 다크 엘프가 반목하는 일은 없으리라.

이하 또한 그 모든 장면을 보고 있었다.

—고마워요, 프레아 씨. 딱 맞춰서 왔네요.

이하는 자미엘을 정리한 후 곧장 프레아에게 부탁했다.

정령계의 정령왕들은 금방 불러올 수 있지만 그들만으로 가능할 것인가?

외따로 정령계를 떼어 내 버린 암 속성 정령왕들까지 있어야 한다는 게 이하의 판단이었다.

그리고 기왕 그들의 정령계가 위치한 다크 엘프 부락으로 간다면, 다크 엘프와 우드 엘프 간의 오해를 풀면 좋지 않겠는가.

그것도 '우드 엘프' 프레아의 이름으로 제안한다면 그들은 진정성을 믿어 줄 테니까.

　—다크 엘프들도 하이하 씨의 부름만 기다리고 있던데요,
뭐. 히힛, 하이하 씨 핑계 삼아서 암 속성 정령계도 다시 한 번
갔다 왔고……. 저도 손해 보는 일은 아니었으니까 신경 쓰지
마세요.

　프레아는 별거 아니라는 식으로 말했으나, 그녀는 사흘의
휴식기 동안 로그아웃조차 할 수 없었다.
　말 그대로 모든 것을 쏟아부어 가까스로 다크 엘프들을 설
득해 꾀어 냈던 것이다.
　모든 힘을 다해 이하를 돕겠다는 프레아는 정말로 그 약속
을 지켰다.

　—그래도…… 고맙다는 말밖에는 할 수 없네요.
　—이히힛, 그럼 나중에 결혼식에나 초대해 줘요.
　—으, 응? 네?

　프레아는 더 이상 답하지 않았다.
　속을 털어놓고 완전히 믿을 수 있는 아군이 되었다 해도, 프
레아의 기본 성격이 변하는 것은 아니었다.
　황당한 그녀의 말을 떨쳐 내고 이하는 칼라비아 언덕의 중

앙을 바라보았다.

그곳에서도 서로가 서로를 탐탁지 않아 했던 오랜 존재들이 손을 잡고 있었다.

[이프리트가 있다는 말을 들었다면 오지 않았을 텐데. 불의 정령 놈들이랑 엮여서 좋았던 적이 없거든. 역시나 이런 식이지. 오랜만에 밖에 나왔는데 또 마의 파편이나 상대해야 하질 않나―.]

[닥쳐, 오프케. 지금 네 분노가 표출돼야 할 대상은 내가 아닐 텐데. 분노의 정령왕이 그 정도 판단도 못 하는 건 아니겠지?]

[흘흘, 할시즈릭. 오랜만이구만! 그렇게 축 쳐져 있지 말고 기운 좀 내 보라고! 오늘만큼은 무력해서는 안 되지 않겠나.]

[……엘라임, 너야 인어니, 용궁이니 들리는 소문만으로도 현실계 적응을 마쳤더군. 그렇게 정력적으로 돌아다니는 건 내 성격에 안 맞아…….]

서로의 성향이 맞지 않아 정령계까지 분리해 냈던 암 속성 정령들이 투덜거렸지만 그들끼리 싸우는 사태는 벌어지지 않았다.

"자, 그럼 우리는 우리의 일을 합시다."

바하무트는 말다툼을 하는 정령들 사이를 비집고 들어가며 웃었다.

중재자가 있는 데다 보는 눈이 얼마인가.

"그래야지요. 이곳에 있는 아이들아, 에얼쾨니히의 공격은 정령계의 수장들과 바하무트, 그리고 내가 맡을 터이니 너희들은…….”

플람므는 뒤를 돌아보며 말했다. 컬러 드래곤 장로의 눈은 한곳에만 머물지 않았다.

이하는 그녀의 눈초리를 쫓을 수 있었다.

그녀는 비단 컬러 드래곤뿐만이 아니라 메탈 드래곤과 팔레오, 인간과 우드 엘프, 다크 엘프, 드레이크와 인어들을 비롯하여 칼바리아 언덕에 모인 모든 〈신성 연합〉의 존재들을 두루 살피는 중이리라.

지금 해야 할, 가장 큰 임무를 위해서.

“레를 죽이거라. 마의 파편이 낳은 아이를 없애고 난다면—.”

“그다음은 에얼쾨니히에게만 집중할 수 있겠죠.”

이하가 말했다.

바하무트가 잠시 뒤를 돌아 이하를 보았다.

푸근하게 웃는 노인의 미소는 혼란한 전장에서 찾을 수 있는 정답이었다.

————, ————, ————!

정령왕들과 바하무트 그리고 플람므의 모습은 곧 사라졌다.

그들이 전장 곳곳으로 녹아들고 얼마 지나지 않아, 〈신성 연합〉을 보호할 만한 거대한 배리어가 생성되었다.

달려오던 야수화 몬스터들과 괴조들이 움찔거렸으나 그것들은 그대로 배리어를 밀고 들어왔다.

오직 하나의 공격만을 막기 위해 만들어진 배리어는, 일반 몬스터들까지 밀쳐 내진 못했다.

그러나 '오직 하나의 공격'만을 제대로 막아 준다면?

마왕 에얼쾨니히로부터 다시 한 번의 파가 쏘아졌다.

기정은 방패마저 내리고 마왕의 파를 정면으로 바라보았다.

그러곤 소리 질렀다.

"넌 이제 끝났어, 마왕————————————!"

보랏빛 파는 기정의 눈앞에서 소멸되었다.

어찌할 수 없었던, 자연재해와도 같은 그의 공격에 대한 분노의 표출.

보는 이마저도 통쾌한 감정을 느끼게 하는 기정의 포효에, 모든 유저들은 확신을 가졌다.

그리고 확신이 용기로 변하기까지는 그리 오랜 시간이 걸리지 않았다.

당분간 마왕의 상대는 미뤄도 된다. 그렇다면 해야 할 일은 지극히 간단한 것이었다.

"다 밀어 버리자!"

"어차피 푸른 수염은 랭커들이 맡아 줄 거 아냐!? 우리는 이 몬스터 찌끄레기들만 없애면— 그러면 〈제3차 인마대전〉의 승자가 된다!"

"업적이며, 보상이며, 전부 다 먹는 거라고!"

우월한 전력비였음에도 사기에 눌려 밀리던 방어선이 단단해지기 시작했다.

혹시 모를 습격에 대비하기 위해 방어에만 급급하던 때와는 달랐다.

유저들은 조직적이고 전략적인 태도를 취할 수 있게 되었다.

방어선이 밀리는 데 가장 큰 위협이었던 〈제2차 인마대전〉의 중간 지휘관급 몬스터와 그 부하들을 '인던 레이드'의 방식으로 접근하기 시작한 게 가장 큰 변화였다.

"다 죽여 버려!"

"어차피 필드 보스의 팔레트 버전이잖아! 우리 길드도 라이칸스로프 보스는 몇 번이나 잡아 봤어!"

지금까지는 푸른 수염이나 마왕의 공격을 암암리에 견제하느라, 제대로 된 방어 전선이 펼쳐지기 시작한다면, 일반적인 몬스터를 막아 내는 건 무리가 아니리라.

랭커들도 갑작스레 전진하기 시작하는 방어선을 보며 마음을 다잡았다.

마왕의 공격은 당분간 신경 쓰지 않아도 된다.

일반 유저들도 자신의 자리에서 온 힘을 다하고 있다.

"그렇다면 우리 차례라는 의미지. 레, 이제는 이 전투를 끝낼 때가 되었다."

[모든 정령들이 힘을 합한 이상, 에얼쾨니히라 해도 함부로 다가올 수는 없을 터. 나와 나의 교우는 이제 너에게 정의를 집행하리라.]

마탑의
사수

그러므로 알렉산더와 베일리푸스는 자리를 잡았다.

그들의 주위로 랭커들이 뭉쳤다.

칼바리아 언덕 중앙에 〈신성 연합〉의 주요 인물들이 모두 모여 있었다.

──────────────────…….

근방에서 연보랏빛이 터졌다.

지네-뱀과 언데드 삐뜨르를 데리고 레는 다시 돌아왔다.

그의 표정은 변함이 없었다. 초조해하거나 불안해하지 않았다.

"끌끌, 자네들이 나를 죽이는 게 빠를까. 내가 '다음 대의 바하무트'를 만드는 게 빠를까. 겸사겸사 컬러 드래곤의 장로도 교체하면서 말이지. 뭐가 바뀔 것 같나?"

레를 상대해 본 유저들이 느꼈듯, 지금의 푸른 수염은 기존 세 기의 마왕의 조각 모두와 상대한다는 기분이 들 정도로 강했으니까.

그리고 레 자신이 그 강함을 이해하고 있었으니까.

레의 한마디는 단단해졌던 유저들의 각오에 금을 내었다.

실제로 상황이 크게 바뀌었는가? 오히려 냉철한 유저들일수록 계산을 빠르게 마쳤다.

정령왕들과 각 드래곤 종족의 수장까지 등장한 것은 마왕을 막기 위함이다.

결국 푸른 수염과의 전투는 지금까지처럼 할 수밖에 없다는 뜻이기도 하다. 랭커들은 그 사실을 잘 알고 있었다.

불과 조금 전까지 푸른 수염을 막아 내는 데만도 벅차지 않았던가.

이렇게 자세를 잡는다고 갑자기 강해질 수 있을까.

랭커나 아웃사이더 중 몇몇 유저들은 이렇게 생각했다.

그러나 한 사람은 달랐다.

철컹, 철컹, 철컹.

"아까랑은 다를걸, 푸른 수염."

풀-플레이트 메일과 커다란 방패를 든 기정이 쇳소리를 내며 걸어왔다.

푸른 수염은 그를 보며 고개를 갸웃거렸다.

"음? 홀리 나이트? 무엇이 다르다는 거지?"

전장이 바뀌지 않았다고? 상황이 바뀌지 않았다고?

기정은 알고 있었다. 단 한 사람의 참전만으로도 상황이 완전히 뒤바뀔 수 있음을.

"아까는 없던 사람이 끼어들었으니까."

기정은 웃으며 하늘을 향해 검지를 치켜들었다.

그의 얼굴 위로 그림자가 졌다.

기정의 머리 위에서, 블라우그룬이 날개를 펄럭이고 있었다.

"……하이하인가."

레는 치아를 짓이기며 말했다.

블라우그룬의 위에서, 이하는 레를 향해 블랙 베스를 겨눴다.

"그래. 감당할 수 있겠어, 레? 나는 마탄의 사수다."

이하는 위풍당당하게 말했다. 일말의 불안감이나 초조함 따위는 보이지 않았다.

키드와 루거가 오히려 흐뭇한 미소를 지을 정도의 자신감이었다.

그러나 마왕의 조각은 달랐다.

"늦었어, 하이하."

"뭐?"

그의 웃음을 보며 라르크와 람화연 그리고 신나라 등이 입술을 지그시 깨물었다.

그들도 눈치챌 수 있는 점이다.

"너…… 이제 《마탄》 못 쏘잖아. 끌끌, 어르신을 속이기에는 아직 사회 경험이 조금 부족한 것 같군."

하물며 최고급 AI인 푸른 수염이 모를 리가 없다.

마탄을 쏠 거였다면 진작 쐈어야 했다. 아니면 마탄에 대한 이야기조차 꺼내지 않거나.

마탄을 사용할 거다, 내 말을 들어라, 라는 식의 협박을 할 만한 시점은 아니다. 이미 〈제3차 인마대전〉은 한참 진행 중이며 더 이상 대화로써 무언가를 풀어 갈 사안이 없다.

즉, 마탄의 사수라고 밝히거나 협박할 필요 없이 마탄의 사수라면 마탄을 반드시 사용했어야만 하는 시점이라는 뜻이다.

그런데 지금까지 아무런 행동도 않다가 이제 와서 마탄의 사수라고 밝힌다고?

그런 게 아무런 의미가 없다는 것을 레는 이미 이해하고 있었다.

"그래서?"

그리고 이하 또한 그 점을 알고 있었다.

푸른 수염이 그 정도의 생각을 못 할 AI가 아니다.

심지어 마탄을 쏠 수 없는 상황, 결국 최후의 한 발만이 남았다는 걸 푸른 수염이 깨달았다는 걸 알았음에도 이하의 표정은 변하지 않았다.

"음? 그래서라니? 마탄도 못 쏘는 네가— 나를 맞출 수 있을 것 같나?"

레가 이죽거렸다. 자신의 '기능'을 완벽히 숙지하고 있을 때 나오는 자신감.

곁에 있던 루거와 키드가 괜스레 레를 겨눠 보았으나 레는 그쪽을 바라보지도 않았다.

원거리 공격에 대한 자동 회피 기능만으로도 부족해 그에게 자동 방어 기능까지 더해지지 않았던가.

〈자계사출포〉를 손으로 잡아 우그러뜨리는 그에게 더 이상 일반 원거리 공격은 의미가 없을 것이다.

"물론. 푸른 수염, 너는 내가 죽인다."

그럼에도 이하에겐 계획이 있었다.

이하는 어딘가를 바라보았다. 마왕의 파가 쓸고 간 〈신성
연합〉의 최좌익. 그 근방에 있는 중-좌군의 전선이었다.

이하의 말을 들으며 푸른 수염이 웃었다.

"그래, 그렇단 말이지. 그럼…… 우리 하이하 군의 재롱 잔
치에 어울려 주도록 하지."

지팡이를 겨드랑이에 끼우고 그는 이하를 향해 박수를 쳤다.

짝.

짝.

그리고 세 번째 짝, 소리가 나야 할 타이밍에, 레의 모습은
사라져 있었다.

전투가 시작됐다.

Geschoss 7.

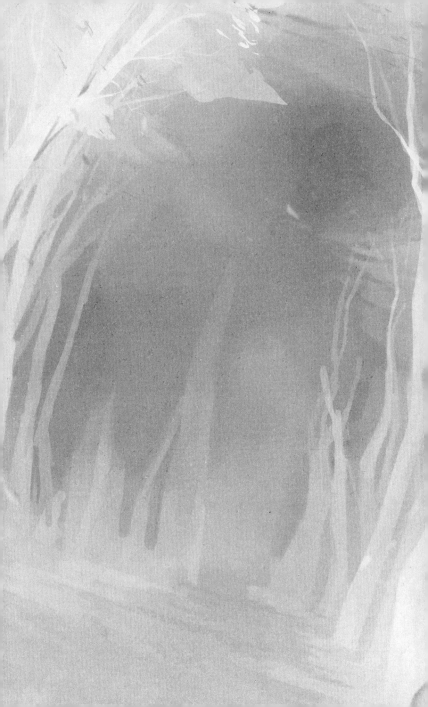

레는 교묘하고 또 치열하게 전투했다. 현재 이곳에 있는 탑 텐 랭커만 몇 명이나 되는가.

1위 알렉산더와 5위 페이우, 7위 람화정, 8위 프레아, 9위 신나라.

거기에 레벨만 랭커가 아닐 뿐, 랭커에 준하는 능력을 지닌 인간은 또 몇 명이나 되는가.

키드와 루거, 기정, 라르크뿐만이 아니다. NPC 중 〈뱀파이어 베르튜르 기사단〉에 더해 총사대의 찰스까지도 있다.

하물며 드래곤은?

바하무트와 플람므는 참전이 불가능하다지만 다른 드래곤들은 다르다.

야수화 몬스터 등 일반 마왕군 몬스터를 담당하기 위해 곳곳에 흩어진 드래곤을 제외하고라도, 베일리푸스와 블라우그룬, 젤레자. 그 외에도 메탈과 컬러 드래곤 도합 7기가 있다.

즉, 어덜트급 이상의 드래곤만 10기나 된다는 의미다.

"재미있군! 도대체 피로트―코크리와 기브리드는 어떻게 죽었나!? 이 정도 능력으로 죽어 버릴 친구들이 아니었을 텐데!?"

그 모든 〈신성 연합〉의 힘이 합해져도 푸른 수염은 제압하기 어려웠다.

[〈블러디―〉]

[〈미드나잇 크레센트〉.]

[컥― 어, 어느새―.]

스킬을 사용하려던 드래곤의 날갯죽지에 삐뜨르의 손톱이 파고들었다.

어디서 나타났는지, 어떻게 사라졌는지는 삐뜨르를 상대하던 유저들조차 의문인 점이었다.

"삐뜨르! 치잇, 페이우 씨! 이쪽으로 몰아 주세요!"

"끌끌, 나조차도 저 녀석을 잡는 데는 애를 썼지. 단순히 속도만 빠른 놈이 아니더군."

언데드 삐뜨르나 지네―뱀의 존재가 바로 그 이유였다.

레 스스로의 힘도 강한 데다, 주변의 자원을 완벽하게 활용하고 있었기 때문이다.

"크흠, 쉽지가 않소, 신 여사! 키드 소협이 공격으로―."

페이우가 황급히 언데드 삐뜨르를 쫓으려 했으나, 그는 드래곤 한 기의 스킬을 봉해 놓고는 곧장 다른 곳으로 튀어 올랐다.

페이우는 황급히 키드에게 도움을 요청했지만 키드라고 뾰족한 수가 있는 게 아니었다.

―, ―, ―, ―, ―, ―, ―…….

"나의 모든 공격은 읽히고 있습니다. 그렇게밖에 생각할 수 없습니다."

삐뜨르가 유저였다면 모를까, 지금은 언데드다. 보유하고 있는 '모든 스킬'을 아낌없이 사용한다는 의미다.

설령 다른 유저가 자신의 스킬의 구조나 능력에 대해 눈치챌까, 아끼는 법이 없다는 뜻.

'이동 속도'라는 측면에서 한 가닥 하는 유저들이 달려들어도 언데드 삐뜨르를 상대하기 힘든 이유였다.

거기에 드래곤들의 마법은 어떠한가.

[마나는 무한정이 아니다, 모두 푸른 수염에게만 집중할 수 있도록!]

[크으― 하지만 저 대형 몬스터에게 가려져서 타겟팅이…….]

[움직임을 종잡을 수 없습니다, 베일리푸스 님.]

푸른 수염은 드래곤들의 마법이 쏘아질 타이밍이 되었을 땐 항상 지네-뱀을 방패막이로 사용했다.

웬만한 수준의 화염 속성이나 냉기 속성 마법들은 지네-뱀의 움직임을 잠시 봉하는 정도의 타격을 입혔지만 그뿐이었다.

"끌끌, 핵이 나에게 있는데 자꾸 이것만 때려서 뭐 하나. 인간들처럼 허수아비를 치면서 훈련부터 다시 하는 게 어떻겠나? 도마뱀들."

파손된 부위는 금세 복원되었고, 그때마다 지네-뱀이 날뛰어 기정, 라르크, 루거 등과 같은 유저는 지네-뱀의 폭주를 막기 위해 애써야 했기 때문이다.

마왕의 공격을 막기 전과 비교하면 실제로 전황이 바뀐 것은 없다.

이하가 참전해도 마찬가지였다.

〈다탄두탄〉도 먹히지 않는다. 보유하고 있는 거의 모든 스킬은 소용이 없다.

투콰아아아─────……!

일반 공격은 당연하다.

"하이하, 아직도 모르겠나! 네 녀석이 아무리 멍청해도 지금쯤은 학습이 되었을 줄 알았는데!"

투콰아아아─────……!

"오호, 고맙군. 네 녀석의 공격이 아니었다면 알렉산더 녀석의 창에 찔릴 뻔했어. 끌끌!"

원거리 공격에 대한 완벽한 회피는 유저들의 공격에 혼선을 만들기 충분했다.

과연 이런 흐름으로 괜찮은 것일까. 상황만 놓고 보자면 그러한 생각을 떠올리기에 충분할 정도로 비관적이었다.

그러나 그 어떤 유저도, 심지어 드래곤을 비롯한 NPC조차도 이하를 바라보지 않고 있었다.

이하가 무언가를 할 것이다.

그 자신이 내뱉은 말을 지킬 것이라는 믿음은 이미 모두에게 번져 있었으니까.

알렉산더는 말했다.

"하이하는 너에게 정의를 집행할 방법을 찾고 있을 것이다, 레."

"그걸 믿나? 쯔쯔쯔…… 그래도 인간 중에는 네가 제일 강하다고 알려졌던 것 같은데, 알렉산더. 볼 장 다 봤군."

"그런가? 그를 몇 번이나 겪어 놓고도 믿지 않는 네가 이상한 것 같은데."

"건방진―."

레는 알렉산더의 공격을 가볍게 피했다.

살벌한 기운이 담긴 지팡이를 알렉산더의 등에 내지르려는 순간, 백은의 페가수스가 쇄도했다.

"우햐햐햣! 푸른 수염! 저놈은 말이지, 내가 가장 아끼던 제자 세 놈이 공히 인정한 이상한 놈이거든! 나조차도 이름을 까먹은, 심지어 지금도 제대로 생각나지 않는 '류드밀라'라는 존재를 알아 왔단 말일세! 내 연인이었다는데, 우햐햐햣, 그거 알고 있나!?"

"인간 노인이 갖는 싸구려 추억 따위 아무 관심도 없네. 끌끌."

찰스의 초근접 더블 배럴 샷건을 우습다는 듯 막아 내며 그는 크게 뒤로 도약했다.

그곳에선 온몸이 타오르는 수인이 주먹을 내지르고 있었다.

"쯔쯔, 이프리트가 저곳에서 죽을 똥을 싸고 있는데, 이프리트와 계약한 네 녀석이 나에게 상처나 입힐 수 있다고 생각했나?"

[그것은 해봐야 아는 법이지. 나는 나의 소울 메이트와 최선을 다할 뿐이다.]

이하가 소환했던 '꼬마'가 수인화를 마쳐 공격을 개시하는 중이었으나, 그것 또한 녹록지 않았다.

정령왕들이 현실계에 강림하여, 정령사들도 자신들의 힘을 발휘하지 못하고 있었다. 꼬마라고 다를 바는 없었다.

고착되어 가는 전황 속에서 블라우그룬이 걱정스러운 표정으로 말했다.

[하이하 님……. 고매하신 분들께서 마왕의 공격을 막고 있다지만— 그리 오래가진 않을 겁니다.]

"응, 알아요. 다들 우리가 긴장할까 말씀 안 하시고들 있는 거겠지."

이하도 인지하고 있는 사실이었다.

마왕의 공격은 계속해서 쏟아지고 있었다.

배리어가 마왕의 공격을 막아 내는 소음은 점차 커져 갔다.

그 주기는 짧아지고 있었고, 심지어 두 발이 연속으로 쏘아질 때도 있었다.

'단순한 힘겨루기일수록 더욱 그럴 거야. 마왕은— 아직 다른 패턴의 공격은 시도조차 하지 않고 있으니까. 힘만으로도 깨부술 자신이 있다는 뜻일 거다.'

정령왕과 드래곤의 수장들이 모든 힘을 다하는 것도 역시 한계가 있을 것이다.

그렇다면 그전에 푸른 수염을 잡아야만 하건만, 마왕의 조각 셋을 합쳐 놓은 수준의 몬스터를 어떻게 죽일 수 있을까.

이하는 갑자기 헛웃음이 터졌다.

"하핫, 웃기지 않아요? 푸른 수염 저거, 에얼퀴니히보다 더 센 것 같은데. 진짜 처음 등장했을 때부터 지금까지, 한결같이 대단한 몬스터이긴 해."

이하도 자신이 가진 거의 모든 수를 사용한 상태였다.

〈시간을 꿰뚫는 명중〉은 여전히 사용 불가능이다. 애당초 원거리 공격이 통하질 않으니, 이하는 사실상 무용지물이나 다름없다.

무엇보다 이곳에 있는 자들은 이하의 지시가 없어도 알아서 잘하는 유저들이지 않은가.

기정이 자신만만하게 말한 것치고, 아직 이하가 보여 준 성과는 아무것도 없었다.

[우, 웃음이 나오십니까? 하이하 님의 말씀처럼 푸른 수염

을 묶어 놓기 위해 최대한 노력해 보고 있지만— 그것도 여의치 않습니다. 속박 마법만 사용한다면 놈이 눈치챌 것이고……. 다른 마법과 섞어 사용한다면 아무리 드래곤 하트라도 마나의 제약이—.]

"응, 괜찮아요."

그럼에도 이하는 여유가 있었다. 이하는 걱정하는 블라우 그룬을 보며 웃어 주었다.

[괜찮다고요?]

그러곤 곧 다른 방향을 바라보았다. 레와의 전투가 시작되기 직전 바라봤던 장소.

"네. 아까 연락이 왔었거든요. 저도 잊고 있었는데…… 하여튼 대단한 사람이야."

[무슨…… 말씀이신지.]

"자기 자리에서도 엄청 바빴을 텐데, 그 와중에 중앙 전장까지 시야에 두고 있었다는 뜻이죠. 으음, 진짜 적으로 삼으면 제일 피곤한 사람이지 않을까? 앞으로 적이 될 일은 많지 않겠지만."

이하가 푸른 수염에게 당당하게 말할 수 있었던 이유는 단순히 《마탄의 사수》가 되었기 때문만은 아니었다.

어차피 원거리 공격이 통하지 않고, 마탄이 없는 이상 레를 상대하는 건 〈하얀 사신〉일 때와 큰 차이가 없지 않은가.

그 와중에 이하의 머릿속에 들려왔던 것은 한마디의 물음

뿐이었다.

—이제야 마왕의 공격을 신경 쓰지 않을 수 있겠군요. 그럼 하이하 씨, 푸른 수염, 일격에 죽일 수 있습니까? 두 번은 안 됩니다.

이하는 그 귓속말을 듣자마자 생각했다.
푸른 수염에게는 그 어떠한 스킬이 들어가도 '원거리 공격'은 통하지 않을 것이다.
'무슨 막 나비로 변해서 피한 적도 있다고 했지. 그렇다면 역시…… 하나밖에 없어.'
자신의 스킬 셋을 충분히 확인한 후, 이하는 그 가능성에 대하여 답변을 주었다.
그리고 그자는 말했다.

—알겠습니다. 그럼…… 최대한 푸른 수염의 시선을 끌어 주세요.

이하가 푸른 수염의 앞에서 당당한 태도를 보인 것도, 굳이 마탄의 사수와 마탄을 언급한 것도, 지금처럼 블라우그룬이

나 '꼬마'까지 총동원하여 하이하 사단으로 레를 공격하고 있는 것도.

무엇보다 주변의 다른 유저들에게 아무런 협조 요청이나 작전 계획에 대해 발설하지 않은 것도.

"자연스럽지 않으면…… 레는 절대로 속지 않을 테니까. 혜인 님, 지금요."

모두 지금 펼칠 한 가지 수를 위함이었다.

여전히 눈치를 챈 자는 아무도 없었다.

웃으며 날뛰는 푸른 수염의 얼굴을 보며 이하는 지그시 입술을 깨물었다.

"끌끌, 에얼퀴니히 님의 공격은 차츰 강대해지고 있다. 로페 대륙을 정리하고 나면 정령계 녀석들도 언젠가 혼쭐을 내주고자 했는데, 이참에 다 같이— 음?"

푸른 수염은 알렉산더의 공격을 피하고, 페이우의 다리를 지팡이로 꿰려 했다.

날카로운 공격이 쏟아지기 직전, 전황의 한가운데에서 연보랏빛이 번쩍였다.

─────────────……!!!!

펑퍼짐한 로브를 흩날리며 허공에 뜬 남성은 왜소했다.

그러나 푸른 수염이 그를 바라본 순간, 주변의 유저들이 그를 인지한 순간, 로브가 갈기갈기 찢어졌다.

"〈프리덤-스페이스〉! 이제 공중에서도 뛸 수 있을 겁니다!"

옷에 가려져 있던 근육질의 거체를 드러내자, 혜인은 그를 향해 스킬을 사용했다.

그는 페이우처럼 공기를 밟으며 곧장 달리기 시작했다.

"레에에에에에에에에—!"

이하와 혜인이 준비하던 한 수, 그는 바로 샤즈라시안의 자이언트, 카렐린이었다.

공격을 실패한 알렉산더는 레에게서 멀어지고 있었다.

페이우는 잠시 주춤한 레의 공격에서 겨우 다리를 빼내고 뒤로 빠지는 중이었다.

말하자면 그것은, 푸른 수염이 온전하게 카렐린에게 집중할 수 있는 몇 안 되는 순간이라는 의미였다.

"이런, 어디서 또 웃기지도 않은 고릴라가—."

푸른 수염의 움직임은 지금까지의 전투에서 몇 번이나 보였던 패턴이었다.

알고도 막을 수 없는, 근접 딜러들의 뒤로 자연스레 돌아가 발차기를 먹이거나, 왼손으로 후려치는 공격.

지금까지는 그 누구도 피할 수 없었다. 그것은 카렐린도 마찬가지였다.

그의 공격을 '피하는 것'은 불가능했다.

그러나 카렐린은, 카렐린만이 가능한 기술이 있다.

틱.

피할 수 없다면 애초부터 피하지 않으면 된다.

"음!?"

"엇?"

"어……?"

그 찰나를 모두가 보았다. 푸른 수염의 몸이 덜컥, 멈춰 버린 장면을.

카렐린의 시선은 완전히 푸른 수염을 놓치고 있었지만 근육이 완전히 팽창해 버린 그의 팔은, 레의 왼팔을 단단히 붙잡고 있었다.

"후우우…… 레, 당신만 '자동 반사'를 하는 게 아닙니다. 저도 '제 거리' 안에 들어온 것은— 자동으로 잡을 수 있거든요."

탄환조차도 자신의 범위 안에 들어오면 100%의 확률로 발동해 버리는 자동 반사 판정!

미들 어스의 시스템 간 다툼이 있다면 그것은 어떻게 작동할 것인가?

카렐린은 '원거리 공격 회피'라는 푸른 수염의 판정을 이해한 순간부터 자신의 판정과의 상하 관계를 계산한 상태였다.

그러나 사용할 수 있는 것은 단 한 번, 실패한다면 푸른 수염은 두 번 다시 자신에게 잡혀 주지 않을 것이다.

그 한 번이 가능할 것인가.

푸른 수염의 표정이 삽시간에 일그러졌다.

걱정과 불안, 초조와 두려움이 일순 스쳐 지나간 얼굴로 마

마탑의 사수

왕의 조각이 분노하고 있었다.

"인간 따위가 감히 나를!? 네 팔의 모든 정기를 뽑아 주마!"

쉬이이이이이……!

벌써 카렐린의 팔에선 검은 연기가 뿜어져 나오고 있었다.

알렉산더의 창에 가했던 것과 같은 스킬에, 카렐린의 시야는 금세 어두워졌다.

"괜찮아요. 그것도 한 2초 이상은 걸리겠죠? 그럼 충분합니다."

그럼에도 그는 웃고 있었다.

카렐린의 등 뒤이자 푸른 수염이 바라보는 정면에서 다시 한 번 연보랏빛이 반짝였다.

두 번은 쓸 수 없는 작전을 사용하기로 마음을 먹게 된 이유가 그곳에 있었다.

다가오는 자를 보며 푸른 수염의 눈이 휘둥그레졌다.

"나를— 쏠 수 있겠어? 그 도박을 할 수 있나, 하이하!"

그는 새파란 콧수염을 부르르 떨며 소리쳤다. 자신이 어떤 상황에 처해 있는지 알았으면서도, 그는 웃었다.

이하는 블랙 베스를 들고 있었으니까.

"벌레만도 못한 네놈들의 목숨이라지만, 이런 희생을 강요해서 도박을 하겠다고?!"

원거리 공격은 통하지 않는다.

너는 날 쏠 수 없다.

푸른 수염이 말하고자 하는 바는 단순했고 명료했다. 주변의 유저들도 그 점을 알고 있었다.

알렉산더나 페이우가 다시금 근접 공격을 시도하려는 것도 그러한 이유였다.

카렐린이 잡아 준 한순간이 있다면, 어쨌든 유효한 공격을 한 번은 가할 수 있다는 의미가 아닌가.

괜히 이하가 방아쇠를 당겨 버린다면!? 푸른 수염은 아무런 피해도 입지 않고 카렐린만 죽을 것이다.

이러한 기회는 다시 돌아오지 않을 가능성이 있다.

"당연히 도박은 안 하지. 내가 바보야?"

즉, 이하가 방아쇠를 당길 일은 없다는 뜻이다.

카렐린과 가장 먼저 나눴던 대화가 바로 '이 상태'일 때의 처리 방식이었으니까.

푸른 수염의 표정은 더욱 일그러졌다. 그와 반대로 푸른 수염에게 쇄도하며 가까워질수록 이하의 표정은 밝아졌다.

"미친놈에겐 몽둥이가 약이라는 말이 있거든? 미들 어스 최고의 미친놈인 푸른 수염, 네 녀석에게 딱 어울리는 말이라는 뜻이야!"

"뭣―."

레는 무어라 반박조차 하지 못했다.

미들 어스 유저 중 '가장 높은 민첩 스탯'을 지닌 이하의 동작은 번개와 같았다.

"그리고 머스킷티어가 꼭 쏴야만 하는 게 아니라는 것은 1레벨 때부터 알고 있었어! 쇠구슬 아끼려고 내가 뭔 짓을 했었는지 보여 주마, 레!"

조금 전까지 블랙 베스의 총구로 레를 겨누고 있던 이하는, 어느새 블랙 베스를 뒤집어 잡은 상태였다.

저격총의 기다란 총신을 잡고 개머리판이 있는 부분을 있는 힘껏 뒤로 젖힌 자세.

마치 야구 선수처럼 푸른 수염을 향해 달려가는 이하를 보며, 모든 유저들이, 심지어 푸른 수염마저도 믿을 수 없다는 표정을 짓고 있었다.

만약 카렐린의 시야가 정상적이어서 이하의 포즈를 볼 수 있었다면 그는 힘이 풀려 레를 놓치고 말았으리라.

지금 이 시점에서 이하의 행동을 믿어 주는 것은 단 한 사람뿐이었다.

"설마…… 그때, 그 스킬……?"

대형 홀로그램에 화면을 송출하던 페르낭은 헛웃음을 터뜨렸다.

"하핫. '주신의 불을 내리는' 하이하라……."

에즈웬의 교황청에서 이하가 스킬을 획득할 때, 그 곁에 있었던 유일한 유저는 이미 눈치를 챘다. 이하가 어떤 스킬을 사용할 것인지.

이하는 소리쳤다.

"〈심판의 불〉!"

따아아아아─────────ㄱ!

칼바리아 언덕에서 경쾌한 소리가 울려 퍼졌다.
"하— 하이하…… 아흘로의— 불을……."
블랙 베스의 개머리판은 푸른 수염의 안면을 완전히 짓이
기고 있었다.
꾸겨진 입으로 소리를 내던 푸른 수염의 머리는 삽시간에
타올랐다.

〈심판의 불〉
설명: 이것은 아흘로의 음성에서 만들어진 불이나, 내가 사용하는
무기이기도 하다. 모든 신화를 초월하여 태울 수 있는 불로 신의 뜻
을 대신하리라.
효과: 신화 등급 몬스터 1기 제거
　　　 (단, 대상의 피부에 공격의 불길이 닿아야 하며, 의복, 방어
　　　 구, 무기, 방어용 스킬 등 기타 방어 확정 시 해당 스킬 효과
　　　 는 적용되지 않고 일반 공격에 준하여 적용됩니다.)
마나: 1
지속 시간: 즉시

[마왕의 조각, 푸른 수염: 레가 처형되었습니다.]

[기여율 산정 이후, 〈신성 연합〉의 이름으로 보상이 주어집니다.]

이하의 몸에서 새하얀 빛이 뿜어져 나오고 있었다.

그것을 보며 두 사람이 중얼거렸다.

"쳇, 결국 해냈군. 게다가 저 스킬은— 도대체 언제 얻은 거지? 망할 놈이, [명중]이면 [명중]답게 해냈어야—."

"……그가 삼총사의 스킬을 사용하지 않아 삐지기라도 한 겁니까."

"뭐, 뭣? 삐지긴 개뿔이나! 그저—."

"나도 당신의 마음은 이해합니다. 하지만……. 명중할 수 없는 상대를 명중시켰다면, 결국 그것이야말로 삼총사의 [명중]이 아니겠습니까. 엘리자베스도…… 수단과 방법을 가리지 않고, 근거리와 원거리를 가리지 않고 [명중]시키길 원했을 겁니다."

키드는 이하를 바라보다 모자를 눌러썼다.

괜히 투덜거리던 루거도 결국 납득해야만 했다. 키드의 말솜씨 때문만은 아니었다.

"하여튼 혓바닥 굴리는 거 하나는— 응? 뭐야, 너 우냐?"

"무슨 소리인지 이해할 수가 없습니다."

떨리는 키드의 목소리.

북받쳐 오는 감정을 드러내는 [속사] 때문에, [관통]도 괜히 묘한 기분이 들었기 때문이다.

"크흠, 큼! 흠흠, 마왕의 조각—을……."

루거는 몇 번이나 목청을 가다듬었다. 하마터면 갈라질 뻔한 목소리를 겨우 바로잡고서야 그는 말을 이었다.

"우리가 한 놈씩 맡아서 죽였다고 말해 주면 좋아했을 텐데."

목적어가 빠져 있었으나 루거가 누구를 이야기하는지는 충분히 알아들을 수 있는 일이었다.

[관통]과 [속사]와 [명중].

루거는 머스킷 아카데미 시절을 떠올렸다.

그들의 시야 끝에 이하가 보였다.

키드는 결국 고개를 돌렸다. 루거도 괜히 하늘을 올려다보고 있었다.

"제기랄, 엿 같은 상황이군."

셋이서 이 감정을 나누고픈 마음이 왜 없을까. 그러나 '폭주율'이 있는 이상 다가가는 게 민폐라는 걸 아는 그들은, 그저 멀리서 이하를 바라볼 수밖에 없었다.

키드는 조용히 읊조렸다.

"방법이 아예 없지는 않을 겁니다."

"뭐? 방법이 있나?"

루거의 물음에 키드는 그를 바라보았다. 두 사람이 소곤거렸다.

마왕의 조각이 모두 죽은 전장이었다.

[레벨이 올랐습니다.]

[레벨이 올랐습니다.]

[레벨이 올랐습니다.]

[마왕의 조각 제거—푸른 수염, 레 업적을 획득하였습니다.]

[마의 파편과 조각 사이의 무언가 업적을 획득하였습니다.]

푸른 수염의 머리부터 시작된 불길은 곧장 그의 몸을 태워 버렸다.

잡고 있던 대상을 놓친 카렐린이 허공에서 비틀거렸다. 어느새 텔레포트로 이동한 혜인이 그를 부축했다.

블라우그룬의 마법 덕에 허공에 떠 있을 수 있는 이하도 그대로 공중에 주저앉은 자세였다.

"혀, 형!"

달려가는 기정을 향해, 블라우그룬은 천천히 이하를 하강시켰다.

이러한 일이 일어나고 있음에도 아직 주변에서는 입을 뗀 유저가 없었다.

지금 무슨 일이 일어난 거지?

그들이 상황을 받아들이기까지는 시간이 조금 더 필요했

다. 오히려 먼저 반응한 것은 전장에 있는 유저들이 아니었다.

퓌비엘의 수도나 미니스의 수도 그리고 샤즈라시안과 크라벤의 수도에 설치된 대형 홀로그램을 보며 저레벨 유저들과 취재진들은 떨리는 몸을 가누지 못하고 있었다.

"레— 레가— 푸른 수염이—."

"죽었습니다! 완벽한, 확정적인, 시스템 알람을 통해! 푸른 수염은 죽었습니다! 최후의 마왕의 조각이자, 최초의 마왕의 조각이었던 푸른 수염이 마침내 죽었습니다!"

와아아아아————————ㄱ!

이겼다——! 끝났어! 끝났다고!

"그나저나 방금 뭐가 어떻게 된 거야!?"

"빠따! 빠따질을 했던 것 같은데? 그게 마탄인가?"

취재진의 포효를 시작으로 모든 유저들이 소리를 질렀다. 줄곧 침체되어 있던 각국의 수도에서 환희의 함성이 울려 퍼졌다.

아이템을 집어 던지고, 옆에 있는 동료를 끌어안으며 그들은 흥분을 주체하지 못하고 있었다.

"아아아—! 마탄의 사수, 하이하! 어디까지 가는 겁니까! 또다시 레벨 업이라면 이제 그의 랭킹은 어떻게 되는 겁니까!"

"〈제3차 인마대전〉의 균형이 급속도로 기울기 시작했습니다, 여러분! 이제 적이라고 부를 만한 존재는 고작 하나, 마왕! 에얼쾨니히뿐입니다아아아!"

"그 증거로 지금, 지네-뱀의 거체가 무너지고 있습니다. 아아, 과거 사망했던 마왕군 유저들의 사체와— 몬스터들의 사체 더미로 이루어진 지네-뱀의 거체가! 해체되는 중입니다!"

잔뜩 상기된 얼굴로 카메라를 바라보며 떠드는 취재진의 말도 일리는 있었다.

푸른 수염은 죽었다. 지네-뱀의 거체는 분해되어 사라지는 중이었고, 언데드 삐뜨르의 모습 또한 순식간에 증발하며 사라졌다.

현 마왕군 전력의 가장 큰 축이 사라진 것은 사실이라는 뜻이다.

"성하……."

"과연……. 과연 그는 주신께서 내려 주신— 제가 〈잔나테의 열쇠〉를 그분께 내어 드린 것 또한 아흘로 님의 인도였던 겁니다."

〈신성 연합〉 전선의 후방에 위치했던 교황도 마찬가지였다.

무릎까지 꿇으며 기도를 올리는 그의 자세에, 라파엘라와 베르나르도 무어라 할 말은 없었다.

푸른 수염은 죽었다. 대단한 성과임에는 틀림없다.

그러나 기뻐하는 건 역시 후방의 인원들뿐이었다.

"흡, 끄으으윽—!"

"형!"

착지한 이하는 곧장 바닥에 주저앉았다. 주체할 수 없는 두통 때문이었다.

—각인……자여……. —

"아직, 아직 안 돼, 블랙."

—괜찮다……. 그대와의 약속이 있는 한, 나는 아직 버틸 수……. —

푸른 수염을 죽였다. 엄밀히 말하면 '탄환'으로 죽인 게 아니다.

즉, 블랙 베스가 집어삼킨 게 아니라는 뜻이다.

폭주율: 89%

'젠장— 근데 폭주율에는 영향을 주는 건가? 하여튼— 죽어서도 밉상이야.'

푸른 수염은 끝까지 푸른 수염이었다.

이하는 어지러운 와중에도 스킬 창을 확인했다. 실제로 푸른 수염의 〈특성〉은 흡수가 안 된 상태였다.

그럼에도 블랙 베스의 '폭주율'에는 영향을 끼치다니.

"읍, 기정아— 잠깐— 토할 것 같아."

"토? 토를 한다고? 그, 그럼 미들 어스 접속기에선 어떻게 되는 거지?"

"몰라, 일단 누워야—."

"으, 응! 누워, 형! 아니면 등 두들겨 줄까?"

괴로워하는 이하와 혜인에 의해 후송된 카렐린까지. 푸른 수염은 죽었지만 〈신성 연합〉도 온전한 상태는 아니다.

무엇보다 아직 적은 남아 있다. 마왕 에얼쾨니히를 제외하더라도, 당장 상대해야 할 적이 있지 않은가.

이하의 상태가 정상이 아님을 알고 있었으나 다른 유저들은 이하에게 당장 다가오지 않았다.

적어도 그들에게 있어서, 하이하는 자신이 지닌 힘 이상의 모든 것을 발휘한 것이지 않은가.

이제부터는 자신들의 차례였다.

"교우여."

[……음. 우리는 우리의 정의를 집행한다, 알렉산더.]

베일리푸스와 알렉산더가 날아간 것이 그 시작이었다.

람화정은 곧장 아르젠마트의 손을 잡았다. 두 사람은 대화도 하지 않고 그대로 텔레포트했다.

페이우와 황룡도 마찬가지였다.

"잔당을 모두 쓸어버린다! 싸울 수 있는 인원은 모두 천지인의 대형으로!"

하오!

삼시간에 야수화 몬스터들을 상대하러 달려 나가는 그들을 보며 라르크가 웃었다.

"쩝, 지금은 그러고 있을 때가 아닌 것 같지만— 〈뱀파이어 베르튜르 기사단〉도 전원 에윈 사령관의 지휘하로 편입, 적을 섬멸합시다."

"알겠습니다! 그런데…… 대장님은—."

"나야 뭐, 일단 중요한 걸 상대하는 법부터 생각해야 할 것 같으니까. 어쨌든 마왕을 죽이려면 저 인간이 있어야 할 테니까요."

라르크는 이하를 가리켰다.

괴로워하는 이하의 곁에는 이제 기정만 있는 게 아니었다. 람화연은 이하의 곁에서 그의 상태를 확인하는 중이었다.

"하이하, 괜찮아?"

"아직, 응. 아직은— 화연아, 마왕은?"

부들부들 떨면서도 이하는 에얼쾨니히에 대해 물었다. 람화연은 그 질문에는 답변조차 하지 않았다.

그녀는 블라우그룬을 바라보며 물었다.

"포션으로 치료가 안 되는 거야? 블라우그룬 님! 상태 이상은요?"

[해 보지 않았을 것 같나, 하이하 님의 반려여.]

"그럼 왜— 접속기 불량 아냐? 하이하, 지금 로그아웃이라도 해 봐. 우선 상태 체크부터 하고—."

단순히 데미지를 입었다, 정도가 아니라는 걸 눈치챈 이상,

람화연에게 있어서도 이하의 건강 상태가 최우선 고려 사항
이 될 수밖에 없었다.

그럼에도 이하는 람화연의 팔목을 붙잡으며 그녀의 입을
닫게 만들었다.

"아니, 괜찮아. 후우우우…… 괜찮아. 기정아. 마왕은."

그리고 다시 한 번 현재의 상황을 물었다.

람화연 못지않게 이하를 걱정하는 기정이었으나 그는 답을
회피하지 않았다.

"……어둠이 오고 있어."

"음? 어둠?"

"곧 저녁이긴 하지만— 해가 져서 밀려오는 어둠이 아냐, 형."

푸른 수염은 죽었다. 지네-뱀과 언데드 뻬뜨르도 사라졌다.

전선의 곳곳에서는 빠르게 야수화 몬스터들을 밀어내고 있
었다.

그러나 그 모든 희망을 짓밟듯, 어둠이 일어나는 중이었다.

어둠 속에 있는 또 하나의 어둠을, 유저들과 NPC들은 알
아볼 수 있었다.

[아직도 아흘로의 불을 쓸 줄 아는 인간이 있었던가.]

마왕, 에얼쾨니히가 말했다.

마왕의 목소리는 여전히 무던했다.

아직 해는 지지 않았다. 노을이 서서히 물들어 가는 시간이 긴 했지만 해가 완전히 떨어져 밤이 되려면 조금 더 시간이 남았다.

그러나 칼바리아 언덕에는 일찌감치 밤이 찾아왔다.

마왕이 만들어 낸 인공적인 어둠은 전장을 순식간에 뒤덮었다. 그것은 단순히 빛을 차단하는 용도가 아니었다.

야수화 몬스터를 상대하던 유저들의 상태가 변하기 시작했다.

특별한 상태 이상 메시지도 뜨지 않은 상태에서 갑작스레 발생한 고통은 유저들을 불안하게 만들기 충분했다.

"음— 뭐야, 갑자기 속이……."

"아, 어지러운—."

그리고 이런 전장에서 잠깐이라도 한눈을 판다면, 로그아웃을 당할 수밖에 없다.

[캬아아아악—!]

"—끄아아악!"

"토할 것 같아. 잠깐만, 어떻게 된 거지? 두통, 두통—."

푸화아아아악……!

"전부, 죽, 여라, 백작님의, 원수!"

가슴을 두드리거나 지끈거리는 머리를 부여잡고 어떻게든

버텨 보려 하지만 쉬운 일은 아니었다.

푸른 수염의 죽음은 마왕군에도 이제 널리 알려진 사실이었고, 마왕의 힘을 등에 업은 몬스터들은 더욱 거세게 날뛰기 시작했기 때문이다.

[브레스를, 토할 수 없습니다.]

[속이…… 그윽…….]

[하, 하트가 뒤집어지는 것만 같군요.]

드래곤들도 〈신성 연합〉의 유저들을 보호하기에는 역부족이었다.

불과 조금 전까지 야수화 몬스터들을 농락하듯 상대하던 그들이었으나, 마왕이 본격적인 모습을 드러낸 이후로는 시원찮은 마법 몇 개를 사용하는 게 전부였다.

대형 홀로그램을 통해 바라보는 수도의 저레벨 유저 또한 마찬가지였다.

취재진들은 고통을 호소하면서도 대형 홀로그램 속 마왕의 모습을 놓치지 않기 위해 애쓰는 중이었다.

"이걸— 상대할 수나 있는 것일까요."

"저희는 어쩌면— 샴페인을 너무나 일찍 터뜨린 것일지도 모릅니다. 진정한 적은— 우웨엑."

프로 정신이 빛나는 순간이었으나 지금은 그것에 집중하는 유저가 드물었다.

이하와 함께 고대의 미들 어스 인스턴스 던전을 다녀오지 못한 대부분의 사람들은 고통을 호소했다.

당연히 이하도 그 사실을 알고 있었기에, 가만히 있을 수는 없었다.

"가야 해. 블라우그룬 씨!"

[하이하 님.]

"얼른…… 중앙으로—."

[그, 그 몸으로 어딜 가신다는 겁니까. 차라리 제가—.]

블라우그룬은 이하가 무엇을 할지 알고 있었다.

그것을 실행하는 것 자체는 그리 어려운 일이 아니므로 대신하고자 했으나, 오히려 이하의 주변에 있는 인물들이 그것을 꺼렸다.

"아뇨. 이하 형이 직접 해야 해요."

"마스터케이 씨?"

"이하 형은…… 아니, 이하 형이 해야 해요. 무슨 뜻인지 알고 있죠, 람화연 씨?"

기정은 이하를 일으켜 세웠다. 블랙 베스가 이하의 한쪽 어깨에서 덜렁거렸다.

람화연은 그런 이하를 보며 안쓰러운 표정을 감추지 못했으나, 그녀 또한 보통의 여성과는 달랐다.

지금이 어떤 기회인가. 이것을 '다른 사람'에게 넘길 수는 없다.

"하이하, 정신 차려. 적어도 여기까지는 하고 쓰러져야 해."

"흐, 흐흐…… 진짜— 기정이도 그렇지만 화연이 너도—
정상은 아니야."

"형이 제일 정상이 아니니까 조용히 하고. 블라우그룬 님,
가시죠."

기정은 이하의 왼쪽을, 람화연은 이하의 오른쪽을 부축했
다. 두 사람에 의해 강제로 이동하면서도 이하는 웃고 있었다.

블라우그룬은 그들 모두를 등에 태웠다. 그러곤 곧 전장의
한가운데로 날아갔다.

마왕, 에얼쾨니히가 위치한 곳에서 얼마 떨어지지 않은 위
치였다.

"끄으으윽, 그윽—."

"하이하, 괜찮아?"

람화연은 더욱 무너지는 이하의 자세를 지탱했다. 이하는
후들거리는 무릎으로 겨우 고개를 들었다.

그러곤 허공에 떠 있는 에얼쾨니히를 마주 보았다.

[과연……. 자미엘의 힘을 삼키긴 했으나 소화하지 못하고
있었던 건가. 하긴, 흡수할 수 있는 존재가 아니었겠지. 그것
을 네 속에 담아, 네 스스로를 괴롭히는 중이라니.]

"닥—쳐."

이하는 겨우 입을 떼며 말했다.

에얼쾨니히에게서는 '눈'이라고 말할 만한 부위를 찾을 수
없었다.

인간의 실루엣처럼 보이지만 새카맣기만 한 그것에게서는 특별히 이목구비나 부위를 나눠 보기 힘들었다.

[감당할 수 없는 것을 소유하고 괴로워하는 게 인간의 특기라는 건 나 또한 알고 있는 일이다.]

그럼에도 이하는 마왕에게서 어떤 종류의 감정을 느낄 수 있었다.

그것은 일종의 놀라움 또는 감탄이었다. 그와 동시에 느껴지는 것은 비웃음과 만족감이었다.

'당연히 그 안에 있는 건—.'

절대적인 자신감이리라.

[자미엘의 힘을 집어삼킨 자여, 자미엘의 부속물을 소유한 마탄의 사수여. 제안을 하지.]

"제안? 무슨 미친 소리를— 누가 푸른 수염 만든 놈 아니랄까 봐, 읍—."

에얼쾨니히는 말했다. 이하는 인상을 찌푸리며 소리쳤다.

─────────────────────!

그 작은 반항은 순식간에 끝났다. 에얼쾨니히는 양팔을 들어 올렸고, 눈 깜짝할 사이 〈검은 파동〉이 쏘아져 나갔다.

지금까지 쏘아 대던 진한 보랏빛의 파派와는 달랐다.

단순히 색상의 문제가 아니었다.

[흐으으윽!? 심연의 힘? 심연의 힘을 끌어다 쓸 수 있다고!?]

"커헉……."

[끄으으윽, 분노가 짓눌리고 있다.]

깔끔하게 빔처럼 날아가던 것에 비하면, 검은 파동은 에너지를 주체하지 못해 마구잡이로 흔들리는 파동에 가까웠다.

[로, 로드 바하무트!]

[플람므 님!]

"오지 말거라, 아이야. 이것은 너희들이 견딜 수 있는 게 아니다."

"심연 그 자체를 잘라서 던지는 건가. 과연 마의 파편이로군."

심연을 도려내어 집어 던지는 무식한 공격. 그러나 지금까지의 공격보다도 훨씬 더 극단적이고 강력하다는 건 알 수 있는 일이었다.

자신의 힘을 과시한 에얼쾨니히가 다시금 입을 열었다.

[나와 하나가 되어라, 자미엘을 흡수한 인간이여.]

"하나가 되어라? 먹히라고?"

[늦든 빠르든 어차피 너는 나와 하나가 될 존재. 네 육신은 소멸할지언정 네 정신의 만족은 보장하겠다. 네 정신이 나와 완전히 합치되어 자아를 잃기 직전까지의 주체할 수 없는 쾌락을 선사하마.]

에얼쾨니히의 목소리는 칼바리아 언덕 전역으로 퍼져 나갔다.

잔당들을 소탕하던 랭커 유저들을 비롯하여 대다수의 유저들이 중앙 전장으로 눈길을 돌렸다.

조금 전 에얼쾨니히의 공격을 본 유저들은 더욱 공포에 떨고 있었다.

[너를 흡수하여 나는 완전한 마魔가 될 수 있다. 자미엘 그리고 블랙 베스. 그들만 있다면 나는 다시 태초의 마魔가 되는 것. 코발트블루 파이톤과 크림슨 게코즈는 필요치도 않다.]

당장 몸도 가누기 힘든 마당에, 저런 공격을 하는 몬스터를 죽일 수 있을까?

〈제3차 인마대전〉의 승리라는 게 가능한 시나리오인가?

[너는 나를 이길 수 없다. 순순히 나와 하나가 되어라. 네가 아닌 너의 종족들을 떠올려라. 지금 나와 하나가 된다면 너희 종족의 보전도 고려해 보도록 할 터이니.]

어쩌면 인간 종족이나 우드 엘프 종족 등, 플레이어블 종족을 선택한 유저들은, 마왕이 통치하는 세계에서 살아남는 게 〈미들 어스〉가 원하는 게임 시나리오이지 않을까? 처음부터 그렇게 설계된 게임이 아닐까?

에얼쾨니히의 힘만이 아니다.

자신의 신체를 제대로 통제할 수 없게 된 유저들의 마음은 약해질 수밖에 없었다.

"웃─ 웨에에엑!"

이하는 헛구역질을 하면서도 스킬 창을 열어 보았다.

폭주율: 96%

에얼쾨니히를 보고만 있어도 폭주율이 치솟았다. 대부분의 유저도 자신과 같은 고통을 겪고 있을 것이다.

유저들의 마음이 꺾이기 직전이라는 건 예측할 수 있는 일. 그렇다면 지체할 시간은 없었다.

"웃기지 마. 네가 소멸될 걱정이나 하시지. 나는 널 이길 수 없어도—."

[어리석은—.]

"우리들은 널 이길 수 있을지도 모르니까!"

이하는 가방에서 아이템을 꺼내어 번쩍 들어 올렸다. 손에 쥐인 것은 허름하고 작은 병이었다.

유저들이 아이템을 자세히 보려고 눈에 힘을 주었으나 더 그것이 무엇인지는 알 수 없었다.

그것을 에얼쾨니히에게 비추자 엄청난 양의 빛이 뿜어졌기 때문이다.

——————————————……

"우웃!?"

[이, 이건…….]

그것은 단순한 스킬 이펙트 따위와 비교할 수 없었다. 에얼

쾨니히가 조금 전까지 사용했던 검은 파동과 유사한 수준이
었다.

그러나 주체할 수 없이 마구잡이로 튀는 에너지가 아니다.

대형 홀로그램을 통해 전장을 바라보던 유저들에게는 마치
새하얀 비단결이 〈신성 연합〉과 〈뱀파이어 신성 연합〉 모두를
감싸 안는 것처럼 느껴졌다.

그리고 그것을 직접 겪은 유저들은 비단결보다도 더 따스
한 기운을 느꼈다.

[……그게 너의 대답인가.]

에얼쾨니히는 말했다.

이하는 웃고 있었다.

"응. 이제 다른 사람들의 대답도 들어 봐야 할 거야."

[레오리오 13세의 보상 받은 믿음 업적을 획득하였습니다.]

[버프: 부모를 마주한 자식의 눈물이 적용되었습니다.]
[초월적 존재에 대한 모든 상태 이상에 저항합니다.]

유저들은 알림 창에 뜬 문구를 정확히 이해할 순 없었으나,
그것이 어떤 효과인지는 확실히 이해했다.

"몸이…….."

"움직인다. 안 아파. 두통도 사라졌어."

"하이하의 아이템 덕분에―."

"……다시 싸울 수 있다고! 이 망할 놈의 게임! 망할 놈의 몬스터 새끼들아!"

쇠약한 몸에 병든 정신이 깃든다.

바꿔 말하면, 몸을 건강하게끔 만들어 용기 있는 정신을 깃들게도 만들 수 있다는 뜻이다.

칼바리아 언덕에서 다시금 전투가 재개되었다. 푸른 수염을 죽인 직후의 사기충천과는 또 다른 일이었다.

그것은 완전히 불가능할 거라 생각했던 일의 가능성이 보였을 때만 얻을 수 있는 기운.

실낱같은 희망을 붙잡기 위해 발버둥 치는 인간의 몸부림에서 나오는 기운.

"다 뒤져, 이 새끼들아아아아아아!"

"할 수 있어! 이길 수 있어!"

고무된 〈신성 연합〉은 삽시간에 야수화 몬스터들과 소수의 마왕군 유저들을 소탕하기 시작했다.

몬스터들의 수는 빠르게 줄어들었다.

용기를 되찾은 일반 유저들의 활약에 더하여, 푸른 수염을 상대하던 랭커들이 곳곳에서 그 힘을 보탰기 때문이다.

"엄청난…… 속도입니다. 이런 식이라면— 해가 졌을 때 남은 것은 에얼퀴니히 한 기만이 될 거예요."

루비니는 지도를 보며 희열을 감추지 못했다.

확실하게 개체 수를 확인하고 있는 그녀가 아니더라도, 전장에서 피부로, 감각으로 전쟁의 유리함을 느끼고 있는 유저는 많았다.

"알렉산더 님! 이제 그냥 마왕 죽이세요!"

"람화정 님! 람화정 님! 마왕이요, 마왕! 여긴 저희들이 맡겠습니다!"

"어차피 오래 끌 필요 없잖아요?! 이런 잔당 따위들에 마나 낭비하지 마세요!"

자신들을 도우러 왔던 랭커들을 오히려 중앙 전장으로 보낼 정도였다.

랭커들을 비롯하여 유명 유저들은 그들의 제안에 공감했다. 이제 노을은 완전히 끝나 가고 있었다.

해가 다 지고 난다면 어둠 속의 마왕은 더욱 상대하기 힘들어질지도 모른다.

'밤이 되기 전에—.'

'이 전쟁을 끝낸다.'

그들의 계획이 어느 정도 합치되는 것도 당연한 일이었다.

무엇보다 아직, 그들은 공격받지 않은 채 공격할 수 있지 않은가.

━━━━━━━━━━━━━━━━━━━━━━━━━━━━━!

심연을 잘라 낸 검은 파동이 배리어에 부딪쳤다. 전장에 넓게 깔린 배리어는 충격점을 중심으로 흔들렸다.

"크으으웃…… 괜찮은가요, 플람므."

"내 걱정은 하지 않아도 될 거요, 바하무트."

정령왕들이 허공으로 녹아들어 간 현재, 방어 요인 중 모습을 완전히 드러낸 것은 바하무트와 플람므뿐이다.

그들은 마왕의 공격을 받을 때마다 휘청거리거나 흔들렸으나 쓰러지진 않았다.

그렇게 몇 번의 공격을 받았던가.

몇 번의 공격을 막아 주었던가.

[로드, 이제 저희가 맡겠습니다.]

[장로님, 컬러 드래곤 전원, 이곳에 집합했습니다.]

곳곳에 흩어져 〈신성 연합〉을 돕던 드래곤들이 마침내 한자리에 집결했다.

아이템을 사용한 직후, 전장에서 이탈해 있던 이하도 그 장면을 바라보고 있었다.

"블라우그룬 씨도 가요."

[그럴 수 없습니다.]

"흐흐, 어차피 같이 있어 봤자 할 일도 없잖아요. 걱정해 주는 건 좋은데, 지금은 한 기의 드래곤이라도 더 필요할 거예요. 여기 기정이랑 화연이도 있고."

[제가 없어도 괜찮을 겁니다.]

블라우그룬은 그렇게 말하면서도 드래곤들이 집결하는 장면을 보고 있었다.

어덜트급 이상의 메탈과 컬러 드래곤 전원. 양 종족 합계 63기의 드래곤이 모인 것은 그것만으로도 장관을 이룰 정도였다.

"드, 드래곤님도! 어쨌든 결혼도 하시고 할 건데, 안 그래요? 이럴 때 빠지면 나중에 애기한테 할 말 없을걸요?"

"애기라니. 마스터케이 씨는 어휘부터 공부해야겠네요. 드래곤의 새끼는 해츨링이라고 부른다고요."

"그건 저도 알죠! 아는데— 뭐랄까, 블라우그룬 님은 그냥 좀…… 이제 약간 가족 같아서—."

람화연의 핀잔에 기정이 당황하여 답했다.

블라우그룬의 시선은 어느새 세 사람에게로 향해 있었다. 폭주율을 관리하는 이하와 이하를 간호하는 화연, 기정.

드래곤의 입이 쩌억 벌어졌다.

[너의 말은 건방지지만— 그렇다. 저들은 나와 같은 종족이지만 나는 하이하 님의 파트너이자 가족이다. 마스터케이, 너의 말대로 나는 가족과 함께하려는 것뿐이다.]

"블라우그룬 님……."

기정은 감동받았다는 표정으로 그를 보았다. 람화연도 괜스레 찡한 마음에 입을 다물었다.

블라우그룬을 보며 피식 웃은 것은 이하뿐이었다.

"다 좋은데, 그런 얘기를— 드래곤 폼으로 하면 너무 무섭잖아요. 이빨 봐, 이빨. 웃는 거야, 화내는 거야? 나 잡아먹으려는 줄 알았네."

[하, 하이하 님! 무슨 그런 말씀을—.]

"낄낄, 좋아요. 오케이. 블라우그룬 씨가 원하는 거라면 여기 있어요. 어차피 일단은 이곳에 있어 봐야 알 테니까."

"안다고? 뭘?"

람화연이 물었다. 이하는 에얼쾨니히와 대치하며 모이는 〈미들 어스〉의 힘들을 보았다.

"과연 저들의 힘이 통할지."

에얼쾨니히를 죽일 수 있을까.

지금까지 그에게 직접적인 공격을 가한 적은 없다고 봐도 좋다.

그에게 당한 적이 대다수이거나, 터무니없이 부족한 위력의 기습을 몇 번 시도한 게 전부다.

그러나 지금은 어떤가.

'말 그대로— 미들 어스의 모든 힘이다. 지금 저기 모인 사람들, NPC들이 다 힘을 합하면—.'

일개 국가를 망하게 할 수도 있다. 어쩌면 로페 대륙의 모든 국가를 전부 무너뜨릴 수 있을지도 모른다.

단순히 머릿수를 뛰어넘어, 개별적으로 지닌 그들의 능력을 총합하면 충분하다.

'어라? 그러고 보니— 루거랑 키드는 어디 갔지?'

중앙 전장을 바라보던 이하는 눈에 익은 두 사람이 보이지 않는다는 것을 깨달았다.

폭주율: 81%

실제로 폭주율도 낮아진 상태였다.

에얼쾨니히에게서 멀어졌기에 나아졌다고 생각했으나, 두 사람이 지닌 '태초의 마의 흔적'이 근처에 없었기 때문이라는 뜻도 된다.

두 사람에게 연락을 해 보려던 이하는 곧 중앙 전장 인근에서 번쩍이는 연보랏빛을 보게 되었다.

루거와 키드가 돌아온 줄 알았으나 그들이 아니었다.

"우리도 껴 주십시오!"

"저도 원딜 됩니다! 한 방만 같이 쏴요!"

"아, 나는 탱커라 뭘 같이 하지도 못하는데— 그래도 일단 껴도 됩니까?"

칼바리아 언덕의 전투가 마무리되어 가고 있다는 증거 중 하나!

몇몇 전선에서는 이미 야수화 몬스터를 모조리 죽여 더 이상 상대할 적이 없어진 상태였다.

인근의 전선에 합류하여 돕는 것을 선택한 유저들도 있었으나, 몇몇 유저들은 중앙 전장으로 합류하여 역사적인 순간을 함께하고 싶어 했다.

─, ─, ─, ─, ─, ─, ─……

연보랏빛은 무수히 많이 반짝였다. 유저들의 수 또한 그에 맞춰 기하급수적으로 늘어나는 중이었다.

칼바리아 언덕 중앙부에는 더 이상 발 디딜 틈조차 없어질 정도로 빼곡하게 들어찼다.

[교우여.]

"음."

알렉산더는 모여든 유저들과 드래곤들을 바라보았다. 그는 자신이 무엇을 해야 할지 알고 있었다.

베일리푸스와 함께, 알렉산더는 유저들을 기다렸다.

초원의 흔적이 보이지 않을 때까지.

그러나 에얼쾨니히의 공격이 급해지기 전까지.

일찌감치 모여든 유저들이 조급함을 느낄 무렵까지 기다렸던 알렉산더는 마침내 입을 열었다.

"모두 스킬을 정비하라."

1위의 자리는 가벼운 게 아니다.

어수선한 순간에도 중심을 잡아 지휘할 수 있는 자.

과거 국가전 당시의 알렉산더였다면 결코 하지 못할 일이었을 것이다.

이제 막 300레벨에 도달했던 그였다면, 그저 개인의 성취에 급급했던 과거의 알렉산더였다면 이런 일에 신경 쓰지 않았을 것이다.

그러나 지금은 달랐다.

알렉산더는 멀찍이 떨어진 이하를 보았다.

그러곤 자신의 창을 치켜들었다.

"모든 공격을 나의 공격에 맞춘다."

이하에게 별다른 말을 하거나, 유저들에게 이하에 관한 언급을 한 것은 아니었다.

그러나 그가 향한 시선이 어느 방향인지.

그가 하고자 하는 말이 무엇인지 대다수의 유저는 이해할 수 있었다.

"1분."

알렉산더는 조용히 말하곤 다시금 에얼퀴니히를 향했다.

푸른 수염에 의해 새카맣게 타들어 갔던 창에서 새롭게 빛이 뿜어지기 시작했다.

주어진 캐스팅 시간은 1분이다. 1분이라면 웬만큼 강한 스킬을 사용하기엔 충분하다.

모두가 가장 강한 스킬을 쓴다기보다, 최대한 모든 공격을 한 시점에 맞춰 쏘려는 알렉산더의 의도대로, 유저들과 드래곤들은 곧장 스킬 시전에 들어갔다.

수도에서 대형 홀로그램을 바라보는 유저들도 입을 다물었다. 지금 이 순간만큼은 누구도 소리를 내기 어려웠다.

칼바리아 언덕에서, 각 직업별, 속성별 형형색색의 마나 알갱이들이 모여들고 있었다.

한 명의 유저가 스킬을 사용할 때 모여드는 것으로는 극히 미미한 양이었으나, 지금은 대형 홀로그램 전체가 하나의 화원花園처럼 느껴질 정도였다.

수없이 많은 마나의 알갱이들이 모아서 이루어지는 꽃밭.

기정과 람화연 그리고 이하도 그것을 보았다.

"간다."

알렉산더가 창을 뻗었다. 그의 창날에서 새하얀 빛이 쏘아지는 순간.

————————————……!

미들 어스 역사상 전무후무한 합동 공격이 마왕을 향해 쏟아졌다.

에얼쾨니히를 중심으로 빛의 폭발이 일었다.

Geschoss 8.

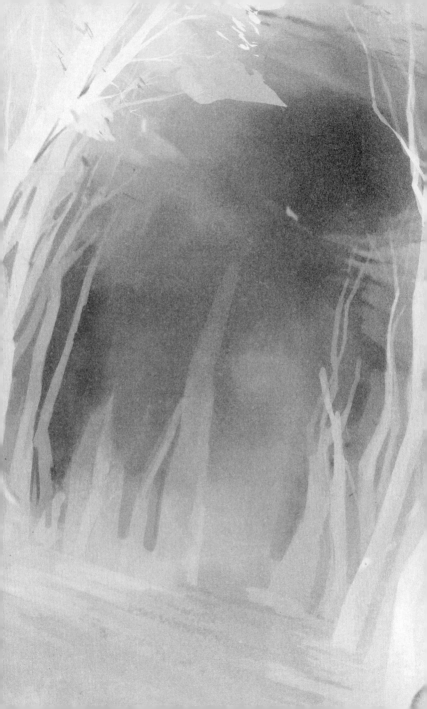

"어떻게…… 어떻게 된 거죠?"

"빛이 번져서— 마왕의 모습은 보이지 않고 있습니다만—."

"모두 보셨을 겁니다! 바하무트와 플람므를 포함하여 토탈 예순세 마리의 드래곤입니다! 모여 있던 그들의 속성은 또 어땠습니까!"

"사실상 미들 어스의 모든 직업군이 모였다 해도 과언이 아닌 공격이었습니다! 현재까지 중앙부에 모여든 유저와 NPC들의 총추정 수는 약 9만여 명입니다!"

12시간의 전투에서 320만 명의 집합 유저 중 약 65%가량이 사망했다.

살아남은 유저가 약 112만 명, NPC가 약 40만 명.

최초 유저와 NPC를 합해 500만 명의 〈신성 연합〉 병력에 비하면 남은 수는 고작 150만을 겨우 달성하는 수치였다.

그 150만 명의 잔여 병력 중 9만 명이 모여서 스킬을 사용한 것이다.

그것은 결코 적은 수가 아니다.

"서버가 다운된 것은 아니겠지요."

"모습이…… 마왕의 모습이─ 아, 아아!? 지금 드러나기 시작합니다! 빛이 사라지며─ 그곳에는!"

대형 홀로그램을 보던 취재진은 더 이상 말을 잇지 못했다.

그것은 칼바리아 전장 중앙에 있던 유저들도 마찬가지였다.

[슬프도다. 너희들의 힘으로는 나를 죽일 수 없음을 모르는가.]

빛의 번짐 현상이 끝나고 모두가 시력을 되찾았을 즈음, 그들은 보았다.

지금까지 색상이 없었기 때문에, 그저 검은 배경에 녹아들었기 때문에 보지 못했던 에얼쾨니히의 모습.

"티, 티아마트…… 크기?"

"아니, 티아마트보다는 자, 작지만─."

길게 늘어져 꾸물거리던 티아마트가 아니다.

그것은 대지를 밟고 꼿꼿하게 서 있었다.

지네─뱀보다도 두 배 이상 큰 형체에, 새빨갛게 타오르는 용암을 피부로 지닌 존재.

마탑의
사수

에얼쾨니히가 인간의 실루엣을 지니고 있었을 때, 왜 그의 이목구비를 특정할 수 없었는가.

[나는 탐욕의 마魔, 에얼쾨니히다.]

그것은 그의 모습이 아니라, 그저 하나의 인형일 뿐이었기 때문이다.

마왕의 입으로 무언가가 모여들었다.

유저들은 그것이 보랏빛 다음으로 나왔던 검은 파동, 그것을 '넘어선' 수준의 공격이라는 것은 금세 깨달을 수 있었다.

[순수의 마魔였던 나의 형제를 집어삼킨 나의 힘을.]

마왕의 입에 모이던 빛이 밝아지기 시작했다.

하나의 마의 파편을 소멸시키고, 또 하나의 마의 파편을 흡수하여 힘을 길렀던 탐욕의 마, 에얼쾨니히의 진정한 힘이 펼쳐졌다.

[보아라.]

붉은빛이 칼바리아 언덕 전부를 쓸어버릴 듯 파도치며 쏟아졌다.

누군가의 비명이나 외침 같은 것은 들리지 않았다.

칼바리아 언덕에 널리 퍼진 것은 불길한 소음이었다.

유리잔이 바닥에 떨어져 깨지는 소리.

얇고 섬세한 무언가가 일격에 박살 나는 소리.

그 뒤를 이어 에얼쾨니히의 목소리가 다시금 들려왔다.

[더 이상의 타협은 없다, 어리석은 아홀로의 노예들이여.]

단 한 번의 공격이었다.

에얼쾨니히가 자신의 본모습을 드러내고 발휘한 단 한 번의 힘.

"말도 안 돼⋯⋯."

"무슨— 어떻게—."

그랜빌과 에윈은 당황했다.

"오, 오오오. 아흘로시여. 아흘로시여⋯⋯."

교황은 대지에 머리를 박으며 조아렸다.

교황의 곁에 있던 루비니는 지도를 보며 비틀거렸다.

"한 번의 공격에⋯⋯ 한 번의 공격에—."

살아남은 유저와 NPC의 총합, 약 99만.

에얼쾨니히는 강했다.

유저들이 모여 있기만 하다면, 50만 명 정도는 일격에 쓸어버릴 만큼.

"이걸 어떻게 이기라는 거지? 아니, 그나마 배리어가 있었기에 50만 명만 죽었다는 건가!?"

"이, 이럴 줄 알았어. 이럴 줄 알았다니까."

람화연과 기정은 루비니의 연락을 받으며 패닉에 빠졌다.

그것은 라르크도 마찬가지였다.

"하핫, 이럴 줄 알았지. 결국 저거라니까. 저걸 처리 못 하면 그냥 도망가는 수밖에 없는 거였어."

그는 허탈감에 웃고 있었다. 이미 한 번 겪어 보았지만 희망을 가졌다.

지난번과는 상황이 바뀌었다고 생각했으니까.

그러나 상황은 전혀 바뀌지 않았다.

"마왕만 살아 있다면 나머지가 모조리 뒤져도 아~무 상관 없는 거였다니까. 푸른 수염이든 뭐든, 어차피 중요한 건 마왕! 결국 저 새끼였다고!"

〈신성 연합〉 수뇌부는 후퇴를 고려해야만 했다.

그들이 후퇴를 고려하지 않아도, 중앙부에서 살아남은 유저들이 벌써 도망치고 있었기 때문이다.

라르크는 도망가는 유저들을 말리지 못했다. 현재 그들의 정신을 지배하고 있는 감정이 무엇인지 겪어 봤기 때문이다.

상대할 수 없는 것에 대한 공포. 아무리 체스 기물을 움직이려 해도, 적이 체스를 두지 않겠다고 하면 소용이 없다.

체스로 승부를 내려 했는데, 반상을 뒤엎고 체스 플레이어인 자신을 가격하는 적을 어떻게 상대해야 하는가.

"룰 위반이야…… 저건 고소감이지. 아무도 고소할 수 없는 게 문제지만."

라르크는 느끼고 있었다. 티아마트 때와는 또 다른 공포, 너무나 거대하고 압도적인 힘을 마주했을 때의 무력감과 허탈감.

그것은 일종의 코스믹 호러였다.

"도, 도망가!"

"미친! 썅! 누가 이걸 게임이라고! 더러워서 안 한다!"

"튀어, 튀어! 공격 두 번만 더 하면 어차피 전멸이야, 마을 가서 템이나 챙겨서 튀자!"

라르크만 그런 생각을 하고 있는 게 아니었다.

유저들이 마구잡이로 귀환 스크롤을 사용하는 걸 보며, 에윈과 그랜빌도 아무런 제재를 가하지 못하고 있었다.

"후우우…… 참으로 오래 버텼구만. 안 그런가, 그랜빌."

"벌써 포기하는 건가. 초원의 여우도 죽을 날이 다 됐군."

"설마. 나는 포기하지 않았네."

"그럼?"

에윈이 어깨를 으쓱거렸다. 그랜빌은 찌푸린 표정으로 그를 바라보다 고개를 갸웃거렸다.

에윈의 얼굴에 걸린 것은 씁쓸한 미소였다.

"하지만…… 이 어린 친구들에게 죽음을 강요할 수는 없지 않은가. 〈뱀파이어 베르튜르 기사단〉이라. 나도 조금만 젊었다면 뱀파이어로서의 삶도 살아 볼 수 있었을까?"

"……20년 전이었다면 우리도 즐길 수 있었을지 모르지."

"허허, 퓌비엘의 '떠받치는 자'가 뱀파이어라. 상대할 맛 났겠어. 느려 터진 자네랑 싸우는 건 지겹거든. 뱀파이어가 되었으면 기동력이라도 좀 갖췄을 텐데."

"내가 할 소리. '초원의 박쥐'와 싸웠어야 나도 기운이 났을 거야. 여우 몰이만큼 시시한 게 없다는 거, 알고 있나?"

두 노장은 시시껄렁한 잡담을 주고받았다. 그들의 곁을 스쳐 지나가며 후퇴하던 유저와 기사단 NPC들의 발이 조금씩 멈칫거렸다.

유저들 중 눈치 빠른 자들도 당연히 알 수 있는 사실이었다.

'둘 다―.'

'여기서 죽으려는 거다.'

'역시, 여기밖에 없어. 여기서 모든 게 결판난다는 뜻일까?'

퇴각 후 에얼쾨니히를 다시 상대하려면 두 사람 중 하나라도 살아 있어야 한다.

그런데 둘 다 죽을 각오를 한다고?

그들의 눈은 곧 에윈과 그랜빌보다 더욱 후방에 있는 자에게 고정되었다.

교황은 꼿꼿하게 허리를 펴고 서 있었다. 눈물까지 흘리며 아흘로를 찾던 자는 그곳에 없었다.

"성하…… 자리를 지키실 생각이십니까."

"물론입니다. 본모습을 드러낸 에얼쾨니히에게서 도망갈 수 있다고 생각하는 분들이 이렇게 많을 줄은 몰랐지만 말이지요."

라파엘라의 물음에 교황은 고개를 끄덕였다. 베르나르는

헛기침을 하며 도망가는 자들을 옹호했다.

"크흠, 흠. 이, 인간의 심성이란 그토록 약한 것……. 그러니 저희가 있는 게 아니겠습니까."

어찌 저들만의 잘못이라 할 수 있을까. 살기 위한 본성은 당연히 있는 것이다.

교황은 베르나르를 보며 웃어 주었다.

"그렇습니다. 우리가 아홀로 님께 쓰임 받는 것 또한 그 본성을 덮어 주고 용서하기 위함이니까요."

에즈웬 교국에서 살아남았던 팔라딘과 추기경들 그리고 사제들은 교황의 곁에 집결했다.

에얼쾨니히의 공격에서부터 거리가 멀었기 때문에 살아남은 점도 있었지만, 그들이 가장 후방에서 버티고 있다는 점은 도망가던 유저들의 패닉을 어느 정도 진정시켜 주기에 충분했다.

그다음은 역시나 실용적인 포효뿐이었다.

[도망갈 수 있다고 생각하십니까! 우리가 각자의 수도로 도망가면! 그곳에서 에얼쾨니히를 막을 수 있다고 생각하십니까! 여러분은 그깟 성벽이! 모든 정령왕들과, 메탈, 컬러 드래곤의 수장이 함께 만든 배리어보다 강하다고 생각하십니까! 각개격파 당할 뿐입니다! 절대로 도망가서는 안 돼요! 활로는 오직 정면에만 있습니다!]

람화연이 소리쳤다. 블라우그룬의 등에 올라타 확성 스크롤을 사용한 그녀의 목소리가 칼바리아 언덕 곳곳으로 퍼졌다.

"진짜 여장부긴 여장부야. 근데 형, 람화연 씨를 보낸다고— 뭐가 되겠어?"

기정은 날아다니는 블라우그룬을 보다 말고 다시금 전방을 향했다.

정령왕들은 다시금 모습을 드러낸 상태였다.

삽시간에 50만 명이 사망한 지금, 전장에 넓게 배리어를 펼치는 게 아무런 의미도 없다는 판단하에, 배리어의 범위를 좁히고 그 강도를 높이기 위해 모인 것이었다.

거기어 더해 드래곤들까지도.

형형색색의 브레스를 뿜어 대던 드래곤들이었으나 그들만큼 합리적인 판단을 내리는 존재도 없다.

적어도 드래곤의 AI는 전원 같은 판단을 내린 상태였다.

"방금 공격에서 어덜트급 드래곤 2기 사망. 이제 61기의 드래곤이 모조리 배리어만 치려고 할 텐데?"

모두가 방어에 집중하기로.

블라우그룬과 베일리푸스 그리고 아르젠마트 등 파트너가 있는 드래곤들은 방어에서 빠졌다지만, 그래도 59기의 드래곤이 모두 배리어만 사용할 것이다.

그렇다면 공격은?

기정은 다시금 블라우그룬과 람화연을 보았다.

흩어지며 도망가는 유저들에게 '중앙부는 안전하다'라는 소식을 전파하며 어떻게든 그들을 못 가게 막고 있는 그녀였지만, 그들이 모인다고 뭘 할 수 있을까.

"도망가는 유저들 뒷덜미 잡아 봐야 뭐……. 결국 딜러가 있어야 하는 거 아냐? 에얼쾨니히도 다시 공격할 태세인데."

"맞아요. 무엇보다…… 방어라고 무한하게 가능하지 않아요. 그분들께서도 힘들어하고 있으니까."

"왁!? 프레아 씨!"

기정의 곁에 갑작스레 프레아가 나타났다. 이하는 거친 호흡을 하며 프레아를 보았다.

그녀의 표정은 좋지 않았다.

이하는 대강 그 이유를 짐작할 수 있었다.

"……흡수합니까?"

에얼쾨니히가 지금까지 줄곧 했던 이야기가 무엇인가.

그의 특성이 어떤 방식인지, 그가 해 온 일들만 봐도 충분히 알 수 있는 일이다.

"네. 탐욕의 마, 에얼쾨니히……. 정령왕들께서도 당황하고 있어요. 공격을 막아 내긴 했지만, 단순히 막아 낸 게 아니라 자신들의 힘 일부가 빼앗겼음을 느끼셨다며—."

"네에!? 말도 안 돼! 그러면— 공격할수록 더 강해진다고요? 그런 게 어디 있어!"

기정이 화들짝 놀라 소리쳤다.

그러나 프레아도, 이하도 아무런 답변을 해 줄 수 없었다.

자박거리는 풀 밟는 소리와 함께 다른 유저들도 이하의 곁으로 모여들었다.

"여기 있지, 어디 있겠습니까. 아이고야, 그냥 이렇게 끝나는 건가. 어떻게 생각하세요, 나라 씨?"

"글쎄요. 결코 좋은 상황이 아니라는 건 확실한데……."

라르크와 신나라는 소풍 가는 발걸음으로 걸어오고 있었다.

어차피 이 상황에 무언가를 급히 할 수 없다는 건 그들도 알고 있었다.

라르크는 신나라의 말에 답하는 척, 자신이 했던 말을 구체화하고 있었다.

"그럼요. 좋은 상황일 리가 없지. 사이드 쪽의 배리어가 무너지고 50만 명이 증발했는데. 아 참, 심지어 이번 공격은 몬스터들에게는 무효한 거였어요. 아직 이 긴 전장에서, 야수화 몬스터를 상대하던 유저들이 죽었다는 게 무슨 의미인지는 알죠? 게다가 다시 거기까지 갈 용기 있는 유저도 없고."

야수화 몬스터는 상당히 줄어들었다. 조금만 더 토벌했다면 완전히 소탕이 가능한 수준이었다.

그러나 지금은, 그들과 싸우려는 유저 따위는 없었다.

그나마 칼바리아 언덕에 남고자 하는 유저들은 모두 배리어가 집중되는 중앙으로 몰려들고 있었고, 그 외의 유저들은 전부 후퇴해 버렸으니까.

야수화 몬스터들은 도망가는 유저와 NPC들의 뒤를 잡으며 추격, 그 광기를 더욱 발산하는 중이었다.

"그럼 막으셔야죠! 신나라 님이야 이제 〈세이크리드 기사단〉이 아니니까 그렇다 쳐도! 라르크 씨, 당신은—."

"네, 막아야죠. 나는 아직 〈베르튜르 기사단〉이니까."

"으, 응? 근데 왜……?"

기정은 모든 걸 내려놓은 것처럼 말하는 라르크를 보며 고개를 갸웃거렸다. 막아야 한다는 걸 알면서 여기에 온 이유는?

라르크와 신나라는 한 사람을 바라보고 있었다.

이하는 그들을 보며 웃었다.

"히, 히히…… 내가 뭘 해야 한다?"

"솔직히 잘 모르겠어요. 하지만, 한 가지는 알지. 하이하 씨, 자미엘을 죽이고 마탄의 사수가 되었을 때 이런저런 업적들 우리한테 얘기해 줬었죠?"

라르크는 어깨를 으쓱이며 이하에게 말했다. 이하는 고개를 끄덕이며 인정했다.

"그거야, 뭐. 말해도 크게 상관없는 것들이라 알려 준 거죠."

"그때, 특이한 점 못 느꼈어요?"

라르크의 물음에 이하는 다시금 업적 창을 켜 확인해 보았다.

신나라가 라르크의 말을 받았다.

"하이하 씨가 마지막으로 획득했던 그 업적들, 하나같이 페널티가 없었어요."

"어라, 그러네."

U-급이 어느 정도인지, 그 스탯 포인트의 수치는 R급에 비해 얼마나 차이가 나는지 알려 주기 위해 말해 준 적이 있다.

이하에게 긍정적인 요소들이 보상으로 붙어 있는 업적들이다.

그러나 그 업적의 보상에는 '부정적인 요소'가 될 만한 게 없다. 미들 어스는 반드시 페널티를 부여한다.

강해지기만 하는 게 꼭 좋은 게 아니라는 생각이 들 정도로, 집요하게 페널티를 부과한다.

그런데 아무것도 없다고?

라르크는 다시 말했다.

"그리고 미들 어스에서 페널티가 없는 업적이라면—."

"그 이후의 페널티를 감수할 각오를 해야 한다……는 말이죠?"

이하는 웃으며 답했다.

신나라가 조금 놀란 표정으로 이하를 바라보았다. 프레아와 기정은 그들이 무슨 이야기를 하는지 감도 잡지 못했다.

라르크는 헛웃음을 터뜨렸다.

"핫, 알면서 모르는 척한 겁니까?"

이하도 그를 따라 웃으며 고개를 저었다.

"아뇨. 방금 안 거죠. '제가 생각하던 그것'이 맞는다는, 또 하나의 확증이네요."

"……그게 뭔데, 형?"

"하여튼 이놈의 미들 어스라는 게임은, 언제나 힌트를 주고 있었다는 뜻이야."

〈업적: 마탄의 사수, 그 이름의 무거움 (U)〉

이럴 수가! 당신은 마왕, 에얼쾨니히가 있는 세상에서 마탄의 사수가 되었습니다. 역대 마탄의 사수와는 짊어지는 무게가 다를 수밖에 없는 당신은, 어떤 선택을 할 수 있을까요. 당신이 마탄의 사수에 대한 비밀을 많이 알고 있을수록 당신은 고민해야 할 것입니다. 하지만 고민할 여지가 있을까요? 냉정하게 생각한다면 결국 하나뿐입니다. 그것이 바로 마탄의 사수의 운명, 어쩌면 당신은 마탄의 사수가 벗어날 수 없는 운명의 속박에서 가장 아름답게 발버둥 치는 사수가 될 것입니다.

당신에 대해서는 그 누구도 기억하지 못하겠지만 말이지요. 미들 어스는 당신의 선택을 기다립니다.

그리고 감사의 인사를 드립니다.

보상: 스탯 포인트 500개

(명예의 전당이 없는 업적입니다.)

"이게 무슨 소린가 했어. 하하핫."

이하는 자신의 업적 창에 있는 설명을 그대로 읽어 주었다.

그러나 쉬이 알아듣는 자는 없었다.

"음? 선택……? 무슨 선택을 할 수 있다는 얘기지?"

"마탄을 쏘냐, 마냐, 그 이야기하는 거야, 형?"

마탄의 사수에 대해 어느 정도 알고 있는 라르크나 기정도 이해하지 못하는 게 당연한 일이었다.

마탄의 사수인 본인, 이하조차도 해당 업적의 설명을 완벽하게 이해한 게 지금 이 순간이었기 때문이다.

—화연아, 에얼쾨니히 잡을 방법 찾았어.

—뭐? 뭐? 무슨— 정말이야?

—응. 그래도 유저들이 다 도망가면— 야수화 몬스터 처리하기 어려우니까, 우선 중앙부로들 모여 달라고 전달해 주고. 후방의 교황 성하도 마찬가지. 에얼쾨니히 공격하기 전에 나도 전파할 테니까 잠시 후 여기서 봐.

—아, 알았어. 블라우그룬 님한테도— 아니, 드래곤들한테도 당장 전파할게.

이하는 람화연을 불러들였다.

람화연은 자청을 비롯한 화홍 길드의 유저들에게 퇴각하는 유저들의 만류와 에얼쾨니히를 죽일 수 있다는 가능성에 대해 전파를 맡기곤 곧장 이하가 있는 곳으로 돌아왔다.

드래곤들 사이에서도 순식간에 퍼진 정보로 인하여, 이하의 주변은 곧 많은 수의 랭커들이 모이는 장소가 되었다.

알렉산더와 베일리푸스는 도착과 동시에 물었다.

"마왕에게 정의를 집행할 수 있나, 하이하."

[로드께서도 불가능한 일이라 하셨거늘. 너에게 방법이 있단 말인가.]

이하가 푸른 수염을 죽이는 데에 있어서는 그 어떤 의심도 지니지 않았던 둘 또한 마왕이라면 이야기가 다를 수밖에 없었다.

이하는 바닥에 주저앉은 채, 자신의 주변에 모여든 랭커들을 보았다.

그러곤 고개를 끄덕이며 자신이 생각한 바를 말했다.

"네. 제가 마왕과 하나가 되면 돼요."

주변의 경악과 소란 속에서, 이하는 한마디를 덧붙였다.

"그리고 일곱 번째 탄환을……. 마지막 마탄을 쏘면 되는 거였어요."

마왕 에얼쾨니히를 잡을 수 있는, 이하가 떠올린 유일한 방법이었다.

"이미 마탄을 사용했음에도 다시 한 번 마탄에 기댄다는 뜻인가. 실패는 성공의 어머니라지만 이 경우는 다르다는 것을 하이하, 너는 인지해야 한다."

[정의를 집행하고자 하는 그대의 마음은 충분히 와닿지

만…….]

"하이하 대협이 떠올린 생각이 틀렸다고는 생각하지 않습니다만— 저희로선 당장 믿을 수가 없군요. 어떻게 그런 흐름으로 이야기가 진행될 수 있는 겁니까."

"그, 그러니까. 하이하 씨, 당신 그런 각오를 하고 있었다고? 그게 무슨 뜻인지는 알고—."

알렉산더와 베일리푸스, 페이우와 라르크 등 주변의 유저들은 이하에게 득달같이 달려들었다.

람화연은 놀라서 말도 제대로 하지 못하고 있었다. 기정 또한 마찬가지였다.

이하는 그들을 진정시켰다.

"자, 자. 제 얘기 좀 들어 보세요. 적어도 그 방법이 가능하다는 힌트에 대해서 알려 드릴 테니까. 우선 제 업적에 대한 이야기는 잠시 후에 들으시고……. 제가 처음 에얼퀴니히에게 마탄을 쐈을 때, 기억하세요?"

주변의 유저들은 무언가에 홀린 듯 고개를 끄덕였다.

별다른 성과가 없긴 했지만 이하가 마탄을 쐈다는 사실은 이미 알고 있었기 때문이다.

그때, 다른 유저들은 듣지 못한 사실이 있다.

"에얼퀴니히와 저, 그리고 블랙 베스. 삼자가 묘하게 링크된 시점이 있었는데…… 그때 분명히 말했거든요."

[네가 사용한 마탄은 마魔를 죽일 수 없는 것이니까.]

"그때는 무슨 뜻인지 몰랐지만…… 자세히 생각하면, 아니, 마탄이라는 것의 기원으로 거슬러 올라가자면— 아! 마침 교황 성하께서도 오셨네."

"하, 하이하 님, 저도 이야기는 들었습니다. 설마 그런 결정을 내리셨다는 게 진심이신—."

"넵, 그건 진심이니까 대답부터 해 주세요."

이하는 자리에서 곧장 일어나 교황에게로 다가갔다.

충격 때문에 몸을 제대로 가누지도 못하는 교황의 어깨를 붙잡으며, 이하는 물었다.

불경하다고까지 할 수 있는 행동이었으나, 그 누구도 이하를 제지하지 않았다.

"성하, 태초에 있었던 신과 마의 대결에서…… 마魔를 죽인 힘은 몇 번째였습니까."

"그것은…… 물론 마지막입니다. 그 마지막 힘으로 자신을 소멸시키고 태초의 마魔는 소멸되며 자신이 만들었고 숨겨 두었던 마의 파편에게 뒤를 맡겼으니까요."

"그렇죠? 그리고 '마지막'이라함은— 그 숫자는—."

"……일곱…… 번째이지요."

교황이 일그러진 얼굴로 말했다.

웅성대던 주변의 유저들은 더 이상 아무런 말도 못 하고 있었다.

"맞습니다, 일곱 번째. 그리고 마탄이라는 이 힘, 대상이 어느 위치에 있든, 어떤 식으로 보호받든, 아무런 상관도 없이 반드시 적을 소멸시켜 버리는 이 힘이 바로…… 태초의 신과 마의 대결에서부터 유래되었다고 알려져 있죠. 그렇다면 마를 죽이는 힘. 마를 죽일 수 있는 힘이란 결국—."

일곱 번째 마탄밖에 없는 게 아닐까?

이하의 '의구심'은 그때부터 싹트기 시작했었다.

가장 먼저 반발한 것은 역시나 람화연이었다.

"말도 안 되는 소리 하지 마. 지금 그것만 믿고 에얼쾨니히에게 흡수되겠다고? 아까 에얼쾨니히가 공개적으로 말한 거 못 들었어? 하이하 당신이 마왕에게 흡수되면 그냥 끝이야. 지금은 그나마 우리가 찾지 못한 공략 방법이 있을지도 모르지만— 자미엘과 블랙 베스가 에얼쾨니히에게 삼켜지면…… 아흘로가 직접 강림이라도 하지 않는 이상 죽일 수 없게 될 거라고. 그리고 무엇보다!"

람화연은 이하를 보고 있었다.

그녀의 눈 주변이 울렁거리며 떨렸다. 현실이었다면 눈물이라도 떨어졌을까. 이하는 그녀가 무슨 말을 하고자 하는지 잘 알고 있었다.

—설령 흡수된 상태에서 일곱 번째 마탄을 쓸 수 있는— 그

찰나의 기회가 있다고 해도, 써 버리는 순간…… 하이하, 오빠는!

삭제된다.

죽음이 아니다. 캐릭터의 삭제다. 이제 사실상 탑 텐 랭커라고 봐도 좋다.

스탯은 이미 기존부터 1등이었다.

몇 개의 레벨만 더 올린다면, 미들 어스 최강은 이하 자신이 될 것이다.

지금까지 노력한 것은? 모든 업적과 시티 가즈아의 성주로서의 지위는?

아이템은? 삼총사는? [명중]은?

사라진다.

리셋된다.

이하는 람화연을 바라보았다. 그녀의 귓속말을 들으면서도 이하는 아무런 말을 할 수 없었다.

—미안해, 화연아.

이것 외에는 방법이 없으니까.

적어도 이하 자신이 생각한 것 기준으로는 이게 확실하다는 판단이 섰으니까.

"크흠, 큼! 아, 그뿐만이 아녜요. 그리고 저 마왕 새끼, 저거. 저한테는 [넌 날 이길 수 없다]라고 해 놓고, 제가 빠진 이후에 여러분들과 싸울 때는 [너희들은 날 죽일 수 없다]라고 한 거, 기억나세요?"

제77대 교황이 남겨 놓은 보물을 사용하기 위해 이동했을 때, 에얼쾨니히는 이하에게 말했다.

[너는 나를 이길 수 없다.]

그 직후, 본모습을 드러낸 에얼쾨니히는 중앙부에 모여든 수없이 많은 〈신성 연합〉을 보며 말했다.

[슬프도다. 너희들의 힘으로는 나를 죽일 수 없음을 모르는가.]

이하의 말을 의심하고 또 의심하던 유저들의 표정이 변하기 시작했다.

실제로 에얼쾨니히의 말은 모두가 듣지 않았던가.

"미들 어스는 게임입니다. 어쨌든 풀지 못할 숙제는 주지 않아요. 에얼쾨니히는 적어도 '거짓말'을 하지 않았습니다. 저는 에얼쾨니히를 이길 수 없어요. 왜냐? 일곱 번째 마탄을 사용하면 에얼쾨니히도 죽고 나도 죽으니까. 그리고 여러분들은? 일곱 번째 마탄이 없는 이상…… 아니, 마탄의 사수가 아닌 이상!

에얼쾨니히를 죽일 수 없죠. 하핫, 웃기지 않습니까? 이건 뭐 딜레마도 아니고 뭣도 아니고…… 하여튼 그게 바로—"

마탄의 사수, 그 이름이 갖는 무거움이리라.

마탄의 효능에 대해선 모두가 알고 있다. 여섯 개의 탄환과 마지막 탄환의 차이에 대해서도 아는 사람이 대부분이다.

따라서 그들은 아무런 말도 할 수 없었다.

자신의 캐릭터가 '삭제'된다는 위험 부담을 안고, 마왕을 향해 가겠다는 자에게 해 줘야 할 말은 무엇일까.

"뭐야? 얼굴들 왜 이래? 으히히, 지금, 어! 여기 있는 사람들, 내가 이름이랑 다 적어 놨다가! 아니, 우리 비상 연락망 있죠? 여러분들 스마트폰에 내 계좌번호 보낼 테니까 알아서 마음의 빚 같은 거 청산하세요. 그런 꿀꿀한 표정 말고, 시원하게 현찰로. 오케이?"

이하는 낄낄거리며 주변의 유저들에게 장난을 쳤다.

그럼에도 유저들의 표정은 그리 나아지지 않았다. 기정은 거의 울먹거리고 있었다.

"형……."

"괜찮아, 괜찮아. 나도 아직 믿고 있는 건 있어."

"믿고 있는 거?"

기정의 물음에 답하지 않은 채, 이하는 다시 한 번 시스템 창을 켜 보았다.

마탄의 사수의 일곱 번째 탄환.

마탄의 사수

마탄의 사수는 일곱 번째 탄환으로 에얼쾨니히와 함께 공멸해야만 한다.

'그렇지. 설령 에얼쾨니히가 없더라도— 일곱 번째 탄환을 사용하면 캐릭터는 삭제돼. 힘만큼의 페널티를 부여하는 미들 어스답지. 그것은 절대 피할 수 없는 일일 거야.'

그럼에도 한 가지 문구는 있다.

이하는 바로 그 문구에 희망을 걸고 있었다. 누가, 어디서, 어떻게, 언제 할지는 모른다.

'하지만…… 믿어야지.'

이하는 블랙 베스를 움켜쥐었다. 폭주율은 여전했다.

이제 모든 방향은 정해졌으므로, 라르크는 물어볼 수 있었다.

"크흠, 그래서— 그게 100% 맞아떨어지는 계획이라고 칩시다. 하이하 씨, 에얼쾨니히한테는 어떻게 가려고? 흡수당할 테니까 공격 좀 멈춰 줘요! 한다고 쟤가 멈출 것 같지 않은데."

에얼쾨니히의 거체 근처로 다시금 붉은빛의 알갱이들이 모여들고 있었다. 벌써 몇몇 유저들은 배리어를 캐스팅하며 움츠러들었다.

저것을 뚫고 갈 수 있느냐.

이하는 고개를 끄덕였다.

"네. 나 혼자 가야지. 아무도 오지 마세요."

[하, 하이하 님, 저는—.]

"블라우그룬 씨."

［—……이렇게 중요한 순간에 아무런 도움도 드리지 못해서—. 비록 마탄의 저주로 인하여 하이하 님의 기억조차 잃게 될지 모르지만— 저는…… 저는 하이하 님을 기억하겠습니다.］

드래곤의 눈에서 물방울이 떨어지고 있었다.

일곱 번째 탄환은 영원한 이별이다. 주변의 몇몇 유저들은 아예 고개를 돌려 버린 상태였다.

울고 있는 파트너 드래곤을 향해 이하는 팔을 뻗었다.

서늘한 감촉의 비늘을 쓰다듬어 보며 이하는 웃었다.

"기억할 수 있을 거예요."

짧은 포옹을 풀고 이하는 람화연을 비롯한 유저들과 눈을 마주쳤다.

"뭐, 우리끼린 작별 인사 안 해도 되겠지? 그럼 갑니다!"

오래 말해 봤자 좋을 게 없다는 걸 알기에, 이하는 곧장 움직였다.

에얼쾨니히와 대화를 한다면 흡수당할 수 있다. 그러나 대화를 하기 위해선 근처까지 가야 한다.

이하는 호흡을 가다듬었다.

"온다, 모두 방어 준비!"

————————……!

누군가의 외침에 더해 에얼쾨니히의 붉은 기운이 쏟아지는 순간, 이하는 방아쇠를 당겼다.

"〈방출: 엘리자베스 ⑵〉!"

투콰아아아—————————……!

시원한 총성이 끝나기 무섭게, 이하의 몸이 날아올랐다. 유저들은 잠시 당황했다.

마치 뱀파이어처럼 하늘로 솟구친 이하의 등에는 두 개의 피막 날개가 자라 있었기 때문이다.

"배, 뱀파이어도 아니면서 날개를—. 아!? 엘리자베스의 특성—."

"〈방출: 엘리자베스 ⑴〉!"

이하는 다시 한 번 방아쇠를 당겼다. 그의 모습이 사라졌다.

어안이 벙벙해진 얼굴들이 이하가 사라진 허공을 바라보고 있었다.

"하이하 씨…… 정말로……."

신나라가 조용히 그의 이름을 읊조렸다.

'엘리자베스 선배답다니까.'

엘리자베스의 두 번째 특성은 자유로이 하늘을 날아다니는 것이었다.

첫 번째 특성이 모두에게서 잊히고자 하던 것을 생각한다면, 이해가 안 되는 것도 아니었다.

'결국은— 자유롭게 되기를 갈망했다는 거겠지.'

이하는 빠르게 하늘을 날며 생각했다. 투명화나 은신이라면 기타 등등의 스킬도 있지만 굳이 〈방출: 엘리자베스 (1)〉을 쓴 이유도 있었다.

모두에게서 잊히고 싶지만, 자유를 갈망했지만…….

동시에 다른 자와의 소통을, 다른 이가 자신을 구원해 주기를 원했던 엘리자베스의 특성이 고스란히 녹아 있었기 때문이다.

다른 은신과 달리 소통이 자유롭다는 것. 즉, 귓속말은 가능하다는 뜻이다.

—아마 전해 들었겠지? 루거, 너! 마탄의 사수 경쟁 다시 하자고 하지 않았어? 얼른 와서 가져가! 네가 가서 좀 죽으라고! 키드, 당신도 마찬가지야. 은근히 모르는 척하고 있지 마. 낄낄.

다른 모두와는 인사를 나눴어도 두 사람과는 제대로 된 대화를 하지 못했다.

두 사람이 자리하지 않은 이유를 '폭주율' 때문이라 생각했기에, 이하는 그들을 타박하지 않았다.

그저 오랜 기간 이어져 왔던 삼총사들의 장난일 뿐이었다.

—……진짜 뒤지러 가는 거냐.

—그것밖에 방법이 없다니까.

—마탄의 사수 전직했을 때의 이야기를 기억하고 있습니다. 하이하 당신이 틀리지 않았다면— 분명 원복 가능성이 있었을 겁니다. 맞습니까?

—크으으으, 역시 키드야. 맞아. 사실 나도 그거 하나 믿고 가는 거지.

이하가 기정에게 미처 하지 못했던 말은 바로 이것이었다.

[《마탄의 사수》로 전직되었습니다.]
(해제 조건부 전직으로, 조건 만족 시 3차 전직 직업의 자격을 상실, 이전 직업으로 원복합니다.)

—해제 조건이란 결국 일곱 발의 마탄을 모두 사용하는 것, 그것으로 마탄의 사수는 마탄의 사수라는 직업에 대한 자격을 상실하고 이전 직업으로 원복한다고 했습니다.

—응. 뭐, 어떤 식으로 이루어질지는 모르지만…… 되겠지. 방법이 아예 없었다면 '원복'이라는 단어를 쓰지 않았을 거야. 분명해.

그러나 그것은 희망 사항이자 믿음일 뿐이었다.

스킬 창에도 일곱 번째 탄환이, 사용자를 삭제시킨다고 버젓이 적혀 있지 않은가.

〈마탄〉 — 잔여 탄 수: 1
효과: 자기 자신의 소멸 (1발)
    (업적, 칭호, 직업 관련 기록에서 사용자와 관련된 모든 데이터 초기화)
    (같은 닉네임의 캐릭터를 생성하더라도 NPC와의 상호 작용 기록 또한 초기화됩니다.)

그럼에도 이하는 꿋꿋하게 목소리를 내었다. 키드도 그것에 동조하고 있었다.

그 이야기를 들으며 격앙된 목소리를 내는 것은 루거밖에 없었다.

—멍청한 소리들 하고 앉았군. 그래서? NPC가 아니라 유저니까— 일곱 발째의 페널티가 '삭제'가 아닐 거라고? 그게 아니라는 건 하이하 네 녀석이 가장 잘 알고 있을 텐데!? 키드 너도 마찬가지잖아! 마탄의 사수는 그런 게 아니야! 그걸 잘 아는 인간들이! 마탄의 사수의 기억을 직접 확인하고, 그 안에서 그들의 고통을 보았던 놈들이 어떻게 그렇게 무책임한 말을—

—그럼 어떻게 말하란 말입니까.

—……뭐?

한참을 흥분해서 떠들던 루거의 입이 다물어졌다.

루거에 비하면 키드의 목소리는 턱없이 작았으나, 그 작은 목소리 안에 담긴 감정은 루거에게도 닿았기 때문이다.

—지금의 하이하에게 '반드시 사망하라'라고 말하라는 겁니까. 우리가 아는 것처럼 마탄의 사수의 일곱 번째 탄환은 돌이킬 수 없는 것이니, 그곳에서 마왕과 함께 동반 자살을 하고, 캐릭터 삭제가 된 후 레벨 1짜리 캐릭터로 다시 미들 어스를 시작하라. 삼총사도, 뭣도 아닌…… 아무것도 없는 캐릭터로 다시 시작하라. 이렇게 말하라는 겁니까, 루거.

루거는 아무런 대답도 하지 않았다. 이하는 괜스레 눈앞이 뿌옇게 변하는 기분이 들었다.

기정도 있고 람화연도 있지만, 미들 어스에서 협력전이든, 경쟁전이든 가장 오랫동안 플레이해 온 것은 삼총사이지 않은가.

언제나 감정을 숨겨 왔던 자신의 전우이자 라이벌들이, 지금은 모든 감정을 내비치고 있다.

—크흠! 그러니까! 나중에라도 내가 오면 잘하란 말이야.

알간? 근데 레벨 1짜리로 다시 오면 그때는 어떻게 되나? 나는 [명중]의 하이하의 후예— 아니, [명중]의 하이하는 사라졌으니— 음!?

엘리자베스의 스킬로 돋아난 날개를 퍼덕이던 이하는 무언가가 잘못되었음을 깨달았다. 갑자기 눈앞이 새카맣게 변한 것은 어떤 의미인가.

"이런 젠장!?"

엘리자베스의 은신도 절대 은신 수준이라고 봐야 한다.

즉, 에얼쾨니히를 우회해서 갈 수만 있다면 충분히 접근할 수 있을 거라는 믿음이 있었다.

그의 공격은 어디까지나 칼바리아 언덕 중앙부에 고정될 가능성이 높으니까.

그런데 벌써 눈앞으로 닥쳐온 저것은!?

"검은색! 심연의 덩어리!"

방향성조차 주체하지 못하던 검은 기운이 벌써 이하의 코앞까지 다가온 상태였다.

그리고 이제, 루거, 키드와 대화하느라 에얼쾨니히의 공격 패턴을 놓친 대가를 치러야 했다.

"젤라퐁, 그냥 떨어져!"

[묘, 묘오옹!?]

"늦었—."

━━━━━━━━━━━━━━━━━━━━━━━!

검은 기운이 이하를 휩쓸었다.

"어!?"

"하, 하이하의 상태가—."

이하가 은신 상태였으므로 다른 유저들은 어떻게 된 점인지 명확히 파악할 수 없었지만, 한 가지는 확실했다.

친구 창의 위치 표기가 없다.

"……친구 창에서— 로그아웃 표시로 바뀌었어요."

"이런 멍청한— 설마 지금 저걸 맞은 건가!? 못 피한 거야!?"

—하이하! 하이하!

—이런 미친— 뭐야? 당한 건가!?

—삼총사의 친구 창에도 없습니다! 설마 마왕에게 가다가 죽었다면—.

—재수 없는 소리 하지 마, 키드!

중앙부에 모여 있던 유저들은 물론, 삼총사인 키드와 루거마저도 당황스러운 사태였다.

이렇게나 갑작스러운 사건을 어떻게 받아들여야 하는가.

"죽었— 죽었다고? 죽었다고요, 이하 형이?"

이렇게 허무한 일이 있을 수도 있는가.

기정은 바닥에 털썩 주저앉았다. 겨우겨우 친구 창을 열어 이하의 상태를 확인하고서야…….

"응? 있는데요?"

기정이 말했다. 넋을 놓았던 유저들이 정신을 번쩍 차렸다.

"네?"

"보이는데요? 칼바리아 언덕."

"어라라? 뭐야? 엥?"

"지, 진짜다?"

허겁지겁 친구 창을 열던 유저들은 곧이어 다시금 고개를 갸웃거려야만 했다.

조금 전까지 로그아웃이던 이하가 갑자기 로그인 상태로 변해 있다니?

일반 유저들이 당황하는 것도 당연한 일이었다.

당사자인 이하마저도 당황스러운 일이었으니까.

이하는 허겁지겁 자신의 몸을 더듬었다.

젤라퐁은 물론, 블랙 베스도 고스란히 있었다. 스탯 등의 변화도 없었다.

"하아, 하아, 하아……. 뭐야, 뭐가 어떻게—."

이하는 시스템 알림 창을 켜 보았다.

도저히 피할 수 없다고 생각했던 순간 눈앞에 줄줄이 떴던 문구들.

[일격 사망이 확인되었습니다.]

[조건을 충족하여 관측 기회가 주어집니다.]

[중첩된 사실을 확인합니다.]

[중첩되었던 상태를 관측하시겠습니까?]

[YES / NO]

[중첩되었던 상태를 관측하였습니다.]

"—된 거지? 일단 당황해서 YES를 누르긴 했다만…… 에르빈의 고양이가 뭔— 아!?"

이하는 그것을 읽다 말고 깨달았다. 어째서 이런 일이 벌어졌는가.

"……하하……. 이거야? 이런 거였어?"

〈방출: 에르빈의 고양이〉

설명: 두 가지 상호 배타적인 상태를 공존하고 있는 고양이. 이것은 생명체이자 동시에 생명체가 아니다. 살아 있는 상태와 죽어 있는 상태가 중첩되어 있는 역설을 몸소 보여 주고 있다. 이 고양이의 힘을 빌려 자기 자신을 중첩시킨 후 관측한다면, 한 가지의 상태를 확정할 수 있다.

효과: 중첩

(조건 만족 시 확정 기회 부여)

지속 시간: 확정 즉시

쿨타임: 확정 이후 72시간

블라우그룬의 레어에서 이상한 방향으로 허공을 밟고 다니던 고양이.

이하는 그 무미건조한 행색의 고양이를 떠올리며 헛웃음을 터뜨렸다.

'일격에 사망할 경우— 한 번은 살려 주는 건가? 뭐 이런 미친 스킬을……. 아니, 생각해 보면—.'

블라우그룬은 〈라퓨타〉에서 가져온 아이템을 허무하게 잃어버렸다고 분노하지 않았던가.

아무런 기능도 없는, 쓸모없는 펫이라며 난리를 치지 않았던가.

'근데 그게 아니었구나. 쿨타임이 72시간인 게 아깝네.'

당연히 그 아이템으로 이루어진 키메라는 보통의 생명체가 아니었다.

—하이하! 어떻게 된 거야!?

—형! 살아 있네? 뭐야, 방금? 난 형 죽은 줄 알았어!

—어떻게 된 겁니까. 위치 정보가 그런 식으로 온/오프 될 수는 없을 겁니다.

마탑의
수

이하는 곧장 자신에게 쏟아지는 관심에 간단하게 답해 주었다. 어차피 더 이상은 오래 설명할 여유도 없었다.

―안 죽었어. 아니, 정확히는 죽었다 살아났어. 그리고 여러분, 이제― 연락은, 힘들지도 모르겠어요. 잘되면 에얼퀴니히가 사라질 것이고 아니면 뭐…… 나중에 봅시다.

"우읍."

〈방출: 엘리자베스 (2)〉로 인하여 돋아난 날개는 블라우그룬의 비행 이상의 속도를 낼 정도였다.

에얼퀴니히와 가까워질수록 급습하는 두통과 어지럼증, 심지어 시야도 비정상적으로 흐릿해졌다가 밝아지는 등의 문제가 발생하는 중이었다.

―각인자여.―

"블랙, 이게 정답이겠지?"

―그것은 나도 모른다. 그러나 자미엘의 마지막 힘을 사용해 그 흔적을 없애기 위함이라면……. 나는 각인자, 그대를 돕겠다. 그대와의 약속처럼. 나와 그대의 계약, 그대로.―

"흐흐, 좋아. 우선은― 끄윽, 폭주하지 않도록 최대한 절제해 줘."

―알겠다.―

이하는 스킬 창을 열어 폭주율을 확인했다.

에얼쾨니히와 가까워졌음에도 약 2%가량 감소하는 폭주율을 보며 쓴웃음을 지었다.

지금은 이 정도가 블랙 베스의 최선이리라.

'하지만 이 정도라면……. 우선 당장 움직일 수 있을 정도면 돼.'

이하는 비행을 멈췄다. 가까이서 보는 에얼쾨니히는 더욱 압도적인 크기로 느껴졌으나, 겁먹을 필요는 없었다.

"후우, 후우. 자, 그럼……."

필요한 것은 한순간이다.

에얼쾨니히가 자신을 흡수하는 그 순간.

어떤 프로세스, 어떤 알고리즘으로 흘러갈지 모르지만 정신을 잃거나 사망 판정이 뜰 확률이 높다.

그 시점 직전에 '일곱 번째 탄환'을 사용해야 한다.

찰나가 될 것이다. 길게 잡아도 3초 안에 끝난다.

철컥.

이하는 괜스레 노리쇠를 당겼다. 그러곤 조용히 말했다.

"〈방출: 엘리자베스 (1)〉 해제."

에얼쾨니히는 또 한 번의 공격을 준비 중이었다.

이하가 마왕과의 공멸을 결심하고, 비행하여 이곳으로 날아오는 동안 행하여진 공격이 총 3번.

그 공격으로 〈신성 연합〉의 수는 유저와 NPC를 통틀어 이제 45만 남짓이 되었다.

얼마 안 되는 시간 사이 99만 명 중 54만 명이 사망했을 정도의 파괴력이 있다는 뜻이다.

"에얼쾨니히! 아까의 거래를 받아들이려고 왔다. 공격을 멈춰!"

마왕은 역시 일반적인 공격으로 될 게 아니라는 걸 다시 한 번 통감하여, 이하는 외쳤다.

에얼쾨니히의 입 앞으로 모이던 붉은빛의 알갱이가 서서히 옅어지기 시작했다. 마왕은 고개를 돌렸다.

본모습을 드러낸 검붉은 피부의 거체. 눈의 크기만 웬만한 드래곤보다도 큰 에얼쾨니히는 이하를 완전히 포착해 내고 있었다.

흰자 따위는 없이, 그저 새카만 눈동자는 바라보기만 해도 오금이 저릴 정도였다.

[마탄의 사수……. 그런가. 결국 힘에 굴복하는 것인가.]

"……굴복하는 건 아니지만. 약속은 지키겠지?"

[물론이다. 네가 나에게 흡수되어 준다면, 너의 종족의 생존은 보장하지. 단…… 저주 받을 아흘로의 얼굴에 침을 뱉는 자만이. 그리고 나에게 영원한 충성을 맹세하는 자에 한해서 말이야.]

"이런 미친— 약속이 다르잖아!? 아까는 그런 말 없었—."

[과거의 제안에 동의하고 싶다면 과거로 돌아가서 수락하지 그러나.]

이하의 목소리는 들리지 않았으나 에얼쾨니히의 목소리는 칼바리아 언덕 전역에 퍼지고 있었다.

마왕의 목소리가 조금쯤 떨리고 있다는 것을, 그것이 '웃음'이라는 것을 깨닫기까지는 그리 오랜 시간이 걸리지 않았다.

이하는 입술을 깨물었다.

'하긴, 신과 마의 내기에서도 비겁한 술수를 쓰던 새끼들이다. 당연한 일인가.'

어차피 에얼쾨니히의 말 따위는 상관없다.

자신은 에얼쾨니히를 죽이기 위해 이곳에 있으므로.

일부러 흡수되려 한다는 뉘앙스만 주지 않는다면, 마왕을 속일 수만 있다면 얼마든지 상관없다.

"비겁한 자식. 그 약속이라도 반드시 지켜라."

[비겁의 마魔는 내가 죽였지. 나에게 비겁은 없으니 걱정하지 않아도 되네.]

이하는 블랙 베스를 꽉 움켜쥐었다. 에얼쾨니히는 입을 벌렸다.

검붉은 용암과 같은 피부에 비해, 그의 입안은 아무런 빛깔도 없었다.

이하는 그러한 것을 본 적이 있었다. 에얼쾨니히가 본모습을 드러내기 전까지 줄곧 유지했던, 보는 사람마저 어지럽게 만드는 어둠.

완전한 흑색에 가까운 어둠이 마왕의 입안에 있었다.

"끄으으으윽……."

실제로 이하에게는 다시금 두통이 찾아왔다. 스킬 창을 통해 확인한 폭주율은 무려 98%!

[그럼…… 태초의 마魔에서 만들어진 힘이여. 그리고 그 부속물이여…….]

"끄아아아악! 블랙! 버텨!"

―각인…….―

"읍― 웨에에에에엑!"

―……자여.―

[나에게…… 오라.]

마왕, 에얼쾨니히가 숨을 들이켰다.

허공에서 비실대던 이하와 블랙 베스는 삽시간에 그의 입안으로 딸려 들어갔다.

폭주율 99%. 이하는 정신을 잃을 것만 같았다.

시야는 완전히 암전되었다.

에얼쾨니히는 어디에 있는 거지?

지금 자신의 몸이 움직이긴 한 건가?

감각도 모두 어그러졌다.

서 있는 건지, 떠 있는 건지, 누워 있는 건지. 모든 감각이 사라져 버린다면 이런 느낌일까.

'이런, 이래서는― 안 돼. 제기랄, 움직여! 손가락이든, 발가락이든!'

앞이 어디인가. 뒤는 어디인가. 위는 어디인가.

깊은 바다로 가라앉아 본 적도 있다.

우주와도 같은 공간에서 유영을 해 본 경험도 있다.

심지어 하반신의 감각을 완전히 잃어 본 적도 있다!

'감각, 감각에 집중해야 한다. 사고— 생각해야 해. 생각이라도 멈추면 나는— 나는— 게임을 하고 있는 건가? 로그아웃된 거 아냐?'

이러한 상황에 나름대로 익숙하다고 생각했던 이하였지만 지금은 아무런 생각도 들지 않았다.

'젤라퐁— 젤라……'

그것은 눈에 힘을 준다거나, 억지로 정신을 차리려 노력한다고 되찾을 수 있는 게 아니었다.

스킬 창은?

지금 마탄을 쏘면 되나?

시스템 창이 안 보이는데 그런 게 가능하긴 한 건가?

아니, 지금 내가 여기서 뭘 하는 거지?

허무의 공간.

'아냐, 아니다. 에얼쾨니히를 죽이려고 온 거잖아! 정신 차려, 하이하! 이렇게 휩쓸려 가다간 죽도 밥도 안 된다, 차라리— 음!?'

완벽한 어둠이었다.

자신의 신체마저 어둠에 녹아들어 가 감각을 잃었다는 생각이 들 정도의 어둠이었다.

그러한 어둠 속에서 이하는 무언가를 본 것만 같았다.

그것 또한 흑색이었으나 지금 이 세계를 이루고 있는 어둠과는 조금쯤 달랐다.

하마터면 그것을 '빛'이라고 생각할 정도로 눈에 튀는 것.

이하의 눈에 들어온 것은 인간이었다.

검은색의 아이템을 주로 사용하고, 흑발을 자랑하는 유저 중 한 사람.

"님? 여기서 머 함?"

랭킹 2위, 이지원이 갑작스레 이하의 눈에 들어왔다.

이하는 잠시 상황을 이해하지 못했으나, 지금은 상관없었다. 어떻게든 이지원의 곁으로 가야 한다.

손, 발을 움직여 보려 하지만 아무런 감각도 없을 때, 이지원은 흐물거리는 실루엣으로 다가왔다.

턱.

이지원은 손을 뻗어 무언가를 잡고는 그대로 쭉 이끌었다.

그것이 이하 '자신의 팔'이라는 걸 어렴풋이 깨달았을 때, 이하는 이지원에게서 이상한 말을 듣게 되었다.

"심연의 아가리에서 만나는 건 쌉에반데."

Geschoss 9.

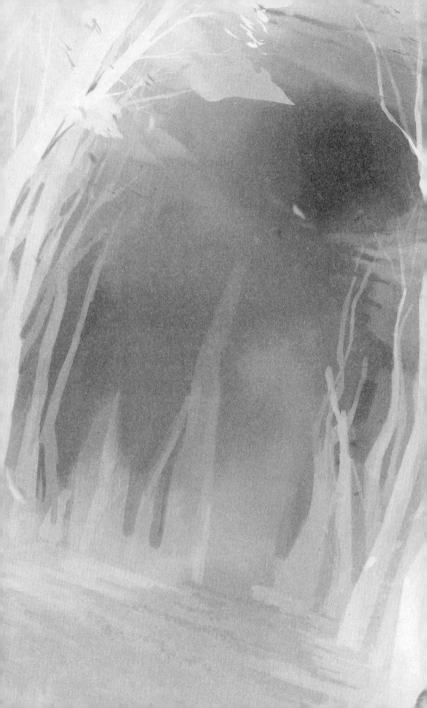

"하아, 하아, 하아……."

이하는 호흡부터 가다듬었다. 이지원에게 묻고 싶은 것은 많았다.

그러나 어지럼증은 물론, 감각을 마비시키는 증상들이 갑작스레 밀려들 것만 같아 불안감에 입을 뗄 수가 없었다.

이지원은 헉헉거리는 이하를 물끄러미 바라보다, 무언가가 생각났다는 듯 박수를 치며 말했다.

"리얼…… 킹연의 갓가리가 처음이면 어쩔 수 없지. 〈어비스 배리어〉."

그는 곧장 캐스팅하여 이하에게 스킬을 사용했다.

[상태 이상: 심연에 저항합니다.]

[심연 속 기운의 영향을 받지 않습니다.]

"하아…… 하아……. 어라?"

호흡이 정상으로 돌아온다. 두통이 옅어진다. 무엇보다 팔, 다리의 감각이 또렷해진다.

이하는 자신이 단단한 무언가를 짚고 엎드려 있다는 것을 알아챌 수 있었다.

이지원만 보이는 게 아니다. 이하는 자신의 몸도 볼 수 있었다.

여전히 완전한 어둠처럼 느껴지지만, 이지원과 자신의 근처에서만 아주 미약한 반딧불이 날아다닐 때의 느낌이랄까.

지극히 미약한 광량이었으나 없는 것보다는 훨씬 나았다.

"이지원 씨?"

"넴."

"여기서…… 여기서 뭐 해요?"

생경한 감각과 믿을 수 없는 상황의 연속이었지만 이하는 짚고 넘어가지 않을 수 없었다.

여기가 어디인 줄 알고 이지원이 있는가.

"여기? 심연에서 푸른 수염이랑 마왕 조질 방법 찾다가, 불가능하다는 걸 이제 알았자녀. 하이하 형님도 갇힌 거? 어케 들어오셨음? 나가는 문도 사라졌던데."

"음? 심연? 웬 심연? 전 마왕에게 먹힌 건데요?"

마탄의 사수

"뭔 솔?"

이지원은 고개를 갸웃거렸다. 이하 또한 고개를 갸웃거렸다.

두 사람 다 이게 보통의 상황이 아니라는 것은 빠르게 인지할 수 있었으므로, 상황의 공유 또한 빠르게 진행되었다.

이하는 자신의 상황을 설명하면서 동시에 이지원의 행적을 들었다.

푸른 수염을 죽이고자 했던 이지원이지만 그는 마왕과의 전투도 고려하고 있었다. 그러나 두 존재 모두 일반적인 방법의 전투로 될 게 아니라는 걸 그는 일찌감치 확신했다.

따라서 평소에도 팀 플레이를 하지 않는 랭킹 2위는 홀로 마왕을 죽일 다른 방법을 찾기 시작했고, 특정 가정에 도달했다고 한다.

"〈심연의 아가리〉에서 태어났으니 〈심연의 아가리〉에서 조질 방법 찾는 게 당연하지 않음?"

그는 칼바리아 언덕의 전투가 시작되기 며칠 전부터 이미 〈심연의 아가리〉 속으로 들어왔다고 했다.

심연 속에서 버틸 수 있는 유저는 사실상 없었으므로, 이지원이 아니라면 생각할 수조차 없는 방법이었다.

"그, 그래서— 방법은—."

"에바지. 오히려 심연의 문이 사라져 버려서 나가지도 못하고……. 걍 '어비스 디아볼로'나 찾아 조지려고 했었는데 그놈들도 안 보여서 잠깐 쉬는 중에— 갑자기 형님이 튀어나온 거."

"그럼 여기가 심연은 맞나요?"

이지원은 고개를 저었다.

"나도 모름."

이하는 이지원의 말을 들으며 밖에 있는 인원들과 귓속말을 해 보려 했으나 전달되지 않았다.

무슨 일이 있었는지 정확히는 알 수 없다.

하지만 한 가지는 확실했다.

'이지원의 말이 사실일 거야. 마왕에게 접근한 사람은 아무도 없었으니까.'

그는 심연의 아가리로 접근한 게 틀림없다.

그렇다면 이하 자신과의 차이는?

"난 분명 마왕에게 흡수당했을 텐데……. 여기가 에얼퀴니히의 배 속이 아니라 심연의 어딘가라……."

"어쩌면 둘 다일지도 몰라요. 심연의 아가리 출구가 사라졌을 뿐만 아니라, 심연에서 텔레포트할 수 있는 스킬도 불가능해졌으니까. 여기가 심연인지 어딘지."

이지원은 남의 일 말하듯 말했다. 만약 탈출이 불가능한 장소이거나, 텔레포트를 비롯한 기타 이동 스킬이 먹히지 않는다면?

새롭게 길을 찾아야 한다. 그것도 아니라면 누군가가 구해 주러 올 때까지 기다려야 한다.

그런 상황에 처할 위험을 뻔히 알고 있으면서도 저렇게 여유가 있을까.

이하는 잠시 이지원을 바라보다 헛웃음이 났다.

"하긴, 혼자 심연에 있을 때는 더 심했겠죠?"

이것보다 더 심하고 절망적인 사태를 겪었기에 여유를 부릴 수 있다니.

그것을 부러워해야 할지, 안타까워해야 할지 감을 잡기 힘든 이하였다.

"오마에와 모 신데이루······. 그 말 그 자체임."

이하는 이지원이 무슨 말을 한 것인지 이해하진 못했지만, 느낄 수는 있었다.

무엇보다 좋은 점은 이지원이 함께 있음으로써 정신을 가다듬을 여유가 생겼다는 것.

이하는 지금까지 자신이 겪었던 상황과 이지원의 말을 종합해 보았다.

결론은 하나뿐이다. 이곳은 심연이거나 또는 심연과 유사한 장소임이 틀림없다.

'그리고 아마도······. 심연의 일부를— 몸 안으로 옮겨 왔다? 그 가정이 제일 타당하지.'

바깥에서 마왕의 변화를 줄곧 보아 오지 않았던가.

보랏빛 파를 쓰던 마왕은 어느 순간 검은 기운을 던져 댔다. 본모습을 드러내며 붉은 파동으로 바뀌기 직전까지 사용했던 그 '검은 것.'

그리고 '검은 것'을 던져 대던 인간 모양의 '실루엣'. 또한 본모습을 드러내며 보여 줬던 입안의 '색상.'

빨려 들어갈 것 같은 완전한 흑색은 심연의 상징이나 마찬가지가 아닌가.

'결국 마왕은— 심연의 힘을 사용할 수 있다는 거다. 그리고 출구가 없어졌다는 것은—'

심연의 일부를 떼어 몸 안에 지니고 있다.

바꿔 말하면 이곳은?

"마왕의 몸속이야. 틀림없어."

마왕이 심연의 귀퉁이 어딘가를 떼어 냈을 때, 심연 속 어딘가를 떠돌던 이지원이 불행하게도(?) 마왕의 몸속으로 전이되었다고 보는 게 옳지 않을까.

'본모습⋯⋯. 본모습을 드러낼 때 심연의 일부가 떨어져 나간 게 확정되었다고 본다면 얼추 맞을 거야.'

가정에 가정을 더한 것뿐이다. 그러나 논리적으로 타당하다면 그것은 단순한 가정이 아니다.

이하는 이곳이 마왕의 신체 내부라는 완전한 판단을 내렸다. 이지원의 행적뿐만 아니라 자신이 겪은 일 때문이기도 했다.

실제로 이지원이 구해 주지 않았다면⋯⋯.

'나는 먹혔을 거야.'

먹힌다는 게 어떤 의미인가.

단순한 죽음이 아니라, 자기 자신에 대한 모든 것을 잃어버리면 결국 '타인에게 먹히는 것'이 아닌가.

이하는 모든 것을 잃어 가고 있었다.

이지원이 팔을 뻗어 주지 않았더라면 자신은 생각하는 것조차 잃고 그대로 로그아웃 당했으리라.

"후우우우우······. 블랙, 괜찮아?"

—버틸— 수는 있다, 각인자여. 하지만 내 안의— 자미엘이······ 날뛰는 게 느껴진다.—

"음. 그렇겠지. 여기가 '어디'인지 아니까, 더욱 그럴 거야. 하지만 이제 그것도······."

끝이다.

이지원은 이하를 물끄러미 바라보고 있었다.

이하는 씨익 웃었다.

"살려 준 보답으로. 제가 내보내 줄게요."

"리얼로? 가능?"

"이지원 씨식으로 이야기하자면······. '쌉가능.'"

이하는 스킬 창을 열었다.

변한 것은 없다. 원복은 무슨 수로 할 수 있는 것일까.

'기대는 하지 말자. 어차피 난······.'

각오하고 오지 않았는가.

블랙 베스와 단 둘이서 조촐하게 끝낼 거라 생각했을 때, 하필 이지원이 옆에 있는 것은 또 무슨 황당하면서도 우스운 경우인지.

곁에서 지켜보는 증인이 생겨서 다행이라고 여겨야 하는 것일까.

이하는 가벼운 마음으로 임했다.

'이럴 때일수록—.'

농담을 해야 하는 법이니까.

"하아아아아…… 갑니다."

마침내 자기 자신의 마음을 편안하게 만든 후, 이하는 조용히 읊조렸다.

"《마탄》."

[스킬 사용 대상을 확인합니다.]

[잔여 탄 수가 1발입니다.]

[사용 대상이 시전자에게 고정됩니다.]

[사용 시 시전자 자신의 캐릭터가 삭제됩니다.]

[업적, 칭호, 직업 관련 기록에서 사용자와 관련된 모든 데이터 초기화됩니다.]

[같은 닉네임의 캐릭터를 생성하더라도 NPC와의 상호 작용 기록 또한 초기화됩니다.]

[사용 후 남은 탄 수: 없음]

[사용하시겠습니까?]

"그동안 고마웠다, 블랙. 그리고 젤라퐁은― 기정이한테 가는 게 좋을 거야."

이하는 방아쇠를 당겼다.

투콰아아아―――――――……!

바하무트와 플람므는 각자의 일족에게 부축을 받고 있었다. 허공에서 거친 숨을 몰아쉬던 플래티넘 드래곤이 말했다.

"하이하가 들어간 후로…… 움직임을 멈췄군요."

"하이하 아이는 해낼 거라 믿지만, 마음을 놓을 순 없소, 바하무트."

컬러 드래곤 장로의 말을 들으며 바하무트는 놀란 표정을 지어 보였다.

"그는 우리 메탈의 일원이건만, 플람므 당신이 나보다 더 그를 믿고 있구려."

"……하이하 아이는 컬러의 일원으로 인정해 줄 수 있는 인간이니까."

메탈 드래곤들과 컬러 드래곤들의 시선이 일제히 플람므를 향했다.

베일리푸스와 함께 있던 알렉산더가 이마를 짚었다.

"교우여, 이것은……."

[하이하가 '들었다면— 어쩌면 '최초의 드래곤'이 탄생했을지도 모르겠군.]

베일리푸스는 플람므가 말하는 것의 여파를 넌지시 흘렸다. 알렉산더도 그 말에 동의했다.

"핫핫. 하이하에게는 잘 어울리지 않나. [드래곤의 중매인]이라니."

정말 가능한 것은 아닐까. 알렉산더는 드래곤들 사이에서 긴장을 풀지 않으면서도 뒤를 돌아보았다.

여전히 모여 있는 랭커급 유저들에게, 이 사실을 전할 수 있다면 좋아할 거라는 생각을 하면서도 그는 그들에게 일러 주지 않았다.

'이야기해 봐야 기쁜 소식이 아니겠지.'

자신을 희생하러 간 하이하를 그리워하는 유저들만 많아질 테니까.

적어도 이 전장의 분위기, 사기를 유지하기 위해서라도 아쉬움이 들 만한 소식은 차단하는 게 옳다는 판단이었다.

그것은 뒤에 있는 유저들도 마찬가지였다.

"어떻게 된 걸까요? 끝난 건가?"

"마탄을 쓴 게 아닐까요? 에얼쾨니히의 본체 같은 게 죽어

버려서 움직이지 않는다고 본다면— 얼추 이야기가 맞는 것 같은데."

기정과 라르크가 마왕의 상태를 보며 추측하고 있었다. 페이우를 포함하여 그곳에 모인 다른 유저들도 한마디씩 거들고 있었다.

그러나 그 누구도 이하의 상태에 관한 이야기는 하지 않고 있었다.

그것은 암묵적인 합의였다.

그런 와중에도 말이 없는 것은 한 사람뿐이었다.

람화연은 자신의 생각이나 감정, 그 어떤 것도 표출하지 않은 채 그저 묵묵히 마왕을 바라보고 있었다.

그녀의 곁으로 또 한 명의 여성이 다가섰다.

"람화연 씨는 참 대단한 것 같아요."

"……신나라 씨? 무슨 소리죠?"

"사랑하는 사람을 말리지도 않은 채 보낸 것도 그렇지만……람화연 씨 스스로도, 교황의 앞에 덜컥 뛰어들었잖아요."

"그거야, 뭐."

람화연은 퉁명스럽게 답했다.

그녀가 취했던 행동은 교황뿐만이 아니라 '신나라'를 살리는 데에 그 의의를 두었으므로 굳이 신나라 본인에게는 말하기 싫었던 것이다.

"대단해."

"신나라 씨도 교황을 보호하려 했잖아요."

"저야 애초에 그럴 마음을 계속 갖고 있었으니까요. 하지만 그래서…… 아마 그래서 저 혼자서는 안 됐나 봐요."

신나라는 조곤조곤히 말하고 있었다.

주변의 다른 유저들에게는 들리지 않고, 람화연에게만 들릴 정도의 크기였다.

에얼쾨니히를 살피던 람화연은 무언가 이상함을 느꼈다.

"뭐가 안 됐는데요?"

"계산된 것으로는 할 수 없는 일이었다는 거죠. 으음~ 저는 제가 본능에 의해 움직이는 타입이라 생각했는데— 하긴, 그랬으면 세이크리드 기사단에서 활동하지도 않았겠죠?"

신나라는 의외로 행정과 단체 생활, 지휘에 능숙하다.

루거처럼 완전히 본능과 직감에 의해서만 움직이는 유저가 아니라는 의미다.

람화연은 그런 신나라를 잠시 바라보다 고개를 돌렸다.

"이상한 소리 할 거면…… 에얼쾨니히가 어떻게 된 건지, 하이하가— 오빠가 어떻게 된 건지나 신경 쓰시죠."

"당연히 신경은 쓰고 있죠. 이하 씨는 아직 마탄을 사용하지 않았어요."

"네? 그걸 어떻게 알죠?"

그러나 이번에는 다시금 신나라를 바라볼 수밖에 없었다. 확신을 갖고 말하는 그녀의 목소리에 람화연은 어리둥절했다.

신나라는 람화연의 얼굴을 물끄러미 바라보다 웃었다.

"지금의 저는 〈신인합일〉 상태니까."

람화연은 신나라의 스킬 명을 기억하고 있었다. 그녀가 교황을 지키기 위해 사용했다던 바로 그 스킬이 아닌가.

"그 스킬— 마왕의 공격을 막으려고 했을 때 썼다던 그 스킬—."

"네. 사실 〈신인합일〉은…… 어떤 효력이 있는지 설명도 모호하게 나와 있었어요. 어떤 방법을 써도 별다른 효과가 나타나질 않아서, 사실 칭호를 잘못 선택했나 하는 후회도 했죠. 그래서—."

"모험을 한 거다? 마왕의 공격을 막아 낼 만한 어떤 효력이 생기지 않을까 하는 마음에……?"

람화연은 신나라의 스킬이 막강한 공격력이나 방어력을 지닌 스킬이라고 지레짐작했었다.

그러나 그것도 아니었다고?

그렇다면 신나라 또한 '아무것도 없이' 교황을 지키려고 했단 말인가?

람화연은 생각을 가다듬다 말고 그녀에게 물었다.

"그, 그래서…… 그래서요? 지금— 신나라 씨의 〈신인합일〉은? 효과가 나타났나요?"

그때까지 아무런 효과도 발현시키지 못한 상태였다면, 지금은?

자신만만하게 〈신인합일〉 상태임을 밝힌 지금은 어떻단 말인가.

람화연의 물음에 신나라는 작게 고개를 끄덕였다.

"이하 씨에게 미리 말할 수 없었어요. 말하면 소용이 없어지니까. 그래서 하이하 씨가…… 대단한 거죠."

"무슨— 무슨 말이죠? 신나라 씨!"

람화연이 소리를 질렀다.

주변에서 마왕의 상태를 관찰하던 유저들의 시선이 모두 한곳으로 모였다.

NPC들도 마찬가지였다. 개중에는 교황 또한 있었다.

교황은 람화연에게 천천히 다가왔다.

"……람화연 님, 람화연 님께서 마왕의 공격 앞에 맨몸으로 맞섰을 때, 그때 저와 신나라 님은 보았습니다."

"……네? 그게 무슨—."

"아무런 대가 없이, 자신을 희생하여 남을 구할 때…… 오직 그러할 때만이 발현하는 것…….."

교황은 람화연을 보며 조용히 두 손을 모으곤 고개를 숙였다.

그 의미를 명확하게 파악할 수 있는 자는 이곳에 없었다. 정보의 부족은 어쩔 수 없는 것이니까.

그러나 이곳에는 루거와 키드가 없는 상태에서, 교황과 신나라 등이 람화연에게 이야기하는 바가 무엇인지 눈치챌 수 있는 유일한 자가 있다.

라르크의 눈이 휘둥그레지기 시작했다.

"어라, 잠깐만. 지금 이 상황— 어디선가 들어 본……. 아, 아아아!? 설마, 설마! 그거— 그거였구나!?"

"뭐, 뭔데요, 라르크 씨?"

기정이 라르크를 붙잡고 물었다. 라르크가 막 입을 여는 순간.

[갸아아아아아아아아—————————————!]

로페 대륙 전역에까지 퍼질 것 같은 엄청난 포효가 터져 나왔다.

에얼쾨니히는 허리를 한껏 젖히곤 하늘을 향해 소리를 지르고 있었다. 그 입에서는 새빨간 기운들이 엄청난 속도로 모여드는 중이었다.

"우와아악!?"

"에, 에얼쾨니히가 미쳐 날뛴다! 공격이— 공격이 옵니다!"

"방어해야— 음?"

라르크는 신나라를 보호하려 했다.

그러나 고개를 돌린 그곳에, 그녀는 없었다. 람화연이나 기정 등도 마찬가지였다.

"시, 신나라 씨가!?"

"어디— 어디 갔죠?"

유저들의 눈은 교황에게로 향했다. 기도를 마치고 천천히 고개를 든 교황이 말했다.

"진흙 속에서 꽃을 피우기 위해서는……. 누군가가 죽음이 섞인 진흙을 뒤집어써야만 하는 법이지요."

라르크는 교황의 이야기를 들으며 소리 질렀다.

"그래, 바로 그거였어요! [페이즈 5]! 진흙 속에서 피어나는 꽃! 다들 불교 용어로 생각했지만— 그게 아니었어! 피어나는 꽃은 연꽃 같은 게 아니라……!"

전방의 드래곤들은 보았다.

후방의 유저들도 보았다.

온 전장에 퍼져서 마지막 발악을 하던 유저들에게도 보였다.

페르낭이 보고 있었으므로, 대형 홀로그램을 통해서도 각국의 수도에 그 장면은 송출되고 있었다.

사실상, 모든 유저들이 그것을 보았다.

"나라 씨가 가끔 언급했던 바로 그—."

에얼쾨니히의 몸이 찢어져 소멸되며, 그곳에서부터 나오는 빛.

이제 완전히 밤이 되어 버린 칼바리아 언덕에서 새하얀 빛이 뿜어져 나왔다.

그 빛의 형태는, 하얀 장미를 연상케 했다.

방아쇠를 당길 때까지 이하는 눈을 질끈 감고 있었다.

어차피 심연의 일부인 어둠이므로 눈을 감지 않아도 상관 없었으나, 자신의 머리에 대고 방아쇠를 당기는 느낌이 들어 기분이 별로였기 때문이다.

투콰아아아————————……!

그러나 총성이 울린 순간, 이하는 눈꺼풀을 때리는 광량에 인상을 찌푸려야만 했다.

"악— 무슨—."

"워어어어어!? 깜놀 지렸네!"

옆에 있던 이지원도 영문을 모른 채 뒤로 물러섰다. 이지원의 말에 이하 또한 겨우 실눈을 뜨고 갑작스레 생긴 광원을 살폈다.

새하얀 빛은 연기처럼 뭉게뭉게 퍼져 나가고 있었다.

이하는 그 빛의 형태를 고스란히 보았다.

사방으로 퍼져 나가는 빛의 무리, 마치 질감을 지닌 것 같은 그 빛이 지닌 형태…….

"……설마. 하얀 장미……? 진짜로—."

갑작스레 나타난 구원에 이하는 정신을 차리지 못했다.

그러나 더욱 당황스러운 건 그 빛에서 들려온 목소리의 주인 때문이었다.

"하이하 씨."

"어? 어어? 나, 나라 씨?"

신나라.

그녀가 어째서 이곳에 있는가.

"저였어요. 람화연 씨의 등을 보고서야 스킬이 활성화되었지 뭐예요. 〈신인합일: 하얀 장미〉."

"무슨……."

"제 직업 몰라요?"

"신속神速의 검사? 설마 그 신속이라는 게—."

신의 속도, 즉, 아홀로의 속도를 재현할 수 있는 자.

그녀는 아홀로의 속도를 재현할 자격이 있다. 다만 자격이 있을 뿐, 자격을 활용할 수 있는 수단이 없었을 뿐이다.

천사의 날개 형상을 갖추거나, 자신이 주체하지 못할 정도의 속도에 그저 질주하던 지난날의 신나라가 아니었다.

〈신인합일〉이 완전한 각성을 마친 스킬로 재탄생했으니까.

그녀는 아홀로의 힘을 자신에게로 온전히 일체화하여 그것을 통제할 수단마저 갖추었고 지금까지 기다리고 있었던 것이다.

신나라에게 설명을 듣던 이하가 넌지시 물었다.

"……왜 진작 말씀하시지 않고— 그랬으면 좀 마음이라도 편했을 텐데요."

"바로 그거예요. 미들 어스의 시스템 판정이 있을 것 같아서 어쩔 수 없었거든요."

"시스템 판정이요?"

"네. [자발적인 희생]이 아니면 안 돼요. 그 어떤 대가도 없어야 하며, 희생자 본인이 모든 것을 내려놓은 자세로 임해야만 하거든요. 페이즈 5, 기억하시죠?"

페이즈 5.

[진흙 속에서 꽃을 피우기 위해, 누군가는 죽음이 섞인 진흙을 뒤집어써야 합니다.]

"타인을 위해, 일말의 대가도 없이 온전히 자신의 목숨을 희생하여 대가로 바치는 자. 죽음이 섞인 진흙을 모두를 대신해 뒤집어쓸 자. 그 판정이 있어야만 〈신인합일〉 스킬을 사용할 수 있어요. 그리고 이하 씨가 출발했을 때— 저는 스킬을 사용한 상태였죠."

"그래서 방아쇠를 당기자마자—."

"발동된 거고. 대충 알았으면, 이제 나가죠? 이지원 씨는 왜여기 있는지 궁금하긴 하지만, 환영이 아니라면 같이 나가요."

신나라는 뒤로 돌았다. 짙은 어둠 속에 구멍이 뚫렸다.

그곳을 통해 바깥의 모습이 보이기 시작했을 때.

[하이하, 네 녀석이— 자미엘의 마지막 힘을— 감히— 나의 배 속에서————————!]

에얼쾨니히의 분노에 찬 목소리가 쩌렁쩌렁하게 울렸다.

이지원에게 부축을 받으며 절뚝절뚝 걸어 나가던 이하는 그만 웃고 말았다.

"흐흐, 같이 죽으려고 했던 건데. 미안해서 어쩌나. 그러게 왜 튀어나왔어, 그냥 심연에 처박혀 있지."

이제 모든 게 끝났다. 이제 와서 마왕이 할 수 있는 것은 없다.

[네놈, 네놈, 건방진 아흘로의 찌꺼기들이여! 너희들을 내가 용서할 것 같은가! 내가 이렇게 사라질 것 같은가!]

"마魔를 없앨 수 있는 것은 마魔의 힘뿐이지. 태초의 마가 스스로를 없애는 데 사용했던 일곱 번째의 힘. 하물며 태초의 마도 아닌 네가 버틸 수 있을 리 없어, 에얼쾨니히."

[웃기는— 소리. 신神이 있는 한, 아흘로의 힘이 이 땅에 발현되는 한, 나는 언제든 돌아올 것이다. 그림자 없는 빛이 있을 거라 생각하지 말거라, 아흘로의―――――――.]

파사사사삿……!

에얼쾨니히의 거체가 먼지처럼 변하여 공중으로 산화하기 시작했다.

머리를 비롯하여 손끝, 발끝에서부터 소멸해 가는 마왕의 모습이 미들 어스 전역에 중계되었다.

더 이상 에얼쾨니히의 목소리는 들리지 않았다.

신나라와 이하 그리고 이지원은 밖으로 나왔다.

무슨 일이 벌어졌는지 짐작하고 있던 유저들도 어째서 이지원이 옆에 있는지는 알 수 없었으나, 그에 대해 물을 여유는 없었다.

"끄, 끄아아아앗, 블랙!?"

"하, 하이하 씨!?"

에얼쾨니히의 모습이 모두 사라지자마자 이하가 바닥에 쓰러졌기 때문이다.

신나라는 갑작스레 쓰러진 이하를 일으켜 세우려 했으나 불가능했다.

"이하 혀어어어어어엉―!"

"하이하 아이야!"

"하이하, 괜찮은가!"

기정과 플람므 그리고 바하무트까지도 삽시간에 이하의 곁으로 이동해 왔다. 그러나 괴로움에 몸부림치는 이하는 그 누구에게도 대답할 수 없었다.

"오빠! 무슨 일이야!"

람화연이 말을 걸기 전까지.

이하는 가까스로 람화연을 보았으나, 여러 마디의 말을 할 수도 없었다.

"화, 화연아― 블랙 베스……."

"블랙 베스?! 블랙 베스가 왜―."

블랙 베스가 폭주할 가능성이 있다는 사실은 아무도 알지 못한다.

당연히 그들 중 누구도 이하의 문제를 해결할 수는 없었다.

—각인……자여. 폭주를— 막을 수가…….—

블랙 베스의 목소리도 드문드문 들려올 뿐이었다.

이하는 그의 목소리가 완전히 변했다는 것을 깨달았다.

이지원의 〈어비스 배리어〉에 의해 겨우겨우 에얼쾨니히의 영향을 받지 않고 있었으나, 최후의 순간에는 어쩔 수 없었던 것일까.

'젠장— 자미엘의 힘을 사용하면서— 동시에 에얼쾨니히에게도 노출되었으니…….'

마탄을 사용하는 마지막 순간에는 태초의 마魔와 관련된 모두가 함께 있었다.

그나마 신나라의 〈신인합일〉 덕에 [하얀 장미]가 발동되었을 때는 폭주하지 않았지만 모든 것이 끝나 버린 지금은 폭주를 막을 힘이 없다는 뜻!

폭주율: 137%

"무언가가 하이하의 정신을 완전히 잠식해 버리고 있군."

"마법으로는 풀어낼 수가 없습니다. 벌써 하나가 되어 버려서— 강제로 분리시킬 수가 없어요."

바하무트와 플람므가 말했다.

뒤늦게 무지갯빛을 반짝이며 다가왔던 프레아와 수많은 정령왕들도 마찬가지였다.

[언젠가 정령계로 왔던 마魔의 기운인가.]

[이것이라면…… 우리들 암暗 속성의 힘으로도 어쩔 수가 없다. 마魔는 마魔와 공명하는 법이니까.]

불의 정령왕을 비롯한 각종 속성 정령왕들도, 심지어 다크 엘프 부락의 암 속성계 정령왕들도 방법을 찾지 못하고 있었다.

'미친— 끝— 일단 로그아웃—.'

이하는 정신이 흐려지는 것을 느꼈다. 이제 주변에서 누군가가 떠드는 목소리조차 분간할 수 없었다.

그저 웅웅거리는 이명이 자신의 온몸을 지배하는 것만 같은 기분이었다.

앞이 보이지 않고, 몸이 움직이지 않는다.

심연의 어둠과는 또 다르게, 분명 저들과 함께 있다는 걸 인지하면서도 아무런 행동도 할 수 없는 것.

'카일……. 이게 바로 마탄의 사수가 짊어져야 했던— 것이냐.'

자미엘에게 정신을 지배당했던 카일은 줄곧 이런 상태였을까.

이하는 정신을 잃기 직전이었다.

그 직전에, 이하는 보았다.

연보랏빛 세 개가 번쩍였다. 그와 함께 고통은 한결 더 커졌다. 이유는 뻔했다.

"루…… 키―."

루거와 키드, 블랙 베스에게 영향을 줄 수 있는 유저들이 그 무기를 들고 온 것이었으니까.

"비켜."

"루, 루거?"

"아마도 이건…… 우리가 할 수 있을 겁니다."

"인간들이여, 그것이 가능하단 말인가."

루거와 키드는 유저들은 물론, 바하무트와 플람므 등의 드래곤 수장들마저 이하에게서 떨어지게 만들었다.

"그렇습니다. 물론 우리가 아닌―."

"이 영감탱이가 할 거지만."

자신들이 데려온 '세 번째 연보랏빛'의 인원을 가리키며.

이하 또한 루거와 키드의 사이에 있는 또 하나의 인영을 바라보고 있었다.

그들의 키에 비하면 절반밖에 되지 않는다. 가뜩이나 덥수룩한 수염은 흐릿하게 뭉개져 보여, 그의 얼굴 전체를 뒤덮고 있는 것만 같았다.

루거와 키드는 이하의 폭주율에 영향을 주기 싫어 피해 있던 것만이 아니었다.

그들은 찾고 있었다. 최악의 사태가 발생했을 때, 그것을 막아 줄 인물.

당연히 그 인물의 후보가 될 수 있는 자는 한 사람밖에 없었다.

"보─틀넥, 아저─."

"성주, 고생 많았네. 이제 내 차례야."

그는 이하의 곁에 쭈그려 앉아, 한 손을 치켜들었다.

이하는 그의 손에 쥐인 샛노란 무언가를 보았다.

"아니……. 이 녀석의 봉인에 목숨을 걸었던, 선조 때부터 내려오던 나의 의무지."

누런 망치를 손에 쥔 보틀넥은 이하를 바라보며 웃고 있었다.

그러나 정작 루거와 키드의 표정은 좋지 않았다. 이하는 보틀넥을 보며 입을 뻐끔거렸다.

더 이상 여유가 없다는 걸 눈치챈 보틀넥은, 그대로 이하에게 물었다.

"성주, 블랙 베스를 봉인하겠나? 나는 시티 가즈아의 공병 단장이자, [전설의 드워프]를 넘어서 [대장장이들의 신화]에 가장 가깝다고 인정받는 대장장이로서! 무기의 소유주에게 묻겠네. 그대가 원한다면 그 즉시 사용자를 잠식하는 무기에 대한 봉인을 실시하겠어."

주변의 모두가 입을 다물었다.

이하는 보틀넥의 말을 가까스로 이해했다. 어차피 몸이 제대로 움직여지지 않는 이상, 그가 할 수 있는 행동은 그저 고개를 끄덕이는 것밖에 없었다.

"좋네. 블랙 베스의 각인자, 하이하의 부탁으로 하이하의 둘도 없는 친우이자 전우였던 나, 보틀넥은 그의 부탁을 수락한다. 태고의 힘을 지닌 블랙 베스여. 잠시 동안 그 자아를 잊고—."

누런 망치에서 빛이 나기 시작했다.

금처럼 노랗게 반짝이는 빛은 망치에서부터 시작하여 보틀넥의 모든 육신을 감쌌다.

바하무트와 플람므마저도 조금 놀란 표정을 지을 때, 보틀넥은 그대로 망치를 휘둘렀다.

"—봉인되거라. 이것은 나의 육신을 매개로 삼은 드워프의 비기이며, 모루의 신께서 허락하신 나의 힘일지니."

까아아아앙——————————……!

맑은 종소리가 울렸다. 그 순간, 이하는 보았다.

완전한 모습을 갖춘 블랙 베스의 모습을.

—각인자여.—

'블랙.'

—우리의 계약 조건은 모두 충족되었다.—

지금까지와의 차이라면, 새카만 어둠 속이 아니라 더없이 밝고 따스한 빛에 두 사람이 서 있다는 점이었다.

'진짜……. 마지막의 마지막 순간까지 더럽게 힘들었다. 그치?'

—후훗. 그랬군. 비록 지금은 그대와 오래 말할 수 없지만. —

슈우우우우………….

블랙 베스의 모습이 사라지고 있었다.

—언젠가 다시 만나게 된다면, 그때는 각인자와 여유로운 나날들을 보냈으면 한다. —

'……다시 볼 수는 없는 건가?'

—그것은 나도 모른다. —

'하긴, 우리 사이에 질척거리는 것도 좀 그렇지. 그래, 언젠가…… 언젠가 웃으며 다시 만나는 날이 오기를. 나도 기대할게.'

사라져 가는 블랙 베스를 향해 이하는 손을 내밀었다.

블랙 베스는 이하의 손을 잡았다.

그녀는 웃었다. 그리고 미소와 함께 사라졌다. 그 순간, 이하는 눈이 떠졌다.

까아아아앙——————————……!

보틀넥이 내리쳤던 망치의 굵은 울림은 여전히 사라지지 않은 상태였다.

블랙 베스와의 대화가 찰나의 순간밖에 되지 않았다는 것을 깨달은 이하는 겨우 주변을 둘러보며 몸에 힘을 주었다.

"보틀……넥……."

그 모든 것은 역시나 보틀넥을 바라보기 위함이었다.

그러나 아직 몸 상태는 완전하지 않았다. 고통은 물론이고 목소리마저도 제대로 나오지 않는 상황이었다.

이하에게 겨우 보이는 것은 루거였다. 루거는 보틀넥으로부터 그리고 이하로부터 완전히 고개를 돌리고 있었다.

키드만이 보틀넥을 제대로 응시하며 조용히 인사를 건넬 뿐이었다.

"고맙습니다, 드워프 보틀넥."

현재의 상황을 어렴풋이 이해한 유저들도 있었지만 NPC를 포함하여 그 누구도 지금의 네 사람에겐 말을 걸 수 없었다.

키드의 말을 들은 루거가 비명을 지르듯 소리쳤다.

"빌어먹을, 영감! 보틀넥 대장간의 이름은— 그 턱수염쟁이들을 쥐어 패서라도 떨치게 만들 테니까!"

그의 목소리가 뚝, 끊겼다.

보틀넥은 그런 키드와 루거를 보며 웃고 있었다.

"허허, 그래. 걱정은 않는다. 네 녀석들의 스승 때부터 지금까지…… [삼총사]라는 녀석들은 느릴지언정, 거짓말을 하지 않았으니까."

그의 몸을 휘감았던 금가루와 같은 빛이 옅어질 때, 빛에 감싸져 있던 보틀넥의 육신도 점차 옅어지고 있었다.

이하도 보았다. 그가 사라지는 모습을.

보틀넥의 모습이 옅어질수록 이하의 고통도 사라지고 있었다. 이하는 죽을힘을 다해 몸을 일으켜, 보틀넥의 근처로 걸었다.

〈업적: 빛나는 망치의 마지막 경고(S+)〉

결국 일을 벌였군. 당신이 누구인지 모르겠으나……. 이 총은 위험한 무기다. 태곳적 자아를 지닌 무언가가 분명해. 세상의 모든 것을 파멸하고 종국에는 자기 자신을 낳은 자까지 씹어 삼켜 버리고 싶어 하는 이 무기가 세상에 돌아다녀선 안 된다. 나,《빛나는 망치》는 이것의 봉인에 내 육신을 담겠지만 이 녀석의 신화를 담기엔 나의 그릇이 너무 작아 완전한 봉인을 할 수 없다는 게 아쉬울 뿐이다. 아니……. 이 경고를 듣고 있다면 나의 피는 이미 무용지물이 되었다는 뜻이겠지. 대장장이에게서 넘어간 무기를 어떻게 사용하는지는 결국 사용자의 몫, 나는 당신이 미들 어스에 파멸을 불러오지 않기를 그저 조용히 바라고 있겠네. 만약 당신 스스로 아귀가 되어 태고의 자아를 통제하지 못할 것 같으면 부디 다시금 봉인하기를, 나,《빛나는 망치》의 이름으로 부탁하겠네.

보상: 스탯 포인트 60개

　　　무기 ―[블랙 베스]의 재봉인 가능

　　　(단, [전설] 등급 이상의 드워프와 친밀도 100% 달성 시)

　　　(명예의 전당이 없는 업적입니다.)

"안― 안 돼, 잠깐― 보틀넥 아저씨! 잠깐―."

후들거리는 다리로 한 걸음, 한 걸음을 걸어 보지만 이하는 보틀넥과 악수조차 할 수 없었다.

보틀넥의 모습은 이미 거의 다 증발해 버린 상태였으니까.

"성주, 잘 있게. 그래도 마지막에 내 힘을 다할 수 있어서 즐거웠네. 코가 비뚤어지도록 술을 마시지 못한 건 아쉽지만…… 다음을 기약하도록 하지."

보틀넥은 웃었다.

그 희미한 웃음이 이하의 눈에 각인되는 순간, 드워프의 모습이 사라졌다.

[마의 파편, 에얼쾨니히가 처형당했습니다.]

[축하합니다! 미들 어스: Episode 1. 〈다크 에이지〉가 종료되었습니다!]

[미들 어스: Episode 2. 〈르네상스〉가 곧 업데이트됩니다.]

세 개의 시스템 알림 창이 시작이었다.

여러 유저들의 눈에는 제각기 수없이 많은 창들이 뜨고 있었다.

그것은 이하에게도 마찬가지였다.

"보틀─……넥…… 아저씨."

보틀넥을 감쌌던 마지막 금가루가 흩날려 가는 모습을, 엄청난 수의 업적 창과 레벨 업 알림이 뒤덮고 있었다.

〈제3차 인마대전〉의 여섯 번째 날, 오후 21시경.

어둠이 짙게 내린 칼바리아 언덕에서 금가루가 휘날렸다.

햇빛은 아니었다. 그러나 전장의 어디서든 바라볼 수 있는 축복의 가루가 하늘을 수놓을 때, 〈신성 연합〉의 모든 유저들은 깨달았다.

〈제3차 인마대전〉에 일곱 번째 날은 오지 않을 것임을.

"끄…… 끝?"

"끝났다? 끝났어! 방금 그, 방금……."

슬픔보다 먼저 퍼진 것은 환호였다. 야수화 몬스터와 싸우던 유저들.

이번 이벤트와 상관없다고 생각했으나 결국 눈을 떼지 못했던 일반 유저들.

미들 어스의 흥망성쇠를 마지막까지 담기 위해 개입했던 취재진들.

그리고 칼바리아 언덕의 중앙에서, 이 모든 전쟁을 이끌고 또 이겨 낸 유저와 NPC들까지.

이겼다아아아————————ㄱ!

끝났어! 끝났다고!

우하하하핫, 마왕이 죽었다!

이제 다 끝이야! 드디어, 드디어 끝났어!

게임 내에서 유저들이 환호성을 지르는 사이, 미들 어스의 공식 홈페이지는 업데이트되었다.

미들 어스의 세계관 속에 각인되어 버린 〈제3차 인마대전〉과 〈칼바리아 언덕의 최종전〉까지.

피해를 보았든, 활약을 했든 자신들이 겪었던 사건들은 하나의 이야기가 되어 그곳에 적혀 있었다.

유저들은 다양한 방법으로, 자신만의 경험을 이입했다. 크나큰 사건을 겪지 않았더라도, 〈제3차 인마대전〉의 몬스터 하나만 상대했던 경험일지라도 경험은 경험이지 않은가.

공식 홈페이지에 완전히 정리되어 업데이트된 정보들은 뭇 유저들을 감상에 젖도록 만들기에 충분했다.

거기에 또 하나, 모두가 함께 즐길 수 있는 요소도 있었다.

미들 어스 공식 홈페이지에 게재되는 랭킹 창이 바로 그것이었다.

많은 유저들이 랭킹 창을 보았다.

〈제3차 인마대전〉이 일어나기 전에 비해서 대격변이 일어났다고 생각해도 좋은 변화가 그곳에 적혀 있었다.

몇 위의 누구는 몇 위의 누구보다 약하다느니, 누구는 랭킹이 낮을 뿐 실제 전투력은 누구보다 높을 거라느니……. 가십거리가 되기에 충분한 내용들은 뭇 미들 어스 유저들을 흥분시켰다.

그럼에도 단 한 명, 어떤 유저도 이견을 내지 않는 사람이 있었다.

그는 미들 어스의 초창기 게이머는 아니었다.

하지만 미들 어스의 한 시대를 휩쓸었다고 해도 과언이 아니다.

현재 그는 미들 어스를 플레이하는 유저는 물론, 미들 어스와 연관된 모든 이들에게서 전설이 되었으니까.

마탄의 사수였으며,
마탄의 사수에서 벗어난 유일한 자.

1위. 하이하

이하의 이름이 빛나고 있었다.

《마탄의 사수》 2부로 이어집니다.

토이카_ 죽지 않는 엑스트라

'믿고 보는 토이카'가 여는 새로운 모험의 세계
살아남고 싶은 엑스트라의 유쾌한 반란이 시작된다!

던전 도시를 다스리는 셰어든 후작의 둘째 아들, 에반 디 셰어든.
유복한 환경에서 넘치는 사랑을 받으며 자란 철부지 소년 에반은
어느날 자신의 전생이 지구인 여반민이었다는 사실을……
그리고 여반민의 29년 삶의 기억 속에는,
지금 그가 사는 세상과 똑 닮은 게임인
〈요마대전 3〉에서 허무하게 죽어 나갔던
'엑스트라 에반'도 포함되어 있었다!

"절대로 죽지 않을 테다. 절대로!"
에반은 과연 죽지 않는 엑스트라가 될 수 있을까